ullstein

JOHANNA NELLON begeistert ihre Leserinnen mit romantischen Liebesgeschichten vor den schönsten Kulissen. Sie lebt im Rheinland, ist aber gern auf Reisen und liebt die bayerischen Seen.

Von Johanna Nellon sind in unserem Hause bereits erschienen:
Ein Sommer am Gardasee · Die kleine Pension am Ammersee · Herzklopfen am Bodensee · Nussgipfel und Apfelglück · Marillenglück und Gummistiefel · Liebesleuchten am Bodensee · Ein Sommer am Chiemsee

JOHANNA NELLON

Sommer-nächte am Tegernsee

Roman

Ullstein

Besuchen Sie uns im Internet:
www.ullstein-buchverlage.de

MIX
Papier
FSC® C083411

Originalausgabe im Ullstein Taschenbuch
1. Auflage Juli 2020

Umschlaggestaltung: bürosüd° GmbH, München
Titelabbildung: © Flora Press / flora production
Gesetzt aus der Quadraat Pro powered by pepyrus.com
Druck und Bindearbeiten: CPI books GmbH, Leck
ISBN 978-3-548-06191-7

1. Kapitel

Die letzten Sonnenstrahlen tauchten die große Terrasse vor dem Haus in ein warmes Licht. Der Wind, der vom See heraufwehte, blähte die zartgelben Leinentischdecken auf und wirbelte ein paar rote Tulpenblätter durch die Luft.

»Morgen muss ich unbedingt die Blumenkästen neu bepflanzen. Die Primeln sind total hin nach dem Regen der letzten Tage, und jetzt macht der Wind den Zwergtulpen auch noch den Garaus.« Sabine Moser schob sich eine lange blonde Haarsträhne hinters Ohr, dabei sah sie stirnrunzelnd hinaus. Nur noch drei Gäste saßen auf der Terrasse, von der aus man einen wundervollen Blick zum Tegernsee hatte. »Wenn es nur nicht wieder regnet morgen. Die letzten Tage hat sich kaum jemand hierher verirrt, wir hatten nur wenig Umsatz.« Ein kleiner Seufzer folgte.

»Nun mach nicht gleich ein Drama draus, ein paar schlechte Tage kann der Betrieb schon verkraften.« Sebastian Moser trank einen Schluck von dem ausgezeichneten Rotwein und griff dann nach einer braunen, leicht abgeschabten Ledermappe, die er an den Tischrand gelegt hatte.

»Und mach mal einen Moment Pause, Sabine, und hock dich her zu mir.«

»Gleich. Ich will nur noch draußen abkassieren.« Und schon eilte sie hinaus, wo sich die letzten Gäste gerade zum Aufbruch fertig machten.

Sebastian sah seiner Nichte nach und nickte beinahe unmerklich. »Ist schon recht so«, murmelte er und nahm noch einen Schluck Rotwein.

Aus der Küche war Geschirrklappern zu hören. Dann setzte das Summen des erst vor Kurzem angeschafften Kaffeevollautomaten ein, begleitet von einem unterdrückten Fluchen, das Sebastian nur zu gut kannte.

»Der Alois und die neue Technik werden wohl in diesem Leben keine Freunde mehr.«

Sabine kam zurück zum Tisch und setzte sich Sebastian gegenüber. »Wir werden übrigens eine neue Spülmaschine anschaffen müssen, Onkel Sebastian, die alte tut's wirklich nur noch bedingt.«

»Dann mach das. Du hast hier jetzt das Sagen.« Sebastian Moser griff nach der Mappe und holte einige Papiere heraus, die den Briefkopf einer renommierten Notariatskanzlei in Bad Wiessee trugen. »Es ist schon alles bei Dr. Reichenberg geregelt worden.«

»Aber wir hatten doch vereinbart, dass du noch zwei Jahre lang der Chef hier sein wirst.« Sabine schüttelte den Kopf, dann schob sie das Schriftstück beiseite. »Onkel Sebastian, das kann ich nicht annehmen.« Sie biss sich auf die Lippe. Ihr Herz begann, wie verrückt zu schlagen, als sie sich vorstellte, was dieses großzügige Angebot für sie bedeutete. Sie würde selbstständig arbeiten können, würde ihre eigene Herrin sein und schalten und walten können, wie es ihr beliebte.

»Dein Angebot … es ist unglaublich«, stieß sie hervor. »Weißt du überhaupt, was du da tust? Dein Gasthof ist ein Schmuckstück, wie man es am Tegernsee suchen muss. Und es ist ein Vermögen wert. Das … das kann ich doch nicht annehmen!«

Der alte Herr lächelte. »Sicher kannst du das. Und sei unbesorgt, ich weiß genau, was ich tue.«

»Warum hast du es denn jetzt so eilig? Du bist doch nicht krank, oder?« Besorgt schaute sie ihn an. Er sah gut aus, leicht gebräunt, das weiße Haar sorgfältig frisiert, und in seinem geliebten Trachtenjanker machte er wie immer eine gute Figur.

»Aber nein, mir geht es blendend. Ich will nur keine Verantwortung mehr tragen. Und mein Lokal ist bei dir in den besten Händen, da bin ich sicher.« Er legte seine Hand auf ihre und drückte sie liebevoll. »Freu dich einfach, Sabine. Ich überlasse dir mein Lebenswerk von Herzen gerne. In den letzten Jahrzehnten hab ich genug gearbeitet. Da drunten in Wiessee will ich nur noch tun, was mir gefällt. Und glaub mir, ich hab da so viel Abwechslung …« Ein kleines Lächeln huschte über sein Gesicht.

»Im Seniorenstift Abwechslung?«

»Natürlich. Schließlich hab ich mir das beste Haus weit und breit ausgesucht.« Er zwinkerte ihr zu. »Mit sehr interessanten Bewohnern, muss ich gestehen.«

»Jetzt verstehe ich!« Sabine lächelte. »Du alter Casanova hast dir doch nicht etwa eine der Damen dort angelacht!«

»So würde ich es nicht ausdrücken.« Sebastian schob ihr das Schriftstück wieder zu. »Aber es gibt schon sehr viele Möglichkeiten, sich das Leben angenehm und spannend zu gestalten. Und deshalb will ich mit alledem hier ...«, er machte eine weit ausholende Handbewegung, »... nix mehr zu tun haben. Du hast in den letzten Monaten bewiesen, dass du alles im Griff hast und dass ich dir mein Lebenswerk guten Gewissens anvertrauen kann.«

»Ach, Onkel Sebastian, das ist so eine große Verantwortung ...«

»Red keinen Schmarrn. Du bist eine exzellente Köchin, das hast du mit dem Rehrücken wieder bewiesen, den wir eben gegessen haben. Außerdem hast du die Hotelfachschule mit Bravour absolviert, da wirst du einen einfachen Landgasthof wie die *Goldene Eiche* mit links führen können.«

»Der Gasthof ist seit hundertfünfzig Jahren im Besitz der Familie, und ich soll nun ganz alleine die Verantwortung für alles übernehmen.« Auf Sabines Gesicht wechselten sich Skepsis und Freude über das großzügige Geschenk ab. »Wir hatten doch besprochen, dass ich erst einmal unter deiner Leitung arbeite. Du musst mir schließlich noch so viel erklären und beibringen.«

»Ich weiß, dass du es jetzt schon kannst. Und ich bin nicht aus der Welt. Kannst mich immer fragen.« Sebastian drückte aufmunternd Sabines schmale Hand. »Wirst schon alles richtig machen. Und jetzt kein Wort mehr. Ich will keine weiteren Bedenken von dir hören.«

Sabine nickte. »Also gut, wenn du es wirklich so willst …« Rasch stand sie auf und umarmte den Onkel. »Ich werde mir die größte Mühe geben, dein Vertrauen nicht zu enttäuschen.«

Sie hauchte ihm einen Kuss auf die Wange.

Er war ihr einziger noch verbliebener Verwandter, hatte sich nach dem frühen Tod ihrer Eltern stets um sie gekümmert und ihr die beste Ausbildung zukommen lassen, die es in dieser Berufssparte gab.

Dass sie etliche Jahre in einem Sternerestaurant in München gearbeitet hatte, pflegte er stets mit Stolz zu erzählen – allerdings nur dann, wenn Alois Burgstaller, sein langjähriger Koch, es nicht hören konnte.

»Ich möchte nicht, dass er denkt, ich sei total abgehoben mit meinen Rezepten«, hatte Sabine gesagt. Er tat sich eh schon schwer damit, eine Frau in seiner Küche zu akzeptieren. Dabei kochte Sabine auch gern bürgerlich, allerdings gab sie den traditionellen Gerichten der Region immer einen besonderen Pfiff.

»Weiß es der Alois schon?« Sie warf einen Blick in Richtung der Küchentür, hinter der es jetzt leise geworden war.

»Ja. Und die beiden anderen auch.«

»Die Fanny und der Richard werden sicher keine Schwierigkeiten machen, aber der Alois …« Sabine zuckte mit den Schultern. »Er ist ein Koch vom alten Schlag, schon jetzt will er nicht, dass ich ihm in die Töpfe spucke, wie er immer sagt.«

»Er wird sich schicken, glaub mir. Und jetzt hol eine Flasche vom Jahrgangssekt. Wir sollten stilvoll anstoßen.«

»Ich trinke auch gerne ein Glas Roten«, erwiderte Sabine, die genau wusste, dass Sebastian es nicht so sehr mit Sekt oder Champagner hatte.

»Auch gut! Aber dann nimm den alten Bordeaux, der links unten im Regal liegt.«

»Ich hole ihn sofort. Und den Alois bring ich mit zum Anstoßen, ja?«

Sebastian Moser nickte zustimmend, und so tranken sich die drei wenig später zu.

»Dann hab ich also jetzt eine Chefin.« Alois Burgstaller wirkte nicht besonders erfreut, als er sein Glas sowohl in Sebastians als auch in Sabines Richtung hob.

»Wir werden schon gut miteinander auskommen, da bin ich sicher.«

»Hoffentlich«, murmelte der Sechzigjährige fast unhörbar, aber er verkniff sich, nachdem er einen warnenden Blick von Sebastian aufgefangen hatte, jedes weitere Wort. »Bin noch mal in der Küche«, sagte er und trank sein Glas in einem Zug aus. »Muss noch den Jägertopf für morgen vorbereiten. Oder wirst du gleich die ganze Speisekarte ändern?« Ein skeptischer Blick traf Sabine.

»Natürlich nicht! Und der Jägertopf bleibt ganz sicher auf der Karte. Und auch der Rehrücken.« Sie zwinkerte ihrem Onkel zu, der, statt etwas zu sagen, noch einen Schluck Rotwein trank.

»Hoffentlich bleibt mir der Alois treu. Er tut sich echt schwer damit, nicht mehr das alleinige Sagen in der Küche zu haben«, flüsterte sie ihrem Onkel zu, nachdem Alois in der Küche verschwunden war.

»Der bleibt, da bin ich sicher.« Sebastian Moser schob die alte Holztür, die von außen mit üppiger Schnitzerei verziert war, weit auf. »Der Betrieb hier ist so was wie sein zweites Zuhause. Und dass ich seinen Neffen, den Richard, als Küchenhilfe eingestellt hab, vergisst er mir nie.«

»Der Richard ist ein lieber Kerl. Anstellig und geschickter, als ich dachte. Dass er geistig beeinträchtigt ist, merkt man fast gar nicht.«

»Ja, er hat sich wirklich gut gemacht in den letzten Monaten.« Sebastian lächelte. »Ich glaub, er gibt sich deinetwegen besonders viel Mühe.«

»Ich mag ihn. Und ich versuche, ihn zu fördern, wo es nur geht.«

»Er mag dich auch sehr. Und mit dem Alois wirst du auch auskommen. Er ist mit dem Gasthof verwachsen, hat bisher immer so gearbeitet, als sei es sein eigener Betrieb.«

»Das verstehe ich. Und es soll auch so bleiben. Zumindest will ich alles dafür tun.«

»Das wirst du sicher, mein Mädel.«

»Ich fühle mich auch sehr wohl hier. Fast so, als hätte ich schon immer hier gelebt.«

»Das freut mich.« Sebastian strich ihr kurz über die Wange. »Denk dran, dass wir morgen schon um neun in der Bank verabredet sind.«

»Ich vergess es schon nicht. Danke nochmals, Onkel Sebastian.«

»Mach weiter so wie bisher, das ist mir Dank genug. Und jetzt fahre ich heim, ehe es ganz dunkel wird.«

»Heim … Das klingt in meinen Ohren immer noch

fremd.« Sabine umarmte den alten Herrn, der sie fast um Kopfeslänge überragte. »Fühlst du dich wirklich in dieser Seniorenresidenz wohl?« Sie legte den Kopf ein wenig schräg und sah Sebastian zweifelnd an. »Da gehörst du doch noch gar nicht hin, so aktiv und gesund, wie du bist.«

»Gerade deshalb wollte ich ja umziehen. Noch kann ich an den vielen Aktivitäten, die dort angeboten werden, teilnehmen. Ich kann neue Leute kennenlernen und vielleicht sogar ein paar interessante Bekanntschaften schließen. Wenn ich erst senil und tattrig bin, geht das nicht mehr.«

»Wenn man es so sieht, hast du recht.« Sabine zwinkerte ihm zu. »Irre ich mich, oder hast du schon jemanden kennengelernt, der dein ganz besonderes Interesse geweckt hat?«

Sebastian lächelte verschmitzt. »Du bist zu neugierig, mein Kind.«

»Sorry.«

»Schon gut. Wenn es an der Zeit ist, wirst du mehr erfahren. Aber jetzt muss ich wirklich los.«

»Aber du kommst wirklich oft her, versprochen?«

»Versprochen.« Kurz hob er die Hand und ging dann zu seinem Wagen, den er links vom Haus geparkt hatte.

»Sebastian, warte!« Hastig kam ein Mann vom Parkplatz her auf ihn zugelaufen.

»Thorsten! Was ist passiert? Hat es einen Unfall auf dem Reiterhof gegeben?« An die offene Wagentür gelehnt, wartete Sebastian auf den späten Besucher.

»Passiert ist nichts, zum Glück. Aber ich bin in einer misslichen Lage. Vor einer Viertelstunde hab ich unerwarteten Besuch bekommen – und außer ein paar Scheiben Brot und einer Hartwurst gibt meine Küche nichts mehr her.«

»Da lässt sich sicher Abhilfe schaffen.«

»Danke, darauf hab ich gehofft.« Erst jetzt bemerkte er Sabine, die noch in der Eingangstür stand. »Guten Abend.« Leicht neigte er den Kopf.

»Das ist Sabine, meine Nichte – und die neue Eigentümerin der *Goldenen Eiche*. Und das, Sabine, ist Thorsten Bernhammer.«

»Oh, da gratuliere ich.« Ein überraschter Blick streifte Sabine. »Davon wusste ich nichts. Bekomme ich von Ihnen denn auch etwas Essbares? Sie würden mir aus einer großen Klemme helfen.«

»Natürlich. Was soll's denn sein? Es ist noch ein bisschen vom Rehrücken da. Ich hab aber auch noch Lachsterrine und frische Forellen, die könnte ich rasch braten.«

»Klingt gut, aber ich möchte keine Umstände machen. Am liebsten wäre mir etwas, das ich rasch in die Mikrowelle schieben kann.«

»Der Jägertopf ist noch nicht fertig. Aber ich kann Ihnen ein paar Scheiben vom Rehrücken aufschneiden und dazu noch ein paar Schupfnudeln einpacken. Einverstanden?«

»Ja, sehr gerne.«

»Kommen Sie doch einfach mit in die Küche.« Sie wandte sich zurück zum Haus.

»Gern, wenn ich darf.«

Dann drehte Thorsten sich noch einmal zu Sebastian um. »Ich hab gar nicht mitgekriegt, dass du verkauft hast.«

»Ich hab der Sabine vor einigen Tagen alles überschrieben. Sie ist meine einzige Erbin. Hast du sie noch nie hier gesehen?«

»Nein. Dabei wäre sie mir sicher aufgefallen ...«

»Sie ist ein ganz liebes Mädel. Klug, fleißig und eine ganz hervorragende Köchin. Sie hat in einem der besten Hotels in München gelernt, hat sich sogar einen Stern erkocht.«

»Alle Achtung. Da ist es erst recht unverzeihlich, dass ich sie noch nie gesehen hab.«

»Sie war sicher immer in der Küche, wenn du hier essen warst.«

»Kann gut sein. Es hat mir jedenfalls immer sehr gut geschmeckt.« Thorsten sah hinüber zur Eingangstür, die sich hinter Sabine geschlossen hatte. »Allzu oft war ich ja leider nicht hier in letzter Zeit. Es ist einfach viel zu viel zu tun.«

»Es gibt auch noch was anderes als Arbeit. Glaub mir, ich hab es viel zu lange vergessen gehabt.« Sebastian legte ihm die Hand auf den Arm.

»Recht hast du.« Thorsten zuckte mit den Schultern. »Ich geh dann mal zu ihr in die Küche. Danke, Sebastian.«

»Ist doch selbstverständlich. Ich muss auch endlich los.«

Während Sebastian vom Hof fuhr, betrat Thorsten die Küche, wo Sabine bereits eine breite Auflaufform mit dem Fleisch und den Schupfnudeln füllte.

»Guten Abend, Alois. Auch noch fleißig?«, grüßte Thorsten den Koch, der gerade in einem großen Topf rührte, aus dem es schon verführerisch duftete.

»Wie immer«, erwiderte Alois knapp. Dann goss er

großzügig eine halbe Flasche Rotwein in den angesetzten Jägertopf.

»Soll ich noch etwas Salat einpacken?«, fragte Sabine Thorsten.

»Danke, nicht nötig. Aber wenn Sie noch etwas Aufschnitt für morgen früh dahätten …« Er biss sich auf die Lippe. »Es ist unverschämt, ich weiß, aber ich werde morgen früh einfach nicht zum Einkaufen kommen. Einer meiner Mitarbeiter ist von unserem jüngsten Hengst getreten worden und fällt eine Weile aus, da muss ich früh mit raus zum Ausmisten.«

»Kein Problem.« Sabine packte ihm Wurst und auch etwas Käse ein. Schließlich hielt sie Thorsten ein Glas Marmelade hin. »Marillen. Selbst eingekocht.«

»Super. Ich weiß gar nicht, wie ich Ihnen danken kann.«

»Schon gut. Das ist doch Nachbarschaftshilfe.«

Thorsten folgte ihr zur Tür. »Ich hoffe, ich kann meine neue Nachbarin bald ein wenig besser kennenlernen«, sagte er und nahm ihr die Auflaufform ab.

»Gerade halten«, mahnte Sabine. »Warten Sie, ich komme mit.« Sie begleitete ihn zu seinem Wagen, einem Land Rover, an dessen beiden Seitentüren das Logo des Reiterhofs prangte.

»Komisch, ich hab den Hof noch nie gesehen«, sagte Sabine. »Dabei bin ich schon zwei Monate hier.«

»Dann wird es Zeit, dass Sie mich besuchen kommen.« Thorsten stellte das Essen in einen breiten Korb, dann gab er Sabine die Hand. »Ich würde mich sehr freuen.« Er schaute sie mit einem verschmitzten Lächeln an, und auf seinen Wangen zeigten sich zwei Grübchen.

Sie konnte den Blick nicht von ihm lösen, und ihr Herz machte einen kurzen Sprung, bevor sie sagte: »Ich komme, sobald ich Zeit habe.«

»Wenn Sie mich zu lange warten lassen, dann komme ich Sie holen.« Er lächelte wieder, und sie starrte fasziniert auf seine süßen Grübchen.

»Bis bald. Und ... danke nochmals.« Nun ließ er ihre Hand los, die er die ganze Zeit festgehalten hatte.

Sabine erwiderte nichts, senkte nur leicht den Kopf. Es kam ihr schon seltsam vor, dass es ihr vor Aufregung regelrecht die Sprache verschlagen hatte. Doch jetzt und hier war das so. Ihr Herz begann heftig zu klopfen, als sie Thorsten hinterherschaute.

»Guten Appetit«, murmelte sie schließlich, doch da saß er bereits in seinem Wagen und startete den Motor.

»Sicher ist der Konstantin wieder da«, sagte Alois, als sie zurück in die Küche kam. »Der kommt nach dem Tod seiner Frau öfter her. Manchmal zusammen mit der Kleinen. Sie liebt die Pferde, und das Leben auf dem Hof lenkt die beiden gewiss von ihrem Kummer ab.«

»Das ist traurig.« Sabine stellte die benutzten Töpfe auf den Spültisch. »Und wer ist dieser Konstantin? Ich hab noch nie von ihm gehört.«

»Er ist Juwelier, hat wohl einen Laden in München. Da war ich noch nie.« Alois zuckte mit den Schultern. »Was hätt ich da auch sollen? Aber ich weiß, dass er und der Thorsten gute Freunde sind. Und der Thorsten ... mei, der hat auch sein Packerl zu tragen. Er war mal ein erfolgreicher Springreiter, hatte aber vor zwei oder drei Jahren einen schweren Unfall. Seither ist nix mehr mit den großen Turnieren.« Er seufzte unterdrückt auf. »Jetzt züchtet er Pferde. Und gibt Reitunterricht.«

»Ich sollte mal auf dem Hof vorbeischauen«, murmelte Sabine. »Pferde hab ich schon immer gemocht. Und ein bisschen Abwechslung wär auch nicht schlecht.«

»Warum? Hast etwa Kummer?« Alois zog sich die Kochjacke aus, die voller Soßenflecken war. »Hast doch wahrlich keinen Grund dazu.«

»Stimmt, so hab ich es auch nicht gemeint. Ich dachte mir nur, dass ich die Nachbarn endlich mal kennenlernen sollte. Meinst du nicht auch? Schließlich wohne ich jetzt ja hier am Tegernsee.« Sabine ging zu ihm und streckte ihm die Hand entgegen. »Bitte, Alois, sei auch mir gegenüber so loyal, wie du es immer dem Onkel gegenüber warst. Ich bin sicher, wir können prima zusammenarbeiten.«

Nur zögernd griff Alois nach der ausgestreckten Hand, drückte sie kurz und fuhr sich dann über den breiten Schädel, den nur noch ein grauer Haarkranz schmückte.

»Passt schon. Wenn ich nur net so verrückt kochen muss wie du.«

»Verrückt ist die Sterneküche nun wirklich nicht. Anspruchsvoll und kreativ, das allerdings. Aber so werde ich hier nicht kochen, das hast du doch sicher schon gemerkt. Nur vielleicht ein bisschen raffinierter als die traditionelle bayerische Küche.« Sie sah ihn mit einem leichten, um Verständnis bittenden Lächeln an. »Ich mag's auch bodenständig, das solltest du schon mitbekommen haben. Wir werden uns sicher gut ergänzen.«

Alois schaute sie eindringlich an, dann zuckte er mit den Schultern.

Rezept Rehrücken

1 kg Rehrücken, ausgelöst
200 ml Rotwein, am besten trocken
100 ml Portwein
400 ml Wildfond
1 Zwiebel
2 Lorbeerblätter
20 Wacholderbeeren
Suppengrün
2 Zweige Rosmarin
2–3 EL Brombeer-/Johannisbeergelee
2 EL Mondamin
Olivenöl, Balsamico, Wildgewürz, Pfeffer, etwas Salz

Wildknochen, Zwiebeln und Suppengrün andünsten, mit 200 ml Wildfond ablöschen. Rotwein und Portwein zugeben, Lorbeerblätter und Wacholderbeeren hinzufügen. Mit Salz und Pfeffer abschmecken und ca. 40 Minuten köcheln lassen.

Rehrücken mit Olivenöl einreiben, in Salz, Pfeffer und Wildgewürz wälzen. Dann kräftig in Öl anbraten.

Die Rosmarinzweige auflegen und im vorgeheizten Backofen bei ca.140–150 Grad 20–25 Minuten garen.

Den Wildfond durch ein Sieb passieren, auf kleiner Flamme köcheln lassen und mit Balsamico, Portwein, Salz und Pfeffer und dem Gelee abschmecken. Mit Mondamin die Soße leicht andicken.

Dazu evtl. Rosenkohl, kleine Kartoffeln und Birnenhälften, mit Preiselbeeren gefüllt, reichen.

2. Kapitel

Es war noch früh am Morgen, Wolken verhüllten die Bergspitzen und ließen das Wasser des Tegernsees geheimnisvoll dunkel schimmern. Noch war kaum jemand unterwegs, doch schon bald würde die Sonne die Morgennebel verscheuchen und die Touristen nach draußen locken.

»Es sieht nach einem schönen Tag aus. Aber noch ist es ein bisschen kühl.« Sebastian Moser zog sich die graue Walkjacke mit den Hirschhornknöpfen enger um die Schultern. »Musst du noch mehr einkaufen?«

»Hab gleich alles.« Sabine, in Jeans und einer leicht abgeschabten Lederjacke, wuchtete die letzten drei Kisten mit Obst und Gemüse auf die Ladefläche ihres dunkelroten Kombis.

»Warte, die Kräuter!« Ein junger Mann in kariertem Hemd und blauer Latzhose kam eilig auf sie zu. »Die hättest du fast vergessen.«

»Dank dir, Lukas.« Sabine gab ihm die Hand. »Schreib alles auf bis zur Monatsmitte, ja?«

»Wie immer.« Lukas Weißkirchen, ein junger Ökobauer, winkte ihnen nach. Seit sie in der *Goldenen Eiche* kochte, kaufte Sabine bei ihm ein. Sie war eine seiner besten Kundinnen.

»Damit muss sich der Alois auch noch abfinden«, sagte sie schmunzelnd, während sie den Wagen startete. »Ich mag die Produkte aus der Region am liebsten, auch wenn sie vielleicht etwas teurer sind als die Ware aus dem Großhandel. Aber es geht nichts über Frische.«

»Du hast jetzt das Sagen, also mach, wie du's für richtig hältst.« Sebastian lehnte sich entspannt zurück. »Aber jetzt müssen wir uns beeilen, sonst kommen wir noch zu spät zu unserem Termin bei der Bank. Der Hirzler wird sich freuen, dich zu sehen – und bald eng mit dir zusammenarbeiten können.«

»Der Hirzler …« Ein kleines Lächeln glitt über Sabines Gesicht, und mechanisch schob sie sich eine Locke, die sich aus ihrem hochgesteckten Haar gelöst hatte, hinters Ohr. »Den will ich nicht zu sehr animieren. Seit ich einmal mit ihm aus war, lädt er mich immer wieder ein. Aber ich hab einfach keine Zeit dafür.«

»Privatleben muss aber sein.«

»Ja, muss es. Nur im Moment nicht.« Schwungvoll lenkte sie den Wagen auf einen der reservierten Parkplätze vor der Bankfiliale. »Geh du schon vor, Onkel Sebastian, ich muss noch mal kurz telefonieren.« Sie holte ihr Handy aus der großen blauen Umhängetasche, die auf der Rückbank gelegen hatte. »Martina war gestern auf einer Party, ich bin sicher, dass sie den Wecker wieder nicht gehört hat.«

»Mach nicht zu lange. Ich bin dann erst mal unten am Schließfach.«

Sabine nickte nur, während sie auf die eingespeicherte Nummer ihrer Freundin Martina drückte, die sich auch sofort mit leicht belegter Stimme meldete.

»Hey, guten Morgen, Langschläferin. Zeit, aufzustehen und endlich mit der Arbeit zu beginnen.«

»Sabine, der fröhliche Wecker. Morgen.« Deutlich war ein unterdrücktes Gähnen zu hören. »Wie spät ist es?«

»Nach neun.«

»Oh, Mist. Ich hab tatsächlich verschlafen. Gut, dass du anrufst.«

»Verbuch es unter Freundschaftsdienst.«

»Danke. Gibt's was Besonderes?«

»Nö. Der Onkel ist gerade zur Bank rein, ich wollte nicht mit zu dem Schließfach mit seinen Wertgegenständen.« Sie zuckte mit den Schultern. »Ist mir einfach peinlich. Ich will gar nicht wissen, was er alles besitzt.«

»Dann wird der Herr Filialleiter aber traurig sein, dass du nicht währenddessen mit ihm plauderst. Er sieht dich doch zu gern.«

»Was du nicht alles weißt!«

»Das ist dir doch auch klar. Gib's zu«, sagte Martina.

»Ja, schon. Und ich finde ihn eigentlich auch ganz nett.«

»Ich nicht. Er ist schleimig und berechnend. Wetten, dass er dich gleich wieder einladen wird?«

»Mal sehen.« Sabine lachte. »Und damit er die Gelegenheit auch bekommt, muss ich jetzt rein. Der Onkel wird hoffentlich fertig sein.«

»Und ich muss mich beeilen, sonst stehen die ersten Kunden vor der geschlossenen Ladentür.«

Martina besaß eine exklusive Boutique in Rottach-Egern, gleich an der Promenade. Das Haus, in dem sich sowohl ihre Wohnung als auch das Geschäft befanden, gehörte ihrem Bruder, der als Geschichtsprofessor in Wien lebte und von ihr nur eine geringe Miete verlangte. Im Gegenzug sorgte sie dafür, dass alles instand gehalten wurde.

»Wir sehen uns spätestens am Montag, ja? Dann ist Ruhetag.«

»Ich werde abends pünktlich sein und erwarte ein köstliches Abendessen.« Die Freundin lachte fröhlich.

»Versprochen! Bis dahin.«

Sabine lächelte noch, als sie das Bankgebäude betrat. Mit der Freundin zu reden tat ihr immer gut. Sie kannte Martina schon länger, hatte sich hin und wieder ein reduziertes Teil in der Boutique gekauft, wenn sie mal zu Besuch an den See gekommen war. Doch erst seit sie hier lebte, waren sie gute Freundinnen geworden. Martina aß für ihr Leben gern und kam oft in die *Goldene Eiche*.

Bei einem der Besuche hatte Martina auf der Bank vor dem Haus das Buch eines bekannten skandinavischen Krimiautors entdeckt. Der Wind blätterte die Seiten durcheinander, und das Lesezeichen, ein eng beschriebenes Blatt, flatterte Martina vor die Füße.

Spontan hob sie es auf und nahm auch das Buch an sich.

»Oh, Sie haben meine Sachen gerettet. Danke.« Sabine und Martina prallten an der Tür beinahe zusammen.

»Gern. Sie mögen Krimis?«

»Ich liebe sie! Aber sie müssen raffiniert konzipiert sein. Und das können die Skandinavier am besten.«

»Ganz meine Meinung.« Martina reichte ihr das Buch, hielt aber das handgeschriebene Blatt noch in der Hand. »Was ist das?«

»Ein neues Rezept.« Sabine zuckte mit den Schultern. »Es ist mir eingefallen, als ich im Buch etwas über Königskrabben und Flusskrebse gelesen habe.«

»Flusskrebse liebe ich!«

»Ich auch.« Sabine hielt Martina die Tür auf. »Dann haben wir ja schon zwei Gemeinsamkeiten.«

»Das werden sicher noch mehr, meinst du nicht?« Sie reichte der jungen Wirtin die Hand. »Ich bin Martina.«

»Sabine.«

So hatte ihre Freundschaft begonnen, denn sie stellten bald fest, dass sie noch sehr viele gemeinsame Interessen hatten. So liebten sie beide Italien, mochten Jazz und Mozart. Sie ergänzten sich allerdings auch, denn durch Sabine lernte Martina ein wenig kochen – etwas, das sie bisher vermieden hatte und auch jetzt noch nicht mit Begeisterung tat –, und Sabine begann, sich mehr für Mode zu interessieren. Auch jetzt trug sie einen Pulli aus Martinas vorjähriger Kollektion. Er war ein wenig verwaschen, doch das störte Sabine nicht. Für den Besuch beim Ökobauern war er allemal gut genug, und auch für den Bankbesuch reichte er, fand Sabine. Allerdings hatte sie sich noch einmal kurz die blonden Locken gekämmt, bevor sie ausgestiegen war. Ein bisschen Eitelkeit konnte ja nicht schaden!

Sebastian Moser kam in dem Moment wieder in die Schalterhalle, als Sabine die Bank betrat.

»Liebe Sabine – Herr Moser!« Mit verbindlichem Lächeln

kam Markus Hirzler, der Filialleiter, hinter dem Tresen hervor. »Grüß Gott! Folgen Sie mir bitte ins Büro. Da sind wir ungestört.«

»Haben Sie alles vorbereitet?«, erkundigte sich Sebastian, als sie Hirzlers Büro betraten.

»Selbstverständlich. Alle Unterlagen liegen bereit. Sie müssen nur noch unterschreiben.«

Sebastian Moser streifte die Papiere nur mit einem flüchtigen Blick, ehe er schwungvoll seinen Namen an den angegebenen Stellen zeichnete.

Sabine hingegen las alles gründlich durch.

»Du kannst mir vertrauen, ich habe alles selbst zusammengestellt. Alles ist korrekt.« Hirzler hielt Sabine seinen Kugelschreiber hin. Dass seine Finger die ihren ein wenig länger als notwendig berührten, registrierte Sabine genau, aber sie tat, als sei ihr das nicht aufgefallen. Sie gab sich ganz geschäftsmäßig.

»Ja, sicher. Tut mir leid, aber ich bin es nun mal gewohnt, alle Dokumente zu lesen, unter die ich meinen Namen setze.«

»Es sind doch nur die Konten, die jetzt auf dich laufen«, warf Sebastian Moser ein.

»Nur! Wie du das sagst …« Mit einem leisen Seufzer unterschrieb Sabine schließlich die Papiere.

»Danke. Dann ist jetzt alles erledigt.« Betont sachlich schob Hirzler die Unterlagen zusammen. Dabei klopfte sein Herz ein paar Takte rascher. Hatte er es doch gewusst, dass die hübsche Sabine ein richtiger Goldfisch war! Jetzt galt es nur noch, sie für sich zu gewinnen. Aber er musste vorsichtig sein, durfte nicht zu forsch rangehen, das hatte er schon bei dem ersten Treffen bemerkt.

Als sie vor Monaten ein Konto bei ihm eröffnet hatte, war er von ihr fasziniert gewesen. Sie war genau sein Typ mit ihren langen blonden Haaren, der schlanken Figur und den fast veilchenblauen Augen, die von langen dunklen Wimpern umrahmt wurden.

Als er dann noch erfuhr, dass sie die Nichte des wohlhabenden Sebastian Moser war, wurde sein Interesse noch größer. Und jetzt war sie gar die Besitzerin des bekannten Landgasthofs *Goldene Eiche*! Wenn das kein Grund war, sich so rasch wie möglich mit ihr zu treffen.

Im Beisein von Sebastian verkniff er sich aber eine entsprechende Bemerkung, gratulierte ihr geschäftsmäßig höflich zur Übernahme und meinte abschließend: »Ich würde gerne in den nächsten Tagen mal hochkommen und bei dir essen.«

»Gerne doch. Ruf vorher an, ich reserviere dir dann einen besonders schönen Tisch.«

»Super.« Er erhob sich.

Sebastian war bereits auf dem Weg in Richtung Tür. »Bis dahin. Auf Wiedersehen, Herr Moser.«

»Adieu.« Sebastian drehte sich um und nickte ihm nur kurz zu, ehe er das Büro verließ.

»Bis dahin, Markus.« Sabine gab ihm lächelnd die Hand.

»Bis bald.« Er sah ihr tief in die Augen. »Schade, dass du Samstagabend arbeiten musst. Auf dem Wallberg feiert ein Freund von mir seine Geburtstagsparty. Wäre schön gewesen, wenn wir zusammen hätten hingehen können.«

»Tut mir leid, aber daraus wird nichts, hast es ja eh schon geahnt. So ist das nun mal in der Gastronomie. Wenn die anderen feiern, arbeiten wir.« Sie entzog ihm die Hand. »Du, ich muss. Der Onkel wartet.«

Sebastian stand schon vor dem alten Kastenwagen. »Was wollte denn der Hirzler noch von dir?«

»Mich einladen. Aber samstags geht das ja nie.«

»Aha«, war Sebastians einziger Kommentar, doch seiner Miene war anzusehen, dass er nicht gerade begeistert war. »Lass uns fahren«, sagte er. »Gleich wird's einen Wolkenbruch geben. Siehst du, wie sich das Wasser kräuselt?«

Kurz schaute Sabine zum Himmel, an dem sich die Wolken bedrohlich aufgetürmt hatten. Von den nahen Bergen her trieb der Wind die dunklen Wolken über den See. Sie wusste inzwischen, dass hier das Wetter sehr rasch umschlagen konnte.

Sie hatten Bad Wiessee noch nicht ganz erreicht, da öffnete der Himmel schon seine Schleusen. Der Regen prasselte gegen die Windschutzscheibe, und die Scheibenwischer hatten Mühe, freie Sicht zu schaffen.

Auf dem Parkplatz der Seniorenresidenz hatten sich drei große Pfützen gebildet.

»In wenigen Tagen soll der Platz neu geteert werden«, erklärte Sebastian und löste den Sicherheitsgurt.

»Das nutzt dir heute aber nichts.« Sabine stellte den Motor aus. »Warte ein bisschen, das Unwetter zieht sicher bald ab.«

»Unsinn, ich bin nicht aus Zucker, und du musst heim.«

Sebastian öffnete die Tür. »Bis bald, mein Mädchen. Mach's gut.«

»Du auch. Und … danke nochmals.«

Sebastian Moser hob nur kurz die Hand, dann eilte er mit langen Schritten zur breiten gläsernen Eingangstür. Zwei Blumenkübel, üppig mit weißen Narzissen und hellroten Ranunkeln bestückt, standen neben der Tür.

Sabine wartete, bis er im Haus verschwunden war, dann wendete sie und fuhr die Uferstraße zurück bis Rottach-Egern. Genau wie in Bad Wiessee waren auch hier die Straßen fast menschenleer. Der immer heftiger werdende Wind zerrte am jungen Grün der Bäume, und auf den Wellen des Sees tanzten helle Schaumkronen.

Gerade als Sabine auf die schmale Straße einbiegen wollte, die hoch zum Gasthof führte, kam ihr ein Geländewagen entgegen. Der Fahrer bremste ab, und Sabine erkannte Thorsten Bernhammer.

Sie hielt an und ließ die Fensterscheibe zur Hälfte herab.

»Ist das ein Sauwetter!« Der Reitstallbesitzer lächelte sie an, dabei zeigten sich wieder seine süßen Grübchen, die Sabine schon bei ihrem ersten Zusammentreffen so fasziniert hatten. »Aber den Wiesen tut der Regen gut.«

»Meinem Geschäft leider nicht.«

»Das stimmt wohl. Aber vielleicht machen Sie das Beste draus und kommen mal rüber zu mir? Sie mögen doch Pferde, oder?«

»Schon, aber heute muss ich etliche Vorbereitungen für morgen treffen, da hab ich zu Mittag eine große Gesellschaft. Ein andermal gern.«

Lautes Hupen ließ Sabine zusammenzucken. Hinter ihr standen zwei Autos, denen sie den Weg versperrte.

»Ich muss los.«

»Schade.« Für einen Moment trafen sich ihre Blicke, aber da ertönte schon neuerliches nervöses Hupen. Beide gaben Gas und fuhren in entgegengesetzte Richtungen davon.

3. Kapitel

Als Sabine die grünen Fensterläden ihres Schlafzimmers aufstieß, musste sie in helles Sonnenlicht blinzeln. Die Apfelbäume, die auf der Wiese links vom Haus standen, hatten die weißrosa Blütenkelche weit geöffnet. Bienen summten durch die Luft, ein Schwalbenpaar flatterte aufgeregt hin und her, und von irgendwoher hörte sie das Muhen etlicher Kühe.

Sabine hatte bis weit nach Mitternacht einen spannenden Krimi gelesen. Die Handlung spielte zum Teil auf einem Gestüt, und Sabine mochte sich kaum eingestehen, dass sie ihn allein aus diesem Grund gekauft hatte. Aber es war so: Thorsten und sein Gestüt interessierten sie.

Ben, der sechsjährige Berner Sennenhund, legte ihr auffordernd eine Pfote auf den Oberschenkel und schubste sie gleichzeitig mit der Schnauze an.

»Ich weiß, du musst raus.« Sabine kraulte ihn kurz am Hals. »Hättest mich eben früher wecken sollen, du dummer Hund.«

Ben antwortete mit einem unterdrückten Bellen. Eigentlich gehörte der Hund Sebastian, doch in der Seniorenresidenz waren Tiere nicht erlaubt. Zudem sollte das Tier nicht aus seiner gewohnten Umgebung gerissen werden. Hier, auf dem weitläufigen Areal, das den Landgasthof umgab, konnte Ben ungehindert herumlaufen.

»Schon gut, geht ja gleich los.«

Sabine sog die frische Morgenluft ein, dabei schaute sie hinunter ins Tal, von wo der Tegernsee sie mit seinem tiefen Blau zu grüßen schien.

Ein Fahrradklingeln zerriss die morgendliche Stille.

»Grüß dich, Frau Chefin! Schön ist es heut, gell?« Richard winkte ihr zu, ehe er mit seinem Rad ums Hauseck fuhr. Er war fast immer der Erste morgens.

Es gehörte eigentlich nicht zu Richards Aufgaben, den Gastraum zu putzen, dazu hatte Sabine zweimal in der Woche eine Putzfirma engagiert. Doch Richard ließ es sich nicht nehmen, morgens einmal die alten Holzbohlen zu wischen. »Das mach ich gerne«, sagte er immer, wenn Sabine ihm klarmachen wollte, dass er das nicht tun musste. »Es soll alles perfekt sein. Willst du doch auch, oder?«

Inzwischen hatte sie es aufgegeben, ihn davon abzubringen. Als Dank bekam er hin und wieder einen Extraschein, und Richard war überglücklich darüber. Seine Leidenschaft war der Modellbau, und jeden Euro, den er erübrigen konnte, steckte er in dieses Hobby. Er besaß schon zwei Modellflugzeuge, die sein ganzer Stolz waren.

Für diesen Tag lagen bereits etliche Reservierungen vor, unter anderem feierte eine Touristin, die seit vielen Jahren ihren Urlaub am Tegernsee verbrachte, ihren 75. Geburtstag. Gegen halb zwölf sollte es einen Sektempfang geben, danach hatte sie sich ein leichtes, aber exquisites Essen gewünscht.

»Ich komme gleich runter, Richard!« Sabine winkte dem jungen Mann aus dem Fenster zu und beeilte sich dann, fertig zu werden.

»Wenn du willst, geh ich ein bisschen mit Ben spazieren.«

»Wär mir recht, danke. Hab viel zu tun heute.«

Der Hund wedelte aufgeregt mit dem Schwanz, als Richard nach ihm rief und Sabine ihn aus dem Haus ließ. Die beiden machten sich auf in Richtung Wald. Dort konnte Ben ausgiebig im alten Laub schnüffeln und vielleicht ein paar Kaninchen aufschrecken.

In der Küche war es noch still, als Sabine mit ihrer Arbeit begann. Alois würde erst gegen zehn Uhr kommen, ebenso Fanny, die Bedienung. Rasch suchte sich Sabine alles zusammen, was sie für die Zubereitung des Menüs benötigte. Am Tag zuvor hatte sie bereits die Vorspeise zubereitet. In Proseccoschalen, die sie im Keller gefunden hatte und die nach Sebastians Ansicht nicht mehr zeitgemäß waren, hatte sie Rote-Bete-Gelee gefüllt, den sie an diesem Morgen mit leichtem Meerrettichschaum bedeckte, den sie zuvor mit steif geschlagener Sahne verfeinert hatte. Darauf kam als Dekoration ein Klecks Kaviar.

»Was ist denn das da?« Alois kam in die Küche und musterte mit zusammengekniffenen Augen die beiden Tabletts mit der ausgefallenen Vorspeise. »Tut's kein normaler Salat für die Frau Reichelsbach?«

»Sie wollte etwas Ausgefallenes, also bekommt sie das auch. Ist alles abgesprochen.«

»Spinnerte Neuerungen«, murmelte Alois. »Was gibt's denn als Hauptspeise? Auch wieder so was Verrücktes?«

»Kalbsmedaillons. Ganz einfach.« Sabine sah kurz von ihrer Arbeit auf. »Sei so gut und kümmere dich um den Salat, ja?«

»Hast du die Kartoffeln schon geschält?«

»Nein, noch nicht.«

»Dann fang ich damit an.«

Sabine widersprach nicht, sie wollte die Stimmung nicht verschlechtern. Alois würde noch früh genug merken, dass es beim Festmenü keine Salzkartoffeln als Beilage geben würde, sondern Mandelkroketten. Aber fürs normale Tagesgeschäft brauchten sie auch Kartoffeln, also konnte er ruhig ein paar Pfund schälen.

»So, fertig. Das bring ich wieder in die Kühlung, dann kümmere ich mich ums Fleisch.« Sie hatte vor, das Kalbsfilet mit einer Kräuterkruste zu bedecken, dazu sollte es frische Morcheln in einer leichten Soße geben.

Ohne noch etwas zu sagen, sah Alois ihr bei der Arbeit zu. Er selbst portionierte den Salat so, wie er es immer gemacht hatte, und Sabine ließ ihn gewähren. Nach und nach würde sie auch hier einige Veränderungen vornehmen, doch alles sollte in kleinen Schritten geschehen.

Sie waren gerade mit der Vorbereitung fertig, und Fanny hatte sich ihre Arbeitskleidung angezogen, ein leichtes hellblaues Dirndl mit weißer Schürze, da trafen die Gastgeberin und die ersten Gäste ein.

Sabine gratulierte zunächst Frau Reichelsbach und überreichte einen hübsch gebundenen Blumenstrauß.

»Das ist reizend von Ihnen, meine Liebe. Und die Dekoration ... einfach bezaubernd! Ich hab doch gewusst, dass ich auch das Ihnen überlassen kann.«

Sabine hatte sich während ihrer Zeit in den Luxushotels einiges von den dort arbeitenden Floristen abgeschaut. Für den heutigen Tag hatte sie verschieden große Gläser mit einzelnen gelben Rosen und frischem Grün bestückt. In einem mit Wasser gefüllten Glas brannte eine Schwimmkerze. Am Abend zuvor hatte sie alles vorbereitet, und sie freute sich, dass es der alten Dame gefiel.

Als sich am frühen Abend dann die Geburtstagsgesellschaft auflöste, sparte Frau Reichelsbach nicht mit Lob und versprach: »Wir werden Sie weiterempfehlen, meine Liebe. Es war exzellent.«

»Danke. Freut mich, dass Sie zufrieden waren.« Sabine begleitete die Gäste noch bis zu ihren Autos. Sie freute sich über den Erfolg, zeigte die Reaktion der Gäste doch, dass sie mit ihrem Konzept richtiggelegen hatte.

»Deine Sorbets waren der Hit«, schwärmte Fanny, als Sabine in die Küche kam. »Dazu die frischen Früchte und die kleine Pyramide aus Mandelkeksen und Baiser ... toll!«

»Normales Eis hätte es auch getan«, murmelte Alois. »Aber nein, jetzt müssen Sorbets gemacht werden.«

»Hast du mal probiert?«, fragte Sabine. »Ich hab noch ein paar Portionen für uns reserviert.«

Ein unterdrücktes Knurren war Alois' einzige Antwort, aber dann setzte er sich doch mit den anderen an den Tisch und genoss das Dessert. »Ganz in Ordnung«, gab er dann zu.

Fanny grinste. »Brich dir keinen ab, Alois. Das hier ist zehnmal besser als fertig gekauftes Eis.«

»Das ist echt lecker!« Richard leckte sich die Lippen. »Davon kannst du ruhig öfter was machen.«

»Mal sehen, was sich ergibt.« Sabine stand auf. »Teilt euch den Rest, ich sehe draußen mal nach, ob neue Gäste gekommen sind.« Sie nickte kurz in die Runde und verschwand nach draußen.

Auf der Terrasse hatten gerade drei Wanderer Platz genommen, die die herrliche Aussicht auf den See bewunderten. Essen wollten sie nichts, doch gegen ein kühles Bier hatten sie nichts einzuwenden.

Erst nach einer weiteren Viertelstunde trafen wieder Gäste ein, und bis zum Einbruch der Dunkelheit hatte Sabine dann doch noch alle Hände voll zu tun.

Müde, aber zufrieden schloss sie gegen zweiundzwanzig Uhr die Tür des Lokals hinter Fanny ab.

»Wir sehen uns dann erst Dienstag. Viel Spaß bei deiner Freundin in Salzburg.«

»Den werden wir haben. Danke, dass du mir den Sonntag freigegeben hast. Normalerweise hätte ich nicht drum gebeten, aber den dreißigsten Geburtstag möchte ich gerne mitfeiern.«

»Das versteh ich doch. Genieß die Feier!«

»Das werd ich. Die Gerti hat eine Band engagiert. Ex-Mitschüler von ihr. Mal sehen, was die Jungs noch draufhaben. Montag wollen wir dann noch shoppen gehen.« Sie wirkte aufgeregt und voller Vorfreude.

»Habt Spaß!«

Sabine sah Fanny hinterher, dann griff sie nach Bens Leine, die wie immer an einem Haken neben der Tür hing. »Komm, Ben, wir laufen noch ein Stück.«

Darauf schien der Hund schon gewartet zu haben. Aufgeregt mit dem Schwanz wedelnd, lief er zur Tür. Draußen stürmte er sofort in Richtung Wald.

»Bleib hier, Ben!« Sabine beeilte sich, dem Hund zu folgen, doch Ben hatte die Spur eines Kaninchens in der Nase und machte keine Anstalten zu gehorchen.

»Du Biest«, schimpfte Sabine vor sich hin. Zwar wusste sie, dass sowohl der Jagdpächter als auch die zwei Bauern, die hin und wieder von diesem eingeladen wurden, Ben kannten und ihn nicht als einen wildernden Hund abschießen würden, doch es war schon recht dunkel, und sie hatte keine Lust, über eine Baumwurzel zu stolpern.

»Na, ist der Hund wieder mal ausgerissen?« Auf dem schmalen Pfad, der zwei Wiesen voneinander trennte, kam Sabine ein Reiter entgegen.

»Thorsten! Guten Abend. Sie sind aber auch noch spät unterwegs.«

»Der Landro muss bewegt werden, sonst wird er übermütig. Und am Tag hatte ich einfach keine Zeit.« Mit einem Satz saß er von dem dunkelbraunen Wallach ab, der brav stehen blieb, obwohl Thorsten ihm die Zügel nur lässig über den Hals geworfen hatte.

»Du bist aber ein ganz Feiner.« Sabine machte ein paar Schritte auf das Pferd zu und tätschelte ihm den Hals.

»Das weiß er auch.« Thorsten lachte leise. »Er ist jetzt fünf Jahre alt, und sein Vater war eins meiner besten Springpferde, die Mutter ebenfalls preisgekrönt.«

»Dann ist er also etwas ganz Besonderes.« Sabine strich über das seidig glänzende Fell des Pferdes. Gleichzeitig mit ihr hob auch Thorsten die Hand – beide zuckten zusammen, als sich ihre Finger berührten.

»Ich muss weiter, Ben suchen.«

»Ich kann Ihnen gerne helfen.«

»Ich will Sie nicht aufhalten.« Ein wenig skeptisch sah sie ihn an. »Es wird immer dunkler, und Sie haben noch einen längeren Heimweg vor sich.«

Thorsten lächelte. »Machen Sie sich darüber keine Gedanken. Der Wallach findet seinen Stall im Schlaf. Und ich würde gern noch ein bisschen mit Ihnen gehen. Oder mögen Sie aufsitzen? Landro ist kräftig, der kann uns beide tragen.«

Entschieden schüttelte Sabine den Kopf, sodass ihr Pferdeschwanz hin und her wippte. »Das lieber nicht. Es ist eine gefühlte Ewigkeit her, dass ich im Sattel saß.«

»Das Reiten verlernt man nicht. Aber wenn Sie nicht wollen, gehen wir eben ein Stück.« Er schnalzte leise mit der Zunge, und sofort setzte sich Landro in Bewegung und folgte den beiden, die auf dem schmalen Pfad dicht nebeneinandergehen mussten. Helles Mondlicht ließ die Konturen der Bäume am Waldrand heller erscheinen, und der schmale Weg zwischen den Wiesen war recht gut zu erkennen. Dennoch stolperte Sabine einmal.

»Achtung!« Thorsten hielt ihren Arm fest, und Sabines Herz klopfte ein paar Takte schneller, als sie ihm auf einmal ganz nah war. Thorsten sah interessant aus mit seiner schlanken, durchtrainierten Gestalt, dem gut geschnittenen Gesicht und dem dunklen Haar, das leicht gewellt war. Zu einer dunklen Reithose trug er ein Polohemd, darüber eine Weste.

»Bestanden?«

»Wie bitte?«

»Na, hab ich Ihren kritischen Blicken standhalten können?«

Sabine verzog leicht den Mund. »Tut mir leid, ich wollte Sie nicht anstarren.« Verlegen sah sie zu ihm auf, er überragte sie um mehr als einen halben Kopf.

»Kein Problem. Ich hoffe nur, dass ich Gnade vor Ihren Augen gefunden habe.«

Sabine nickte nur. Sie war verlegen. Was musste er nur von ihr denken?

Abrupt machte sie zwei Schritte nach links – und stolperte über einen Ast, den wohl ein Spaziergänger weggeworfen hatte.

»Hoppla!« Im letzten Moment griff Thorsten nach ihrem Arm. »Ich werde noch zu deinem Retter.« Seine Stimme klang ein wenig rau, und sein fester Griff lockerte sich erst, als Sabine wieder aufrecht stand. Doch noch immer hielt er sie fest. »Es ist schön, dass du da bist«, sagte er leise.

»Finde ich auch.« Sacht löste sie sich von ihm, auch

wenn seine Nähe ein wohliges Gefühl von Wärme in ihr ausgelöst hatte. »Bleiben wir jetzt beim Du, ja?«

»Gerne.« Er sah sich nach seinem Pferd um, das ein paar Meter in die Wiese hineingelaufen war und dort friedlich graste. »Wann hast du mal einen freien Tag? Ich würde dir gern meinen Hof zeigen und bei der Gelegenheit mit dir anstoßen.«

Sabine zögerte. Am Montag war Ruhetag, doch da hatte sie sich eigentlich mit der Buchhaltung beschäftigen und eine neue Großbestellung aufgeben wollen.

»Montag ginge«, sagte sie. Buchhaltung hin oder her, es war aufregender, Thorsten näher kennenzulernen. Er war der erste Mann seit Langem, bei dem sie das berühmte Herzflattern erlebte. Es war verwirrend, aber auch schön.

»Super. Ich muss bis zum Spätnachmittag Reitstunden geben, dann nehme ich mir auch frei.«

»Das passt. Ich müsste nämlich auch noch arbeiten.« Sie machte eine kleine Pause. »Es ist nicht so einfach, plötzlich die Leitung des Gasthofes zu haben. Bisher habe ich diese Verwaltungsarbeiten nur in der Theorie gelernt, meine Leidenschaft war und ist das Kochen. Aber alles andere gehört nun mal auch dazu.«

»Ich bin sicher, du schaffst das sehr gut. Und falls ich helfen kann ... Ich habe mal ein paar Semester Betriebswirtschaft studiert, ehe ich mich ganz auf den Reitsport konzentriert habe.«

»Du warst sehr erfolgreich, hat mir Onkel Sebastian erzählt. Sorry, aber ich hab Reitsport nie so richtig verfolgt.«

»Na ja, ich habe einige Turniere gewonnen. Und auch

mal die Europameisterschaft mit der Mannschaft. Aber das ist Vergangenheit.«

»Du hattest einen Unfall, nicht wahr?«

»Ja. Vor knapp vier Jahren.« Sekundenlang schwieg er, und Sabine sah, wie es in seinem Gesicht arbeitete. Doch rasch hatte er sich wieder in der Gewalt. »Es ist bei einem ziemlich unbedeutenden Turnier in der Provinz passiert. Meine Stute scheute, gerade als wir zu einem Sprung ansetzen wollten, und warf mich ab. Unglücklicherweise bin ich mit dem Rücken auf einen Oxer geknallt.« Seine Stimme klang emotionslos. Sabine ahnte, dass er sich zu dieser Sachlichkeit zwingen musste.

»Das tut mir leid«, sagte Sabine.

»Ich hab's überwunden.«

»Du bist aber wieder ganz gesund, oder?« Spontan griff sie nach seiner Hand.

»Ja, ja.« Er drückte sanft ihre Finger. »Es war nur eine langwierige Sache. Hinzu kam dann noch ein komplizierter Bruch des rechten Knies ... Und aus war es mit der großen Karriere.«

»Aber wie konnte das passieren?« Ein bisschen widerwillig löste Sabine ihre Hand aus seiner. Seine Nähe weckte lange vermisste Gefühle in ihr, die sie aber noch nicht einzuordnen vermochte. Aber es fühlte sich gut und richtig an, so dicht neben ihm zu gehen. Doch der Weg wurde schmaler, sie mussten sich voneinander lösen und hintereinander gehen.

»Das habe ich erst viel später in der Klinik erfahren. Zwei Jungs, gerade mal zwölf, haben mit Knallfröschen nach meiner Stute geworfen. Aus Übermut, reiner Dummheit. Deshalb scheute sie und warf mich ab.«

»Das ist ja furchtbar! Ist dem Tier auch was passiert?«

»Zum Glück hatte sie nur ein paar Prellungen. Wenn du zu mir auf den Hof kommst, kannst du sie kennenlernen. Sie hat gerade ein Fohlen bekommen.«

Während sie redeten, waren sie auf einem kleinen Rundweg zurück zum Gasthof gegangen. Wie aus dem Nichts tauchte dann auch plötzlich Ben wieder auf. Er hechelte aufgeregt, umkreiste erst die beiden, dann das Pferd, das aber nur mal kurz schnaubte und sich dann wieder dem Grün am Wegrand zuwandte.

»So, Ben, jetzt kommst du für die letzten Meter an die Leine«, bestimmte Sabine. »Ich hab keine Lust, die halbe Nacht nach dir zu suchen.«

»Es ist sein Revier, das musst du verstehen.« Thorsten tätschelte Bens Kopf.

»Ja, ja, das weiß ich. Und er weiß auch, dass ich ihm nie lange böse sein kann.«

Der Gasthof tauchte vor ihnen auf. Nur zwei Lampen brannten neben der Eingangstür, und der hintere Bereich wurde durch eine alte Bronzelampe, die im Garten stand, diffus erleuchtet.

»Es ist ein wunderschönes Haus.« Thorsten sah zum Gasthof hinüber. »Und ich freue mich, dass du jetzt für immer da arbeitest.«

»Ich mich auch.« Sie blieb stehen und sah zu ihm auf. »Danke fürs Begleiten.«

»Sehr gern. Dann also bis Montag.« Für einen kurzen

Moment nahm er sie sanft in den Arm und hauchte ihr einen flüchtigen Kuss hinters Ohr. Dann ließ er sie wieder los, schwang sich in den Sattel und ritt davon.

»Bis Montag.« Sabine sah ihm vom Vorplatz des Gasthofes aus nach, bis er im Dunkeln verschwunden war. Ihre Hand tastete nach der Stelle am Ohr, an der sie seine Lippen gespürt hatte, und ein verträumtes Lächeln glitt über ihr Gesicht.

4. Kapitel

Es war ein Tag wie aus dem Bilderbuch: Am bayerisch blauen Himmel segelten einige wenige Schönwetterwolken dahin, die Spitzen der nahen Alpen glitzerten im Sonnenlicht, einige wenige trugen noch den Rest des Winterschnees als weiße Hauben. Das Wasser des Tegernsees glänzte im Morgenlicht, die ersten Segelboote setzten weiße Punkte ins dunkle Blau, das von leichten Wellen gekräuselt wurde. Ausflugsdampfer nahmen Touristen auf, und in Rottach-Egern stiegen die ersten Gäste in die Gondeln der Wallbergbahn, die sie hinauf auf den Hausberg der Gemeinde bringen würde.

An so ein Vergnügen konnte Sabine nicht denken. An Tagen wie diesem herrschte in ihrem Gasthof erfahrungsgemäß hoher Besucherandrang.

Schon um sechs Uhr war sie aufgestanden und hatte mit dem Hund einen kurzen Spaziergang gemacht. Insgeheim hatte sie gehofft, dabei Thorsten zu treffen, aber außer einem Reh begegnete sie niemandem.

Du bist verrückt, schalt sie sich, als sie Bens Leine aufhängte und der Hund sich in der geräumigen Wohndiele in seinen Korb legte. Thorsten ist ein sehr sympathischer Typ und als Nachbar sicher einer von der angenehmen Sorte. Aber mehr ist da nicht.

Sagte ihr Verstand.

Ihr Herz aber begann auch jetzt wieder unvernünftig heftig zu schlagen, als sie an Thorsten dachte.

In den vergangenen Jahren hatte sich Sabine nie Zeit für eine feste Beziehung genommen. Ein paar lockere Flirts hatte sie gehabt, doch die waren ohne Bedeutung gewesen. Am intensivsten und längsten war sie mit dem Patissier des Nobelrestaurants zusammen gewesen, in dem sie vor fünf Jahren gearbeitet hatte. Er war lebenslustig und hatte die Arbeit nicht ganz so ernst genommen wie Sabine. Wenn ihm mal etwas misslang, zuckte er nur lässig mit den Schultern und hatte gemeint, dass es unzählige Desserts gab und die Gäste eben die neue Kreation erst übermorgen kriegen würden.

Allerdings kam es nicht oft vor, dass etwas nicht so schmeckte, wie er es sich vorgestellt hatte. Sabine bewunderte ihn, und sie lernte eine Menge von ihm.

Als er sich kurz vor dem ersten Weihnachtsfest, das sie gemeinsam feiern wollten, mit seinem Chef verkrachte, verließ er Hals über Kopf das Hotel – und Sabine. Ihr Abschied war kurz, er hatte sie in den Arm genommen, geküsst und ihr nur das Beste gewünscht. Dass sie beide eh kein Paar geworden wären, hatte er hinzugefügt, ihr noch einen Kuss gegeben, und dann war er aus ihrem Leben verschwunden.

Einige Wochen lang trauerte Sabine dieser Liebe, die eigentlich mehr eine innige Freundschaft gewesen war, noch nach, dann widmete sie sich wieder voll und ganz ihrer Arbeit. Zwei kurze Flirts hatte sie danach noch, die aber ohne Bedeutung waren. Jetzt, da sie am Tegernsee lebte, war sie noch gar nicht dazu gekommen, irgendwelche Männerbekanntschaften zu machen. Markus Hirzler war eine Ausnahme. Er war charmant und humorvoll, sodass sie sich schon zweimal mit ihm getroffen hatte. Beim ersten Mal waren sie in ein bekanntes Café am See gegangen, und Sabine hatte genau registriert, was hier angeboten wurde. Sie fand, dass diese Informationen wichtig waren. Beim zweiten Treffen hatten sie eine Bootsfahrt auf dem See gemacht. Markus hatte sich dafür, wie er erzählte, extra freigenommen.

»Du kannst ja nie am Wochenende«, hatte er gemeint und nach ihrer Hand gegriffen. »Wenn ich also mit dir ausgehen will, muss ich mir Urlaub nehmen.« Er hatte gelacht. »Aber ich hab es sehr, sehr gern getan.«

Wenn Sabine daran dachte, wie treuherzig er sie dabei angesehen hatte, musste sie lächeln. Er war ein netter Kerl, und sie hatte nichts dagegen, ihn noch einmal wiederzutreffen. Er war sympathisch, und gern würde sie mit ihm die Gegend erkunden, wie er es angeboten hatte. Doch dieses gewisse Herzklopfen, das sie in Thorstens Nähe spürte, stellte sich in Markus Hirzels Nähe einfach nicht ein.

»Grüß dich, Sabine. Das wird heute hektisch werden.« Zusammen mit seinem Neffen kam Alois Burgstaller in die Küche, wo Sabine sich gerade den frischen Vorbinder umband. Kritisch schaute der Koch sich um. »Hast noch nix vorbereitet?«, erkundigte er sich.

»Einiges steht im Kühlraum, und die drei Böden muss

ich gleich nur noch mit frischen Erdbeeren belegen.« Sie zeigte auf drei Tortenböden, die sie bereitgestellt hatte. Die waren hauchdünn mit einer Vanillecreme bestrichen, darüber hatte Sabine eine ebenso feine Schokoladenschicht gegossen.

»Ein einfacher Biskuitboden hätt's auch getan«, murmelte Alois mit einem Blick auf die Böden. »Aber es muss ja jetzt alles feiner werden in der *Goldenen Eiche*.«

»Es bleibt auch vieles so, wie es immer war. Dein Jägertopf zum Beispiel.«

»Den wollen die Burschen vom Stammtisch auch genau so haben.«

»Ist schon recht so. Dann fang ich jetzt mit dem Gemüseputzen an, danach bereite ich die Entenbrüste und den Kalbsbraten vor. Schnitzel und Lammlachse sind schon vorbereitet.« Sie wusste, dass Alois nicht gern Gemüse putzte oder Salat säuberte, und war sicher, dass sie seine Laune mit dem Angebot heben konnte.

Tatsächlich blieb die Stimmung in der Küche bis weit nach Mittag sehr gut.

Auf der Terrasse hatten die zwei Aushilfen, die Fanny für dieses Wochenende ersetzten, Sonnenschirme aufgestellt. Und immer neue Gäste kamen vom Tal herauf, um den herrlichen Blick auf den See und hinüber zu den Bergen zu genießen.

An diesem Sonntag kamen nur acht alte Herren zum traditionellen Frühschoppen. Sie tranken wie stets ihre Maß Bier, dazu gab es den Jägertopf, den Alois ihnen persönlich in einer großen Terrine auf den Tisch stellte.

»Dein Onkel ist heute aber nicht dabei«, sagte er, als er zurück in die Küche kam. »Ich hab gefragt. Die vom Seniorenstift machen einen Ausflug nach München, bleiben bis zum späten Abend, weil sie noch ins Theater gehen. Da wollte der Sebastian mit. Theater!« Er spuckte das Wort förmlich aus. »Davon hat er früher nie was gehalten. Möchte nur wissen, was oder wer ihn so verändert hat.«

Das hätte auch Sabine interessiert, aber sie verkniff sich eine Bemerkung. In der nächsten Sekunde wurde sie auch schon abgelenkt, denn eine der Aushilfen kam in die Küche und verkündete mit leuchtenden Augen: »Der Thorsten Bernhammer ist da. Mit seinem Freund. Irre gut sieht der aus.« Sie trank rasch einen Schluck Apfelsaftschorle. »Ich soll fragen, ob du kurz rauskommen kannst, Sabine.«

Der Löffel, mit dem Sabine gerade eine Morchelrahmsoße abgeschmeckt hatte, zitterte leicht in ihren Fingern. »Ja, ja, ich komme sofort.«

Doch bevor sie hinausging, schlüpfte sie in eine saubere Kochjacke und schaute prüfend in den kleinen Spiegel, der direkt neben der Tür hing. Unmöglich, befand sie und war versucht, sich ausführlich die Haare zu kämmen, die sie stets bei der Arbeit unter einer dünnen Haube versteckte. Hygiene war ihr extrem wichtig, es durfte nicht ein einziges Haar ins Essen geraten.

Doch jetzt setzte sie die Haube ab und zupfte ein paar kleine Locken über die Ohren. Der blonde Zopf, den sie unter der Haube hochgesteckt hatte, ließ sich auf die Schnelle allerdings nicht lösen.

Mit einem Lächeln trat sie hinaus auf die noch gut besuchte Terrasse, grüßte nach rechts und links und ging dann auf den Tisch am linken Rand der Terrasse zu, wo Thorsten und sein Freund saßen. Die alten Eichen, die ganz in der Nähe standen, spendeten bis hierher Schatten, sodass kein Sonnenschirm nötig war. Allerdings hatte man von diesem Platz aus keinen Seeblick, weswegen keiner der Touristen hier sitzen mochte.

»Grüß Gott zusammen.«

»Hallo, Sabine.« Thorsten stand auf und reichte ihr die Hand. »Wir kommen ziemlich spät zum Essen, oder?« Er wies nach links, wo sich an einem großen Tisch eine Familie am Erdbeerkuchen gütlich tat.

»Das macht nichts. Am Sonntag ist die Küche durchgehend geöffnet.«

»Ein Glück! Nach Kuchen steht mir gar nicht der Sinn.« Thorstens Begleiter war ebenfalls aufgestanden. »Ich bin Konstantin von Hoff, angeblich Thorstens bester Freund.« Er zwinkerte ihr amüsiert zu.

»Wieso angeblich?«

»Weil er mich nicht vorgestellt hat, der Banause. Und weil er mir kein Wort davon erzählt hat, wie bezaubernd die neue Besitzerin der *Goldenen Eiche* ist.«

»Der Charme ist ihm angeboren, hör nicht auf ihn, Sabine.« Thorsten griff wieder nach ihrer Hand. »Er will auf die Tour nur eine extragroße Portion ergattern.«

»Die bekommt ihr sowieso. Was darf's denn sein?« Sabine machte eine knappe Handbewegung. »Setzt euch doch bitte wieder.« Ihr Blick streifte Konstantin von Hoff, der wirklich sehr attraktiv war. Sein dunkles, fast schwarzes

Haar war an den Schläfen leicht ergraut. Er trug eine dunkelblaue Leinenhose, dazu ein weißes Leinenhemd.

»Was hast du denn Gutes?«

»Alles, was auf der Karte steht, ist gut.« Sie lächelte. »Ich persönlich würde zu Kalbsmedaillons mit Steinpilzen oder Morcheln raten. Es ist aber auch noch was vom Jägertopf da.«

»Wir nehmen die Kalbsmedaillons.« Konstantin von Hoff lehnte sich entspannt zurück. »Dazu einen guten Rotwein ... und mein Tag ist gerettet.«

»Ich muss mich leider mit Wasser begnügen. Bin heute der Fahrer.«

»In Ordnung. Die Getränke werden gleich gebracht. Ich muss wieder in die Küche.«

»Schade«, sagte Thorsten spontan, und ein kleines Lächeln glitt über Sabines Gesicht, als sie es hörte.

Sie bereitete das Essen für die beiden besonders sorgfältig zu, gab eine Extraportion Pilze in die Soße und hoffte, dass sie Zeit finden würde, noch einmal zu ihnen nach draußen zu gehen.

Knapp zehn Minuten später konnte sie sich eine kurze Verschnaufpause gönnen. Sie füllte eine Sauciere mit Morchelrahmsoße und brachte sie an den Tisch der Freunde.

»Die solltet ihr noch probieren.«

»Super. Danke.« Thorsten schaute zu ihr hoch, und sein Lächeln ließ sie leicht rot werden. Sie hoffte, dass er es nicht bemerkte.

»Es schmeckt köstlich«, lobte Konstantin, griff nach seinem Glas und trank Sabine zu. »Darf ich dich auch duzen?«

»Sicher. Gern.«

»Dein Essen ist ein Gedicht. Ich werde noch häufiger hierher an den Tegernsee kommen als bisher.« Konstantin goss sich noch einmal Morchelrahmsoße nach. »Einfach himmlisch. Dein Essen, Sabine, wäre allein schon ein Grund, hier am See eine Zweigstelle einzurichten.«

»Eine Zweigstelle wovon?«

»Konstantin ist Juwelier und ein ziemlich guter Goldschmied. Er hat ein Geschäft in München, das sehr gut läuft. Seine Kreationen sind fast so gut wie dein Essen.«

»Interessant.« Sabine nickte Konstantin zu. »Ich bin zwar keine große Schmuckliebhaberin, aber ein, zwei außergewöhnlich schöne Stücke hätte ich schon gern.«

»Das lässt sich machen.«

»Er ist sehr geschäftstüchtig, pass auf, Sabine«, flachste Thorsten.

»Da hat er bei mir keine Chance. Ich will hier im Laden noch etliche Dinge anschaffen. Und vielleicht nach und nach auch die Innenausstattung modernisieren. Das ist wichtiger.« Sie wandte sich zum Gehen und sagte: »Tut mir leid, ich muss euch allein lassen. Wir sehen uns sicher bald wieder, Konstantin.«

»Bestimmt. Nächste Woche hat meine Mia Ferien, da werden wir ein paar Tage auf dem Reiterhof verbringen.«

»Du hast eine Tochter?«

»Ja. Sie ist acht und ziemlich kess.«

Sabine lachte. »Ich freu mich drauf, sie kennenzulernen. Aber jetzt adieu.« Ein letztes Lächeln, das vor allem Thorsten galt, dann eilte sie zurück in die Küche.

Rezept Jägertopf
(für 4 Personen)

500 g Wildfleisch (Reh und Wildschwein)
50 g durchwachsenen Speck
2 große Zwiebeln
50–80 g Pfifferlinge, je nach Geschmack
300 g Kartoffeln
4 gelbe Rüben
¼ l Fleischbrühe
1 TL Butter/Butterschmalz
Salz und Pfeffer
Sahne/Crème fraîche

Die Speckwürfel in der Butter auslassen, Zwiebeln und Fleischwürfel scharf darin anbraten. Kartoffelwürfel und Rübenscheiben zugeben, alles mit Salz und Pfeffer würzen. Mit der Fleischbrühe angießen und alles zugedeckt bei milder geringer Hitze eine knappe Stunde schmoren.

Mit Sahne oder Crème fraîche verfeinern.

5. Kapitel

»Nun, lieber Sebastian, wie hat dir die Aufführung gefallen?« Fragend und mit einem Lächeln, das bis in die dunklen Augen reichte, sah Elisabeth Mahler ihren Begleiter an.

»Ehrlich gesagt, ich bin beeindruckt. Die Sänger waren, soweit ich das überhaupt beurteilen kann, ganz ausgezeichnet, das Bühnenbild zum Glück nicht ganz modern, sodass ich mich in die Handlung gut einfühlen konnte.« Sebastian Moser drückte sacht Elisabeths Arm. »Ich habe dir ja gestanden, dass ich in meinem Leben nicht sehr oft in der Oper war. Die Arbeit hat es nie zugelassen.«

»Aber jetzt hast du Zeit, all das nachzuholen.« Elisabeth, eine zierliche Frau mit flottem Kurzhaarschnitt, lehnte sich entspannt in den Polstern des Kleinbusses von der Seniorenresidenz zurück.

»Stimmt. Unter anderem bin ich ja deshalb schon zeitig aufs Altenteil gegangen, damit ich noch einiges erleben kann.« Leicht zuckte er mit den Schultern. »Weißt du, wenn ich oben auf dem Landgasthof wohnen geblieben wäre, hätte ich mich ja doch immer wieder eingemischt. Und das wäre nicht gut gewesen.«

»Du hast es genau richtig gemacht.« Elisabeth rieb sich, wie so oft, über das linke Knie. »Ich wäre wohl noch länger in meinem Haus geblieben, hätte ich nicht diesen fatalen Unfall gehabt, bei dem ich mir das Bein so übel verletzt habe. Die Kniebeschwerden werden wohl nicht mehr nachlassen. Aber ich will nicht klagen, noch bin ich mobil.«

»Und deshalb schlage ich vor, dass wir gleich noch einen Absacker trinken. Oder bist du zu müde?«

»Nein, gegen ein letztes Glas Wein ist nichts einzuwenden.«

»Darf ich mich da anschließen?« Die Dame, die vor ihnen saß, wandte sich um. »Ich bin noch total geflasht von der Aufführung und will noch nicht schlafen gehen. Schließlich sind wir noch keine achtzig.«

»Geflasht«, murmelte Sebastian und runzelte unwillig die Stirn.

»Natürlich können Sie gern mitkommen, Ria.« Elisabeth Mahler lächelte ihre Zimmernachbarin an. »Einen so schönen Abend sollte man langsam ausklingen lassen.« Kurz sah sie zu Sebastian hin, der beinahe unmerklich die Stirn runzelte. Sie wusste bereits, dass er Ria van Claasen nicht besonders schätzte. »Sie ist mir zu schrill«, hatte er erst kürzlich gesagt und der schlanken Ria, die gern auffällige Kleider trug, nachgeschaut. »Sie gibt sich wie eine Zwanzigjährige. Versucht, auch so zu reden, dabei ist das einfach nur albern.«

Doch Elisabeth hatte ihn besänftigt. »Sie ist einsam, denke ich«, hatte sie gesagt. »Nie bekommt sie Besuch, und soweit ich weiß, ist sie allein und hat auch keine Familie mehr.«

Sebastian Moser hatte darauf nichts erwidert, aber er nahm sich vor, alles zu tun, damit Ria van Claasen sich ihnen nicht allzu häufig anschloss, wenn er und Elisabeth etwas unternahmen.

Dieser Abend war eine Ausnahme, es gab noch zwei Herren und eine Dame, die ebenfalls Lust auf ein letztes Glas Wein hatten, und so kehrten sie noch in ein Lokal direkt am See ein.

»Hast du keine Sehnsucht mehr nach deinem Gasthof?«, erkundigte sich Elisabeth, als der Wein serviert wurde und der Kellner Sebastian besonders freundlich begrüßte.

»Nein, absolut nicht.« Er zog ihre Hand an die Lippen. »Ich bin sehr froh da, wo ich jetzt lebe. Und bei Sabine weiß ich die *Goldene Eiche* in den besten Händen.«

»Ich würde mir den Gasthof gern mal ansehen.«

»Das können wir machen.« Er trank ihr zu. »Aber glaube nicht, dass du einen goldenen Baum vorfindest. Es stehen zwar noch etliche Eichen auf dem Grundstück, aber schon mein Vater und Großvater haben vergeblich nach dem Schatz gesucht, der sich einer Legende nach auf unserem Grundstück befinden soll und nach dem der Gasthof benannt wurde.«

»Und du hast auch nie danach gesucht?«

Er schüttelte den Kopf. »Nein, nie. Das sind alte Geschichten, die wahrscheinlich mal jemand erfunden hat, um das Lokal für die Gäste interessanter zu machen.«

Beide bemerkten nicht, dass Ria van Claasen ihrer Unterhaltung interessiert lauschte. Und als sie von dem Schatz hörte, weiteten sich ihre Augen.

Sebastian, für den sie insgeheim eine Schwäche hatte, war er doch einer der jüngeren Bewohner des Hauses und sichtlich nicht unvermögend, war nun noch interessanter geworden!

6. Kapitel

Nach einem anstrengenden Sonntag, an dem sie bis zum späten Abend Gäste bewirtet hatte, freute sich Sabine auf ihren freien Tag. Am Morgen, nach einem langen Waldspaziergang mit Ben, kümmerte sie sich eine Stunde lang um die Buchhaltung, gab neue Bestellungen auf und kontrollierte die noch vorhandenen Getränkevorräte, die ebenfalls nachbestellt werden mussten.

Das Klingeln des Telefons zerriss die Stille in ihrem kleinen Büro. Ben bellte zweimal kurz, dann ließ er den Kopf wieder zwischen die dicken Pfoten sinken.

»Hallo, Sabine, hier ist Markus. Ich wollte fragen, ob du heute Abend Zeit hast, mit mir essen zu gehen. Heute ist doch dein freier Tag, oder?«

»Ja, schon, aber ...« Sabine zögerte. »Tut mir leid, Markus, aber heute geht es nicht.«

»Schade.« Echtes Bedauern schwang in seiner Stimme mit.

»Ja, tut mir auch leid.« Sie biss sich kurz auf die Lippe. »Du, wenn du magst, kann ich es Mittwoch einrichten. Da ist erfahrungsgemäß nicht sehr viel los, ich könnte am späteren Abend von hier weg.« Nachdem sie Thorsten kennengelernt hatte, war sie zwar nicht mehr allzu sehr daran interessiert, mit Markus auszugehen, doch sie hatte es ihm versprochen und wollte ihn nicht vor den Kopf stoßen. Er war sympathisch, und so, wie es aussah, würde sie in den nächsten Jahren sicherlich noch des Öfteren mit ihm zusammenarbeiten müssen.

»Super! Dann hole ich dich gegen zwanzig Uhr ab. Passt das?«

»Das klappt sicher. Bis dahin, Markus. Schönen Tag noch.«

»Dir auch. Servus.«

Sie konnte natürlich nicht sehen, dass sich Markus' Miene bei ihrer Absage zunächst verdunkelt hatte. Er war es nicht gewohnt, einen Korb zu bekommen, und nur die Tatsache, dass sich Sabine am Mittwoch mit ihm treffen wollte, hob seine Laune wieder. Sie war eine interessante Frau. Nicht nur, weil sie sehr attraktiv war, noch wichtiger als ihr gutes Aussehen war ihm, dass sie bestimmt eines Tages über ein großes Vermögen verfügen würde. Ihr Onkel war reich. Ob sie überhaupt ahnte, wie reich?

Nun, er hatte schon einiges darüber herausgefunden, wo und wie Sebastian Moser sein Geld investiert hatte, und wusste nun, dass der ehemalige Wirt der *Goldenen Eiche* millionenschwer war.

»Und somit seine einzige Nichte irgendwann auch«, murmelte Markus, während er noch eine Weile nachdenklich aufs Telefon starrte.

Sabine arbeitete noch eine gute halbe Stunde im Büro, dann ging sie hoch in ihre Wohnung. Dort aß sie nur einen Joghurt, gönnte sich dann ein ausgiebiges Bad, ehe sie es sich auf der Liege, die auf dem schmalen Balkon vor ihrem Schlafzimmer stand, bequem machte. Das lange Haar ließ sie in der Sonne trocknen.

Eine Stunde schlief sie tief und fest. Erst als Ben sie auffordernd mit der Schnauze anstupste, schreckte sie auf. Ein kurzer Blick auf die Uhr – noch war Zeit genug, mit dem Hund rauszugehen und sich anschließend in Ruhe fertig zu machen.

Eine knappe Stunde wanderte sie über die Wiesen und Felder, die sich links vom Wald über den Hügelkamm erstreckten. Ben jagte aufgeregt einem Kaninchen hinterher, verbellte eine Schar Krähen und beschnupperte interessiert ein paar Schafe, die sich dem Zaun näherten, als sie beide an der Weide vorbeikamen.

Wieder daheim, überlegte sie, was sie für diesen Abend anziehen sollte. Thorsten hatte ihr eine Hofführung versprochen. Sie war gespannt darauf zu sehen, wie er lebte und arbeitete. Es herrschte frühsommerliches, wunderschönes Wetter, die Sonne stand zwar noch nicht ganz hoch am Sommerhimmel, aber da kaum Wind wehte, war es angenehm warm. Also zog Sabine eine bequeme Jeans und eine leichte zartgelbe Bluse an, für den späteren Abend würde sie eine Jacke mitnehmen.

Sie war gerade fertig und hatte dem Hund ein frühes Abendessen hingestellt, als Thorstens Land Rover vorfuhr.

Für Minuten vergaß Ben sein Fressen und rannte hinunter zum Hof. Zweimal bellte er warnend, ehe er den Besucher erkannte und ihn freundlich mit dem Schwanz wedelnd begrüßte.

Sabine blieb in der Tür stehen und sah Thorsten lächelnd entgegen. Er hielt eine Blumenschale in der Hand, die nur lose eingepackt war.

»Ich hoffe, du magst Maiglöckchen«, sagte er. »Frische Blumen konnte ich heute nicht mehr besorgen, die hier hab ich schon Samstag für dich gekauft.«

»Ich liebe Maiglöckchen.« Sabine sog den süßlichen Duft der Blüten ein. »Danke dir sehr, Thorsten.«

»Dann bin ich froh, deinen Geschmack getroffen zu haben.« Kurz zog er sie an sich. »Bist du fertig?«

»Ja. Ich muss nur noch Ben einsperren und mir eine Jacke holen.«

»Von mir aus kann er gern mit. Wir fahren doch zu mir, oder?«

»Na klar. Aber heute kann er mal daheim bleiben. Wir waren schon ausgiebig spazieren, da ist er entspannt und hält ein paar Stunden Ruhe.«

»Wie du meinst.«

Thorstens Hof, das wusste sie inzwischen, lag oberhalb des Landgasthofes.

Sie fuhren zwischen Wiesen und Feldern hindurch, die Straße schlängelte sich, immer schmaler werdend, den Berg hinauf.

Je höher sie kamen, desto atemberaubender wurde der Blick auf den See, der zwischen Büschen und Bäumen immer wieder blau hervorblitzte.

In einer Kehre hielt Thorsten kurz an, und die beiden stiegen aus. »Von hier hat man den besten Blick hinunter nach Bad Wiessee. Kannst du das Gebäude der Spielbank sehen? Es ist deutlich zu erkennen.«

»Einfach toll sieht das aus.« Sabine schaute sich um. »Wenn die Straße nicht so eng wäre, müsste man hier einen Aussichtspunkt errichten.«

»Das geht aber nicht, der Hang ist viel zu steil. Und von der gegenüberliegenden Seite ist der Blick lange nicht mehr so gut.« Er zeigte nach links. »Wie hingetupft sehen die Boote aus, stimmt's?«

Zwei größere Segelboote dümpelten auf dem dunkelblauen See. Und plötzlich umkreiste ein Motorboot die Segler, durchpflügte das eben noch ruhige Wasser und wühlte es auf.

»Wir müssen weiter. Da hinten kommt ein Traktor, den sollten wir nicht aufhalten.« Er half Sabine beim Einsteigen und fuhr weiter.

Nach einigen Kurven kamen die ersten weitläufigen Koppeln in Sicht. Ein paar Pferde näherten sich neugierig, als sie den Wagen erkannten.

»Das sind die Jährlinge«, erklärte Thorsten. »Sie sind vor Kurzem von ihren Müttern getrennt worden und stehen separat.«

»Traurig«, kommentierte Sabine.

»Aber nein, sie finden sich sehr schnell allein zurecht. Es ist wie bei den Menschen, irgendwann müssen sie selbstständig werden.« Er zeigte auf ein etwas größeres Pferd, das fast schwarzes Fell hatte. »Der junge Hengst ist fast zwei

Jahre alt. Sein Vater ist mein bester Zuchthengst. Ich setze große Hoffnungen in den Nachwuchs.«

»Er ist wunderschön.«

»Und er wird hoffentlich mal ein exzellentes Dressurpferd. Anlagen dazu hat er.«

Sie fuhren noch etwa zweihundert Meter weiter, dann lag ein großer, zum Teil gepflasterter Platz vor ihnen. Der Auffahrt gegenüber stand ein lang gestrecktes, weiß gestrichenes Haus, dessen Sockel aus grob behauenen grauen Steinen bestand. Im oberen Stockwerk standen zwei Fenster offen, davor hingen Blumenkästen, in denen allerdings nur ein paar Tannenzweige steckten.

Neben der wunderschön geschnitzten Haustür aus massivem Eichenholz standen rechts und links Blumenkübel, in denen späte Tulpen und Stiefmütterchen blühten.

»Willkommen auf Gut Hubertus.« Thorsten streckte ihr beide Hände entgegen, um ihr aus dem Wagen zu helfen. Als Sabine dicht vor ihm stand, zog er sie an sich. »Ich hab's kaum erwarten können, dich hier zu haben.«

Sabines Herz machte einen Sprung, und sie hielt den Atem an. Ob er sie jetzt küssen würde?

Doch Thorsten ließ sie schon wieder los und öffnete die Tür. »Komm rein, und schau dich einfach um.«

»Wie alt ist das Haus?« Sabine ging langsam durch eine ungewöhnlich große Diele, an deren linker Seite zwei alte geschnitzte Eichenbänke standen. Auf den dunklen Fliesen lag ein heller Webteppich. Vier Türen gingen seitlich der Diele ab, eine weitere führte geradeaus.

»Etwas mehr als hundert Jahre alt sind das Fundament

und dieser vordere Trakt. Der nächste Teil, in dem ich wohne, ist erst vierzig Jahre alt. Mein Vater hat ihn gebaut, nachdem er das alte Gut gekauft hatte. Ich habe nur ein paar Dinge verschönert und modernisiert. Die Küche zum Beispiel.« Er wies nach links. »Aber die zeige ich dir später. Komm erst mal mit ins Wohnzimmer.«

Die Tür geradeaus führte in einen großen lichten Raum, der geschmackvoll mit wenigen Antiquitäten, aber auch moderneren Möbeln eingerichtet war.

Sabines Blick fiel sofort auf eine Glasvitrine zwischen einem breiten hohen Fenster und einer Tür, die auf die Terrasse hinausführte. Diverse Trophäen standen in den Regalen. Sie sah Pokale, aber auch Skulpturen von Pferden.

»Das ist beeindruckend«, sagte sie und sah sich die Sammlung näher an.

»Das ist Vergangenheit.« Thorsten legte ihr den Arm um die Schultern. »Es war eine schöne Zeit, in der ich von Turnier zu Turnier gereist bin, aber sie ist vorbei.«

»Bist du traurig deswegen?«

»Nein.« Er lachte leise. »Inzwischen bin ich glücklich und zufrieden so, wie es jetzt ist. Natürlich habe ich nach meinem schweren Sturz mit dem Schicksal gehadert. Schließlich sah es eine Weile so aus, als würde ich im Rollstuhl landen. Aber ich hatte noch mal Glück. Sogar das linke Bein, das zunächst steif zu bleiben drohte, ist inzwischen wieder in Ordnung, dank eines sehr guten Physiotherapeuten.«

»Und jetzt züchtest du Pferde und gibst Reitunterricht.«

»Ja. Wir haben auch ein gutes Dutzend Pensionspferde hier stehen. Wir können ja einen Rundgang machen.«

»Gerne.«

»Aber erst mal gibt's einen Willkommensschluck. Möchtest du einen hausgebrannten Marillenschnaps oder lieber Wein? Ich habe auch Bier da.«

»Du hast einen Hausbrand?«

»Den bringt mir der Bastian mit. Das ist mein ältester Mitarbeiter und meine rechte Hand. Er stammt aus der Wachau, sein Bruder stellt den Obstbrand her. Du musst ihn kosten, er ist wirklich außergewöhnlich gut.« Er ging zu einem alten geschnitzten Hängeschrank und holte eine Flasche und zwei geschliffene Gläser heraus, in die er dann den Obstbrand eingoss.

»Auf dein Wohl.« Tief sah er Sabine in die Augen.

»Prost.« Sabine trank einen ersten Schluck. »Puh, der hat's in sich. Aber er ist gut. Ganz weich im Abgang.«

»Stimmt. Und das Beste daran ist, dass es ihn offiziell nicht zu kaufen gibt. Bastian gibt ihn nur an gute Freunde ab, so wie sein Bruder.«

»Dann darfst du dir darauf ja was einbilden.« Sabine trank das Glas aus.

»Du wirst Bastian noch kennenlernen. Heute ist er mit zwei Stuten unterwegs, aber du kommst ja wieder, oder?« Der Blick, mit dem er sie ansah, fühlte sich wie ein Streicheln an.

»Natürlich, wenn ich darf.« Sabine machte einen Schritt auf die Terrasse zu. »Es ist wirklich sehr schön hier in diesem alten Haus.« Sie lächelte zu ihm auf. »Es sieht von außen ziemlich wuchtig aus, aber hier drinnen ist es urgemütlich.«

»Komm mit raus. Wenn du dich nach links reckst, kannst du sogar einen Zipfel des Tegernsees sehen.«

»Ich glaube dir, dass man einen schönen Ausblick von hier hat.« Sie drehte sich zu Thorsten um. »Aber erst würde ich mir gerne ein paar von deinen Pferden ansehen.«

»Dann komm mit.« Als sie das Haus wieder verließen, legte er ihr den Arm um die Schultern, und Sabine hatte ein gutes Gefühl dabei.

Nur etwa dreißig Meter vom Haus entfernt stand der älteste der Reitställe. Ein breites, zweiflügeliges Tor, über dem einige Hufeisen hingen, stand weit offen und gab den Blick auf eine sauber gefegte Stallgasse frei.

»Der Stall ist auch gut hundert Jahre alt«, erklärte Thorsten. »Sieh dir die Messingkugeln an den Boxen an, so etwas findest du heute nirgendwo mehr.« Er trat an die erste Box, in der ein Apfelschimmel stand und ihn mit leisem Schnauben begrüßte.

»Das hier ist Farian, er ist schon fast zwanzig und wird nur noch hin und wieder geritten. Er war einmal ein erstklassiges Springpferd, doch das mute ich ihm nicht mehr zu.«

»Das ist nett von dir. Er kriegt also sein Gnadenbrot.«

»So würde ich es nicht nennen. Es gibt zwei junge Mädchen, ganz begabte Reiterinnen, die sich um ihn kümmern und regelmäßig mit ihm ausreiten. Das mag er sehr. So wie die vier anderen, die hier stehen, auch. Sie sind alles erfahrene ehemalige Turnierpferde. Für Anfänger oder Menschen, die nur gemütlich durch die Landschaft reiten wollen, sind sie ideal.«

Er trat an eine etwas größere Box. »Das ist Landro, mein eigenes Reitpferd. Er ist noch jung und ein bisschen ungestüm, aber hat sehr gute Anlagen. Du kennst ihn ja schon.« Der Wallach streckte den Kopf durch die Futterluke und wartete sichtlich darauf, gestreichelt zu werden.

»Er ist sehr schön.« Sabine strich sacht über die weichen Nüstern des Wallachs. »Ich würde dir ja gern was geben, aber ich hab nicht mal ein Stückchen Zucker dabei.«

»Zucker ist auch nicht gesund. Hier hast du ein paar Möhren.« Thorsten bückte sich und holte ein paar Futtermöhren aus einem Eimer, der neben der Box stand.

Als Sabine danach griff, trafen sich ihre Finger, und sie hatte das Gefühl, dass seine Finger eine elektrisierende Wirkung auf sie hatten. Beide standen sie reglos da und sahen sich lange an.

Schließlich ließ Thorsten die Möhren einfach fallen, zog Sabine an sich und beugte sich zu ihrem Gesicht herunter.

»Onkel Thorsten! Hallo, Onkel Thorsten!« Die helle Kinderstimme zerriss den Kokon aus neuer Vertrautheit, Zärtlichkeit und Sehnsucht, der sie für einen Moment umfangen hatte.

»Mia! Wo kommst du denn her?« Thorsten drehte sich nach dem blonden Mädchen um, das durch die Stallgasse auf ihn zugelaufen kam. »Wir sind schon früher gekommen, weil Papa noch in seinen neuen Laden wollte. Toll, nicht?«

»Ja ...« Liebevoll legte Thorsten den Arm um die schmalen Schultern des Mädchens, die andere Hand streckte er nach Sabine aus. »Darf ich vorstellen: Das ist Mia, meine allerbeste Freundin.« Er zwinkerte der Kleinen zu. »Und das ist Sabine.«

»Bist du auch eine Freundin von Onkel Thorsten?«

Sabine zögerte, lächelte dann und nickte. »Das denke ich schon.« Sie gab Mia die Hand. »Schön, dich kennenzulernen, Mia. Reitest du hier?«

»Klar! Seit einem halben Jahr. Vorher durfte ich nicht.« Sie verzog leicht den Mund. »Papa hat's verboten. Wegen meinem Rücken.«

Thorsten mischte sich ein. »Mia ist Konstantins Tochter, und er wollte nicht, dass Mia allzu früh aufs Pferd steigt. Ist auch gar nicht so falsch, diese Entscheidung. Jetzt kannst du auch schon auf größeren Pferden reiten, ist doch auch was, oder?«

»Aber mein Wirbelwind ist noch lange nicht so groß wie deine Pferde.«

»Er ist ein sehr großes Pony, finde ich. Hast du ihn denn schon begrüßt?«

»Mach ich gleich.« Mia sah von einem zum anderen. »Papa ist noch tanken, er kommt dann auch. Bleibst du hier, Sabine?«

»Noch ein bisschen. Ich habe noch lange nicht alle Pferde kennengelernt.«

»Darf ich mitkommen?«, fragte Mia.

»Und dein Wirbelwind?«

»Da lauf ich jetzt erst mal hin. Bis später!« Sie griff in den Eimer mit Möhren, nahm vier heraus und rannte quer über den Hof davon.

»Sie ist ein Energiebündel, und Konstantin hat es nicht ganz leicht mit ihr.« Thorsten legte wieder den Arm um Sabines Schultern. »Möchtest du wirklich noch den anderen Stall sehen? Oder lieber rüber zur Koppel spazieren?«

»Du musst doch deinen Freund begrüßen, wenn er kommt. Also bleiben wir lieber hier.«

»Ach was, der kennt sich aus und weiß, wo der Ersatzschlüssel für meine Wohnung hängt.« Er beugte sich ein wenig näher zu ihr. »Ich würde gern noch ein wenig mit dir allein sein.« Seine Stimme klang weich und zärtlich.

»Dann also zu den Koppeln.« Für einen kurzen Moment lehnte Sabine den Kopf an seine Schulter.

Sie waren noch keine zwanzig Meter gegangen, als ihnen auf der Auffahrt eine schwarze Limousine entgegenkam.

Thorsten seufzte unterdrückt auf. »Uns ist heute kein ruhiger Moment vergönnt.« Er wies mit einer kurzen Kopfbewegung in Richtung der Limousine. »Konstantin.«

»Schade. Dann müssen wir uns eben ein anderes Mal die Pferde anschauen.«

»Ich hab nicht unbedingt an die Pferde gedacht.« Während er lächelte, zeigten sich seine süßen Grübchen.

Ihr Herz begann heftig zu klopfen. »Ich weiß«, sagte sie leise. »Aber jetzt komm, lass uns zurückgehen und deinen Freund begrüßen.«

»Im Moment würde ich ihm gerne die Freundschaft kündigen.«

»Bitte nicht.« Sabine lachte leise. »Das möchte ich nicht verantworten.«

»Den Rundgang über das Gut holen wir bald nach.«

Thorsten zog sie noch einmal kurz in die Arme. »Und ich verspreche, dass dann niemand vorbeikommt und stört.«

»Gute Freunde stören nicht.« Sabine machte zwei rasche Schritte aufs Haus zu, drehte sich dann aber um und griff nach seiner Hand. »Ich finde die beiden sehr nett. Mia ist ein reizendes kleines Mädchen und Konstantin sehr sympathisch.«

»Hey, muss ich vielleicht eifersüchtig werden?«

Einen Moment zögerte Sabine, dann schüttelte sie den Kopf. »Nein, absolut nicht.«

»Sein Glück.« Thorsten zwinkerte ihr zu, ehe er auf den Freund zuging und ihm zur Begrüßung kurz auf die Schulter schlug. »Habt ihr kein gemütliches Zuhause?«

»Es sieht nicht so aus.« Konstantin grinste. »Ich hab zur Versöhnung auch meinen besten Rotwein mitgebracht.«

»Das höre ich gern.«

Sie verbrachten einen gemütlichen Abend zu dritt. Zum Rotwein, der wirklich exzellent war, gab es Spaghetti, die Sabine mit den wenigen Zutaten, die Thorsten im Haus hatte, zubereitete.

»Wenn ich gewusst hätte, dass ihr kommt, hätte ich Essen aus dem Lokal mitgebracht«, sagte Sabine.

»Unsinn, es schmeckt super.«

»Verwöhn Konstantin nicht zu sehr«, meinte Thorsten grinsend. »Sonst fährt er gar nicht mehr heim.«

»Zumindest an Sabines Essen könnte ich mich gewöhnen.« Konstantin hob sein Glas und trank Sabine zu. »Ich hoffe, wir sehen uns noch oft hier.«

»Ich würde mich freuen«, gab Sabine zurück.

»Ich nicht.« Thorsten stieß den Freund kurz in die Seite. »Beziehungen zu dritt kommen nicht infrage.«

»Du bist unmöglich.« Sabine sah ihn kopfschüttelnd an.

»Nur ehrlich.« Thorsten zwinkerte dem Freund zu. »Er weiß auch genau, wie es gemeint ist.«

»Klar doch. Und deshalb werde ich nach dem letzten Schluck mein Fräulein Tochter zu Bett bringen und mich auch hinlegen.«

»Wir haben hier ein eigenes Zimmer«, warf Mia stolz ein. »Mein Bett ist in die Wand eingehauen worden.«

»Sie schläft im Alkoven«, erklärte Thorsten. »Das findet sie besonders interessant.«

»Deshalb wird sie jetzt auch sofort darin verschwinden.« Konstantin trank sein Glas aus. »Ich wünsch euch noch einen schönen Abend.«

»Ich muss gleich nach Hause.« Sabine sah auf die Uhr. »Es ist schon spät, und ich muss morgen früh raus. Außerdem wartet Ben sicher schon auf mich.«

»Aber ein wenig bleibst du noch, ja?« Thorsten schaute sie bittend an, und Sabine konnte gar nicht anders, als zustimmend zu nicken.

7. Kapitel

Graue Nebelschleier schwebten über den See. Die Enten und Schwäne, die ihre Ruheplätze dicht am Ufer hatten, putzten schon ihr Gefieder. Zwei Fischer saßen auf ihren kleinen Booten und warteten geduldig darauf, dass ein Fisch anbiss.

Langsam schob sich die Sonne am Himmel immer höher. Mit ihren wärmenden Strahlen verschwand nach und nach der Frühnebel, der Tau auf den Wiesen trocknete, und in den Orten rund um den Tegernsee erwachte das Leben.

Ungeniert gähnend parkte Markus Hirzler seinen Wagen auf dem für ihn reservierten Parkplatz hinter dem Bankgebäude. In der letzten Nacht war er viel zu lange unterwegs gewesen, der Schlafmangel machte sich bemerkbar.

Aber es hatte sich gelohnt, dass er noch zwei Stunden länger als geplant in der Spielbank geblieben war! Ein zufriedenes Lächeln glitt über sein Gesicht, als er sich daran erinnerte, wie viel Glück er bei den letzten beiden Spielen gehabt hatte.

Den ganzen Abend hindurch hatte er mal größere, mal kleinere Beträge gesetzt und verloren, natürlich auch mal gewonnen. Doch nie war der große, der seit Monaten erhoffte große Gewinn dabei gewesen.

Bis gestern, kurz nach Mitternacht!

Da war die kleine weiße Elfenbeinkugel des Roulettes genau auf die Dreiunddreißig gerollt, seine ausgewiesene Glückszahl.

In seiner ersten Euphorie hatte er noch länger spielen wollen, doch nachdem er dann dreimal hintereinander verloren hatte, siegte die Vernunft vor der Spielleidenschaft, und Markus ging mit dem großen Gewinn von mehreren Tausend Euro nach Hause.

Im Büro trank er zusammen mit den beiden Mitarbeiterinnen noch einen extrastarken Kaffee, ehe die Bankschalter öffneten.

Eine der ersten Kundinnen war Sabine Moser.

»Das ist ja eine schöne Überraschung am Morgen. Meine Lieblingskundin ist da!« Er kam hinter dem Tresen hervor und begrüßte Sabine mit einer Umarmung. »Ich hatte schon gestern mit dir gerechnet. Sicher willst du die Einnahmen vom Wochenende einzahlen.«

»Genau. Aber gestern hab ich mich ausgeschlafen.« Sie lachte leise. »Es war irre viel los.«

»Schön für dich. Dann hast du ja jetzt viel Bares.«

»Stimmt. Aber es wird auch in den nächsten Tagen wieder viel abgebucht werden. Ich hab jede Menge neue Ware bestellt.«

»Ich bewundere dich. Ehrlich. Was du dir da aufgeladen hast … Kompliment.« Er stellte sich wieder hinter den Tresen und lächelte Sabine an.

»Ich liebe meine Arbeit.« Sabine schob ihm die abgewetzte Ledertasche zu, in der schon Onkel Sebastian die Einnahmen zur Bank gebracht hatte.

»Aber du musst mal was anderes sehen. Und die Umgebung noch besser kennenlernen. Du weißt, ich hab mich schon als Fremdenführer angeboten.« Er lachte selbstgefällig. »Ich kenne mich supergut aus. Bleibt es übrigens bei Mittwoch?«

Sabine brauchte ein paar Sekunden, um zu antworten. Mist! Sie hatte wirklich ganz vergessen, dass sie Markus ein Treffen versprochen hatte. Ihre Gedanken waren viel zu oft bei Thorsten, dabei war auch Markus nett und sympathisch. Nur … bei ihm vermisste sie das aufgeregte Herzklopfen, das sie stets in Thorstens Nähe hatte.

»Na klar, es bleibt dabei. Und wann wollen wir uns treffen?«

»Wäre dir um acht recht? Ich muss bis halb sieben arbeiten.«

»Gut, das passt mir. Dann kann ich noch ein paar Dinge in der Küche regeln.«

»Ich hole dich ab.«

»Einverstanden. Bis dahin.« Sabine nickte ihm lächelnd zu, dann ging sie zur Tür. Dort wäre sie beinahe mit Martina Weber zusammengestoßen.

»Hoppla! Du hast es aber wieder mal eilig!«

»Leider.« Sabine umarmte die Freundin. »Ich will noch rüber zum Weißkirchen-Hof und frisches Gemüse abholen. Der Lukas kann heute nicht ausliefern.«

»Hast du nicht mal Zeit für einen schnellen Espresso?«

Die schlanke Boutiquenbesitzerin, auch an diesem frühen Morgen wieder top gestylt und elegant gekleidet, nestelte an ihrer Designertasche. »Ich wollte dir auch noch eine Einladung zur nächsten Modenschau geben. Verflixt, jetzt hab ich keinen Flyer dabei.«

Das leise Klingeln ihres Mobiltelefons enthob Sabine einer Antwort. Sie ging zwei Schritte zur Seite.

»Ja bitte?«, meldete sie sich, und gleich darauf glitt ein Lächeln über ihr Gesicht. »Das mach ich gern. Natürlich, Thorsten. Ich freue mich auch.«

»Hallo? Wer ist Thorsten? Und wieso bringt dich der Anruf von diesem Typen gleich aus der Fassung?« Martina nahm die Freundin beim Arm und sah sie fragend an.

»Er ist ein Gast, allerdings ein sehr netter. Und nun hör auf, die Inquisition wieder aufleben zu lassen.«

»Oh, là, là, das klingt höchst aufregend. Komm, ich will alles hören.« Ohne auf Sabines Sträuben zu achten, zog Martina sie mit sich.

Schräg gegenüber vom Bankgebäude befand sich ein Café, in dem zu dieser frühen Stunde schon die ersten Gäste saßen und frühstückten.

Sabine und Martina setzten sich in eine Ecke und bestellten Espresso, der ihnen rasch serviert wurde.

»Also raus mit der Sprache ... wer ist der Mann?« Martina machte aus ihrer Neugier keinen Hehl.

»Ein Gast. So wie viele andere auch.«

»Ach komm, hör auf! So, wie du bei dem Anruf reagiert hast, ist er etwas mehr für dich.«

Sabine seufzte gespielt auf. »Also gut, du Quälgeist. Er heißt Thorsten Bernhammer und ist ...«

»Der Reitstallbesitzer vom alten Hubertusgut!« Martina stellte die Espressotasse, die sie gerade zum Mund führen wollte, zurück auf die kleine Untertasse. »Alle Achtung, das ist ein klasse Typ.«

»Ich habe ihn aber erst vor Kurzem kennengelernt.«

»Und?«

»Nichts ... und. Er hat für heute Abend einen Tisch für drei Personen reserviert. Mehr ist nicht.«

»Mehr ist nicht, aha. Das will ich mal dahingestellt sein lassen.« Sie zwinkerte der Freundin zu. »Du, ich muss jetzt auch wieder los.« Der jungen Bedienung nickte sie zu und bat: »Setz es auf meine Rechnung, Walli, ja?«

»Wie immer, Frau Weber. Geht in Ordnung.«

»Du scheinst hier Stammgast zu sein.«

»Bin ich auch. Wenn ich mittags Hunger kriege, gibt's hier leckere Kleinigkeiten. Zu dir hochzufahren ist ja leider zu weit.«

»Das stimmt.« Sabine stand auf. Neben der eleganten Martina, die ein schmal geschnittenes rauchblaues Leinenkostüm mit Wildlederbesatz am Kragen und den Manschetten trug, wirkte sie in ihren Jeans und der hellroten Bluse ziemlich bieder.

»Einen schönen, nicht allzu stressigen Tag.« Martina umarmte die Freundin zum Abschied.

»Dir auch.« Sabine sah sie bewundernd an. »Wie schaffst du es nur, immer wie aus dem Ei gepellt auszusehen?«

»Das ist Berufskleidung. Ich würde zu gern mit dir tauschen.« Martina lächelte. »Aber nur, was das Outfit anbelangt. In einer Küche möchte ich nicht stundenlang stehen müssen.«

»Du weißt gar nicht, was gut ist.«

»Doch. Vor allem, wenn es von einer so guten Köchin wie dir zubereitet wurde. Ich werde bald mal wieder vorbeikommen und mich verwöhnen lassen.«

»Mach das. Ich freue mich drauf.«

»Konzentrier dich heute mal lieber nur auf Thorsten. Aber nicht die Suppe versalzen!«

»Du bist unmöglich!«

»Ich weiß.« Lachend und noch einmal winkend, ging Martina quer über die Straße zu ihrer Boutique, während Sabine in ihren Wagen stieg und davonfuhr.

Lautes Hupen schreckte Martina auf, und im letzten Moment konnte sie sich vor einer dunklen Limousine in Sicherheit bringen.

»Idiot!« Wütend sah sie dem Wagen nach, der ein paar Meter weiter stehen blieb. Der Fahrer hatte die Warnblinkanlage eingeschaltet, war schnell ausgestiegen und kam nun eilig auf Martina zu.

»Es tut mir unendlich leid. Ihnen ist hoffentlich nichts passiert?«

»Nein.« Martina wollte noch etwas Unfreundliches hinzufügen, doch als sie den betroffenen Gesichtsausdruck des unverschämt gut aussehenden Mannes sah, schluckte sie die Bemerkung hinunter.

»Da war dieser kleine Dackel ...« Der Mann sah sich um. »Ich hätte ihn fast überfahren.«

»Da sind Sie ausgewichen und haben lieber mich aufs Korn genommen.«

»Nein, natürlich nicht. Ich ... ich hab instinktiv reagiert. Tut mir sehr leid.«

»Schon gut.« Martina lächelte ihn an. Er sah gut aus, und seine Betroffenheit wirkte aufrichtig. »Es ist ja nichts passiert«, sagte sie.

»Darf ich Sie auf den Schreck zu einem Kaffee einladen?« Er wies auf das Lokal, aus dem Martina gerade gekommen war.

»Nett von Ihnen, aber Kaffee hatte ich schon. Außerdem muss ich zur Arbeit.« Kurz nickte sie ihm zu. »Es ist wirklich alles in Ordnung, machen Sie sich keinen Kopf. Schönen Tag.«

»Danke, Ihnen auch.«

Martina deutete auf seinen Wagen, dem sich gerade eine Politesse näherte. »Sie sollten losfahren, ehe es Ärger gibt.«

Konstantin von Hoff seufzte auf. »Oje, das auch noch. Ja dann ... auf Wiedersehen.« Er eilte zu seinem Wagen zurück.

Martina sah ihm mit leichtem Bedauern nach. Der Mann war ausgesprochen nett gewesen – und total ihr Typ.

Du warst ungeschickt, schalt sie sich, als sie auf ihre Boutique zuging. So einen Mann trifft man nicht alle Tage. Was wäre schon dabei gewesen, noch einen zweiten Kaffee zu trinken?

»Zu spät«, murmelte sie bedauernd vor sich hin, während sie die Ladentür der Boutique aufschloss.

• • •

»Und du bist sicher, dass du allein zurechtkommst, Alois?«

»Mei, das bin ich jahrelang ohne dich. Also tu net so, als wär ich ein blutiger Anfänger.« Alois schob sich die Kochmütze vom Kopf und wischte sich mit einem großen Taschentuch den Schweiß von der Stirn.

»Tut mir leid, ich wollte nicht an deiner Kompetenz zweifeln.« Sabine machte einen Schritt auf Alois zu. »Ich hab nur ein schlechtes Gewissen, weil ich einfach abhaue.«

»Unsinn! Nun geh endlich. Die vier Schnitzel, die noch gebraten werden müssen, schaff ich allemal. Die Gäste wollen was Solides, keinen Sterne-Schnickschnack.« Diese Bemerkung hatte er sich einfach nicht verkneifen können. Als Sabine nicht reagierte, fügte er in normalem Tonfall hinzu: »Und jetzt wird eh niemand mehr hier heraufkommen und was essen wollen.«

»Na gut, dann bin ich weg. Der Richard achtet mir auf den Hund, ja?«

»Na, sicher doch.«

»Ja dann, schönen Abend.«

»Endlich«, murmelte der alte Koch, aber das hörte Sabine schon nicht mehr. Sie ging rasch hoch in ihre Wohnung und vertauschte den Kochdress mit einer hellen Leinenhose und einer weinroten Seidenbluse. Jetzt noch ein paar schnelle Bürstenstriche durchs Haar … und fertig.

Ein wenig atemlos war sie, als sie schließlich Markus Hirzler begrüßte, der seitlich vom Haus auf sie wartete.

»Ich bin ein bisschen zu spät, entschuldige.« Sie wollte ihm die Hand geben, doch Markus zog sie an sich und hauchte ihr zwei Küsse auf die Wangen.

»Macht doch nichts. Auf dich warte ich gern.« Er lächelte. »Was wollen wir unternehmen?«

»Mach du einen Vorschlag.«

»Hier am südlichen Teil des Sees kennst du dich sicher schon gut aus. Was hältst du davon, wenn wir nach Gmund fahren?« Markus hielt Sabine die Tür seines englischen Sportwagens auf.

»Oho, das nenne ich mal ein schickes Auto.«

»Mein großes Hobby.« Markus strich über den dunkelgrünen Lack. »Der Oldtimer ist allerdings nur was für schönes Wetter. Aber das haben wir heute ja zum Glück.«

»Stimmt. Es ist schon fast so warm wie im Hochsommer.« Sabine ließ sich in die rehbraunen Polster sinken. »Du hast recht, in Gmund kenne ich mich gar nicht aus. Bin nur zwei-, dreimal durchgefahren.«

»Dann weiß ich, wo wir was trinken gehen. Oder hast du Hunger?« Er lachte. »Blöde Frage bei einer Spitzenköchin.«

»Wieso das denn? Ich esse gern auch mal bei anderen.« Sie lachte. »Aber heute ist es schon zu spät. Es sei denn, dir knurrt der Magen.«

»Mal sehen. Eventuell kriegst du auch noch Appetit, wenn du siehst, was es im *Rosso* alles gibt. Zumindest kann ich für einen exzellenten Wein garantieren.« Er fuhr die schmale Landstraße hinunter nach Rottach-Egern, bog dort auf die Straße ein, die über Tegernsee nach Gmund führte.

»Ich lass mich gern überraschen. Und für ein Glas Wein bin ich immer zu haben.«

»Dann sind wir im *Rosso* richtig. Ich geh da oft hin. Das Lokal vermittelt ein bisschen Dolce Vita, und das mag ich.«

»Da stimme ich dir zu. Italienisches Feeling hat etwas, das einen für kurze Zeit den Alltag vergessen lässt.«

Sekundenlang legte Markus seine Hand auf ihr Bein. »Ich find's schön, dass wir was gemeinsam haben.« Ehe Sabine dazu kam zu reagieren, eventuell seine Hand wegzuschieben, waren seine Finger wieder am Lenkrad. Souverän lenkte er den Wagen durch die Straßen, und Sabine begann die Fahrt zu genießen. Langsam senkte sich die Dämmerung über das Tegernseer Tal, das eben noch Saphirblau des Sees wandelte sich in ein sanftes Schwarzblau, auf dem die letzten Boote wie kleine bunte Punkte wirkten.

»Hast du nicht auch das Gefühl, dass man sich hier fast so wie im Paradies fühlen kann?« Sie schaute auf den See, der zwischen den Häusern, die entlang der Straße standen, immer wieder einmal auftauchte.

»Unbedingt.« Markus bremste ab, denn ein Traktor, der aus einer Seitenstraße gekommen war und jetzt langsam vor ihnen herfuhr, hinderte ihn daran, sein Fahrtempo beizubehalten. »Vor allem dann, wenn man Dieselgestank in der Nase hat«, fügte er grinsend hinzu. »Aber gleich sind wir da.« Er deutete kurz nach vorn. »Da ist schon die Stelle, wo die Mangfall beginnt.«

»Das ist der Abfluss des Tegernsees, stimmt's?«

»Richtig. Die Mangfall ist zwar nicht lang, doch sie birgt einige Tücken auf ihrem Weg zum Inn. Es sind schon viele Menschen in ihr ertrunken, die einfach die Gefahr des Wassers unterschätzt haben.«

»Daran lass uns jetzt nicht denken.« Sabine richtete sich

ein wenig mehr auf, »der Abend ist viel zu schön, um an so was zu denken.«

»Du hast recht. Wir sind auch schon da.« Mit Schwung fuhr er auf den Parkplatz.

Das Lokal besaß viel italienisches Flair und war der totale Kontrast zu Sabines Landgasthof. Doch ihr gefiel das schmucke Ambiente, und auch der Rotwein, den sie wenig später in dekorativen Karaffen serviert bekamen, war von sehr guter Qualität.

»Und? Fühlst du dich wohl?« Für einen Moment legte Markus seine Hand auf ihre.

»Ja. Es ist wirklich nett hier.« Sabine sah sich noch einmal um. »Und du hast recht gehabt – dieses Lokal in Gmund kenne ich noch nicht, dabei ist es sehr gemütlich hier. Verrückt, nicht wahr? Da habe ich meinen Onkel jahrelang besucht, lebe jetzt auch schon etliche Monate am Tegernsee, aber viel von der Umgebung kenne ich noch nicht.«

»Du arbeitest zu viel.«

»Ach was, das stimmt so nicht. Aber ich habe mir einiges vorgenommen, jetzt, wo ich das alleinige Sagen habe.«

»Erzähl.« Er beugte sich leicht vor. »Ich bin gespannt.«

Sabine trank noch einen Schluck Wein. »Na ja, ich möchte aus der *Goldenen Eiche* ein Restaurant mit gehobener Küche machen. Das heißt nicht, dass es nicht auch deftige Hausmannskost geben wird. Und die traditionellen bayerischen Gerichte wird man auch immer auf der Speisekarte finden. Aber ich möchte gern irgendwann anbauen. Mir schwebt so etwas wie ein Wintergarten vor. Und dort würde ich dann gern Gerichte aus der gehobenen Küche servieren.

Natürlich müsste ich dann auch neue Tischwäsche und Bestecke kaufen. Auf die Dekoration wird gerade in solchen Lokalen viel Wert gelegt.«

»Ich mag eigentlich das klassische Weiß«, sagte Markus.

»Ich auch. Vor allem, weil es beim Arrangieren von Blumen oder anderer Tischdeko keine Schwierigkeiten macht. Aber so ein edler Champagnerton ist auch klasse. Finde ich jedenfalls.«

»Da hast du recht.« Markus spielte mit der schlanken Glasvase, in der nur eine einzelne Gerbera stand. »So was gefällt mir gut«, meinte er.

»Mir auch. Aber es gibt noch etliche andere Möglichkeiten. Ein guter Florist würde da sicher noch einiges an Ideen beisteuern können.« Sie lachte. »Aber das ist Zukunftsmusik. Erst mal muss ich beweisen, dass ich das Lokal genauso gut führen kann wie mein Onkel.«

»Du hast dir viel vorgenommen für die Zukunft. Und ich finde es gut, was du da vorhast.« Wieder legte Markus seine Hand auf ihren Arm. »Du weißt hoffentlich, dass du mit der Unterstützung meiner Bank immer rechnen kannst. Schließlich steht die *Goldene Eiche* auf einem gesunden Fundament.«

»Das stimmt. Onkel Sebastian hat sehr gut gewirtschaftet.«

Das weiß ich wahrscheinlich noch viel besser als du, ging es Markus durch den Kopf, doch er hütete sich, etwas zu sagen. Niemand durfte erfahren, dass er sich heimlich über Sebastian Mosers Besitz informiert hatte.

»Weißt du eigentlich, woher das Lokal seinen Namen hat?«, fragte Sabine.

»Nein. Aber ich denke, es hat was mit den alten Bäumen zu tun, die auf dem Grundstück stehen.«

»Richtig. Einer Legende nach wurde einst unter einer Eiche ein Vermögen vergraben. Aber ...« Lachend zuckte sie mit den Schultern, »es ist nie gefunden worden.«

»Hast du mal danach gesucht?«

»Ach was, das sind alte Geschichten. Auch Onkel Sebastian glaubt nicht an einen Schatz. Er meint, dass dieses Märchen erfunden wurde, um das Lokal für die Leute interessanter zu machen.«

»Markus! Da treff ich dich endlich!« Ein schlanker Mann in schwarzer Lederkluft, das dunkle Haar streng zurückgekämmt, war an ihren Tisch getreten. »Wir haben noch was zu bereden, mein Freund.«

Für ein, zwei Sekunden wechselte Markus Hirzler die Gesichtsfarbe. Er stand auf und streckte abwehrend die Hand aus.

»Nicht jetzt, Carlo. Bitte. Ich ... ich komme übermorgen bei dir vorbei.«

»Übermorgen. Einverstanden. Vergiss es aber nicht.« Der schlanke Mann verbeugte sich kurz vor Sabine. »Schönen Abend noch.«

Markus konnte ein erleichtertes Aufatmen nicht verbergen, als er wieder Platz nahm.

»Wer war das?«, erkundigte sich Sabine.

»Ein flüchtiger Bekannter. Ich hab versprochen, ihm was zu besorgen.«

»Aha. Na ja, du solltest dein Versprechen halten, denke ich. Er wirkte, offen gestanden, nicht sehr seriös.«

»Och, er ist eigentlich ganz in Ordnung.« Markus winkte der Bedienung. »Bring uns doch bitte noch mal zwei Viertel.«

»Du musst noch fahren«, mahnte Sabine, biss sich aber gleich darauf auf die Lippe. »Tut mir leid, du musst selber wissen, was du tust.«

»Ein weiteres Viertel schadet mir nicht.« Markus trank das frisch eingeschenkte Glas in einem Zug leer, und Sabine fragte sich, ob er wohl doch mit diesem Carlo Ärger hatte, den er hinunterspülen musste. »Wir könnten aber noch was essen. Vielleicht eine Portion von dem exzellenten Tiramisu, das sie hier machen.«

»Tiramisu und Rotwein ... nein danke.« Sabine winkte lachend ab. »Aber gegen eine Scheibe Brot und ein bisschen Käse hätte ich nichts.« Sie sagte es vor allem, damit Markus auch etwas aß.

»Gute Idee.« Markus winkte der Bedienung, die gleich darauf hausgemachte Antipasti, Brot und Käse servierte.

In der nächsten Stunde unterhielten sich Sabine und Markus wieder ganz unbeschwert, und Sabine war sicher, dass die kleine Verstimmung, die Carlo ausgelöst hatte, nicht von Bedeutung war.

Sie bemerkte den langen Kratzer nicht, der sich auf der Fahrerseite des Wagens von vorn bis hinten im Lack befand, als sie nach Hause fuhren.

Markus hingegen verstand die Warnung genau! Er musste seine Spielschulden bezahlen, und das rasch!

8. Kapitel

»Risotto mit Spargel! So was Verrücktes!« Alois schüttelte den Kopf, als er sah, was Sabine als Vorspeise für eine kleine Gesellschaft vorbereitete. Zehn Personen würden in einer Stunde draußen auf der Terrasse eintreffen, und sie hatten sich ein leichtes Menü gewünscht, Sabine aber bei allem freie Hand gelassen.

»Das ist doch nichts Exotisches, Alois!«

»Für mich schon. Zum Spargel gehört eine ordentliche Portion Sauce Hollandaise, von mir aus auch zerlassene Butter. Aber kein Reis!« Kopfschüttelnd begab er sich wieder an seinen Arbeitsplatz, wo er mit Hingabe anfing, Schnitzel zu klopfen.

Sabine sparte es sich, länger mit ihm zu diskutieren. Sie schätzte Alois, wollte ihn auf keinen Fall verärgern. Doch sie würde sich auch nicht von ihrem Konzept abbringen lassen.

Bis zur echten Sterneküche war es sicher noch ein weiter Weg, aber ein bisschen mehr Pfiff ins tägliche Essen zu bringen konnte nicht falsch sein.

»Sabine, draußen sitzt dieser Reitlehrer mit seinem Freund. Und ein kleines Mädchen ist auch dabei. Sie fragen, ob du kurz Zeit hast.« Fanny nahm sich rasch ein Glas Wasser.

»Ich komme in zehn Minuten. Haben sie schon bestellt?«

»Nein. Aber die Getränkebestellung ist schon fertig. Bringe ich gleich zum Tisch.«

»Danke.« Sabines Puls beschleunigte sich, und sie beeilte sich, mit ihrer Arbeit fertig zu werden. Der Spargel war geschält, die kleinen feinen Glasschalen, in denen sie den Risotto servieren wollte, hatte sie mit hauchfein geschnittenen Streifen von grünem Spargel ausgekleidet. Jetzt musste in einer knappen Stunde nur noch der Risotto gekocht werden.

Als Hauptgang wollte sie Safran-Fischröllchen reichen, als Auswahl würde es Kalbsfilet im Schinken-Spinat-Mantel geben. Als Dessert hatte sie sich Zitronensorbet mit Erdbeeren ausgedacht.

»Ich bin kurz mal draußen, Alois.« Sie setzte die weiße Haube ab.

»Ja, ja, schon gut.« Alois panierte gerade die Kalbsschnitzel, die ein paar treue Gäste bestellt hatten.

Im Schatten eines großen Sonnenschirms saßen Thorsten, Konstantin und Mia und genossen die wunderschöne Aussicht hinunter zum Tal.

»Guten Tag, ihr drei!« Lächelnd trat Sabine an den Tisch.

»Hallo, Sabine.« Thorsten stand auf und umarmte sie freundschaftlich. »Schön, dass du kurz Zeit für uns hast.«

»Leider wirklich nur kurz, ich erwarte eine Gesellschaft.«

»Dann kannst du ja nicht gleich mit uns zum Reitstall kommen.« Mias Enttäuschung war unverkennbar.

»Tut mir leid, aber das geht heute nicht. Ich muss arbeiten.«

»Immer müsst ihr Erwachsenen arbeiten! Das ist doof.« Trotzig schob das kleine Mädchen die Unterlippe vor.

»So ist das nun mal. Aber ich könnte morgen Nachmittag mal zum Hubertusgut kommen. Bist du dann noch da?«

»Ich bleibe eine Woche. Es sind doch Ferien!«

»Dann sehen wir uns auf jeden Fall.« Sie lächelte Mia zu, doch dann ging ihr Blick zu Thorsten, der ihr liebevoll zunickte. »Was möchtet ihr denn essen?« Sabine sah fragend von einem zum anderen. »Ich habe ausgezeichnete Forellen da, aber es gibt auch Fleisch.«

»Ich möchte lieber Nudeln. Und Fischstäbchen.«

Sabine lachte. »Nudeln kannst du kriegen, aber keine Fischstäbchen. Aber ich mache dir ein Überraschungsessen, einverstanden?«

»Für mich ganz allein?« Mia strahlte.

»Nur du kriegst das, versprochen. Aber jetzt muss ich wieder zurück in die Küche. Bis später.«

Gut zweieinhalb Stunden vergingen, bis sie eine Pause machen konnte. Mia hatte sie mit einer Portion hausgemachter Pasta und zwei kleinen Kalbsschnitzeln glücklich gemacht. Die Kleine hatte sogar den delikat angerichteten Salat gegessen, was Konstantin sehr verwunderte. Aber Mia hatte erklärt, Sabines Salat sei der beste der Welt, und so war auch der Vater mehr als zufrieden.

Die kleine Gesellschaft hatte ihr Essen ebenfalls genossen, zwei der Gäste versicherten, dass auch sie bald in der *Goldenen Eiche* feiern würden.

Sabine glaubte nicht, dass Thorsten und seine Gäste noch da waren, als sie endlich Feierabend machte, und tatsächlich war der Tisch, an dem sie gesessen hatten, leer.

»Ich soll dir das hier geben.« Fanny reichte ihr einen zusammengefalteten Zettel.

Tut mir leid, aber ich muss zum Reitunterricht. Bis morgen – ich freue mich sehr auf Dich – Thorsten

Lächelnd steckte sie den Zettel ein.

• • •

Der nächste Tag zog mit strahlendem Wetter herauf, etliche Wanderer kehrten am späten Vormittag im Landgasthof ein. Die meisten bestellten sich eine Brotzeit, und auch mittags wurde fast ausschließlich kalt gegessen bei der Wärme.

»Wenn es passt, würde ich gern für zwei Stunden weggehen.« Sabine sah Alois fragend an. »Die drei Kuchen stehen in der Kühlung, aber ich denke, dass ich kurz vor vier zurück bin.«

»Passt schon.« Alois, der gerade die Kochstellen säuberte, sah nur kurz hoch.

In Windeseile machte sich Sabine frisch, löste das im Nacken zusammengebundene Haar, dann rief sie bei Thorsten auf dem Reiterhof an.

»Ich kann mich für zwei Stunden hier loseisen. Wie steht's bei dir? Hast du Zeit?«

»Natürlich. Ich kann's kaum erwarten, dich zu sehen.«

Der Weg zum Hubertushof kam Sabine unendlich lang vor, und sie lachte leise auf, als sie Thorsten schon am Tor stehen sah, das nie verschlossen zu sein schien. Von der Steinmauer, die noch vor hundert Jahren das Gutsgelände von den Weiden abgegrenzt hatte, war kaum noch etwas zu sehen. Nur die alten hohen Steinpfeiler, an denen das Tor angebracht war, standen noch.

»Hallo! Das ist ja ein Empfang!«

»Ehre, wem Ehre gebührt!« Er öffnete ihr die Autotür und streckte ihr dann die Hand entgegen.

»Danke.« Sabine stieg aus und fand sich im nächsten Moment in seinen Armen wieder.

»Danach hab ich mich seit Stunden gesehnt«, raunte ihr Thorsten ins Ohr, dann hauchte er ihr einen Kuss auf die Wange.

»Ich freue mich auch, hier zu sein.«

»Und es gibt im Moment niemanden, der uns stören könnte. Mia ist mit einem anderen Mädchen unterwegs, sie wird für mindestens drei Stunden beschäftigt sein.« Thorsten ließ Sabine los, streckte aber gleich die Hand nach der ihren aus. »Komm mit, wir gehen jetzt erst mal zu den Pferden.«

Sabine nickte. War sie enttäuscht, dass er ihr nur einen freundschaftlichen Begrüßungskuss gegeben hatte? Sie wusste es nicht genau zu sagen. Ihr Herz klopfte rascher als sonst, und sie spürte die Anziehungskraft, die Thorsten auf sie ausübte, wieder einmal besonders stark.

»Möchtest du das neugeborene Fohlen sehen?« Thorsten ging zu einem seitlich angebrachten kleineren Stallgebäude. »Hier stehen unsere Stuten mit ihren Fohlen.« Er öffnete die grün gestrichene Holztür, und sofort begannen zwei Pferde zu wiehern.

»Das sind Lotta und Felicitas«, erklärte er. »Die beiden haben vor sechs beziehungsweise zwei Tagen ihre Fohlen geboren.«

Sabine folgte ihm in den Stall, der auf der dem Tor gegenüberliegenden Seite halb offen war, sodass Luft und Licht hereinkamen. Gleich links vom Tor stand eine dunkelbraune Stute, die ihren Kopf neugierig vorreckte, als sie die beiden sah.

»Das ist Lotta. Sie ist schon sechzehn, und der kleine Hengst ist ihr drittes Fohlen.« Er öffnete die Tür einen Spaltbreit und tätschelte dem Pferd den Hals. »Hast du gut gemacht, mein Mädchen.« Er drehte sich zu Sabine um. »Komm ruhig rein. Lotta ist ganz entspannt mit ihrem Nachwuchs.«

Zögernd folgte ihm Sabine. Die Stute schaute sie aus dunklen Augen an, drehte nur kurz den Kopf und sah zu ihrem Fohlen hin, das in der hinteren Ecke stand.

»Er ist ein kräftiger Kerl.« Thorsten lächelte stolz. »Sein Vater ist ein bekannter Zuchthengst, und ich hoffe, dass er seine guten Anlagen dem Kleinen hier vererbt hat.«

»Darf ich ihn streicheln?« Vorsichtig trat Sabine näher.

»Na klar.«

»Du bist wirklich wunderschön.« Sabine streckte die Hand nach dem hochbeinigen, fast schwarzen Fohlen aus. In diesem Moment knatterte draußen ein Traktormotor los. Das Fohlen erschrak und trat aus.

»Hey!« Sabine sprang gerade noch rechtzeitig zur Seite – und wurde von Thorstens Armen aufgefangen. Diesmal hielt er sie fest, sah ihr in die Augen – und küsste sie lange und voller Leidenschaft. Sanft spielte seine Zunge mit der ihren, und nur, wenn sie beide keine Luft mehr bekamen, gab er ihren Mund kurz frei.

In diesen glücklichen Minuten gab es nur sie beide, dann spürte Sabine einen kräftigen Schubser im Rücken, und der Zauber verflog.

»Ich glaube, deine Pferde sind eifersüchtig auf mich.« Lächelnd machte sie zwei Schritte in Richtung Tür.

»Nicht ohne Grund.« Thorsten folgte ihr. Er verriegelte die Stalltür, ehe er Sabine wieder an sich zog. »Jetzt haben wir Ruhe«, flüsterte er dicht an ihren Lippen.

Sabine schloss die Augen, als er sie wieder voller Hingabe küsste. Sanft streichelte er ihren Rücken, während sich seine Zunge vorsichtig zwischen ihre Lippen stahl und dann voller Neugier ihren Mund erkundete.

Nach einer Weile lösten sie sich voneinander.

»Daran habe ich gedacht, seit ich dich zum ersten Mal gesehen habe.« Zärtlich strich Thorsten ihr eine Haarsträhne hinters Ohr. »Du hast mich sofort verzaubert.«

»Ich habe dich auch gleich gemocht.« Sabine sah ihn lächelnd an.

»Gemocht? Das ist mir zu wenig.« Er gab ihr einen sanften Kuss. »Ich will nicht nur gemocht werden«, murmelte er.

»Ich meinte ...« Weiter kam Sabine nicht, denn Thorsten küsste sie erneut.

»Wenn wir hier noch lange stehen, lerne ich das zweite Fohlen nicht kennen.« Ein glückliches Leuchten war in ihren Augen, als sie sich sacht von ihm löste. »Und ich muss auch bald wieder zurück.«

»Du bist grausam.« Sein zärtliches Lächeln strafte seine Worte Lügen.

»Ich bin neugierig.« Sabine ging auf die gegenüberliegende Box zu, wo eine braune Stute stand, die ihnen schon eine Weile zugeschaut hatte. »Du musst Felicitas sein.« Sie strich dem Tier, das den Kopf neugierig vorstreckte, über die weichen Nüstern.

»Das ist Felicitas – und ihre Tochter Sabine.«

Überrascht schaute sich Sabine zu ihm um. »Du hast das Fohlen nach mir benannt?«

»Das war Mias Idee. Sie mag dich, die Kleine. Und da das Fohlen einen Namen bekommen muss, der mit S anfängt, lag das doch nahe, oder?«

»Wieso muss er mit einem S anfangen?«

»Alle Fohlen mit Stammbaum bekommen als ersten Buchstaben des Namens den ersten Buchstaben des väterlichen Namens. Zumindest ist es bei den meisten Landesverbänden so. Und wir hier haben es immer so gehalten.«

»Dann fühle ich mich natürlich sehr geehrt!« Sabine trat an die Box, in der ein noch sehr zartes Fohlen lag. Sein Fell war hellbraun, doch die Mähne und der Schweif waren fast schwarz, was einen interessanten Kontrast bildete.

»Sie wird mal eine Schönheit.« Thorsten legte die Arme um Sabines Taille. »Sie kommt auf ihre Namenspatin.«

»Schmeichler.« Sacht drehte sich Sabine in seiner Umarmung um. »Jetzt zeig mir noch die anderen Pferde, dann muss ich leider wieder los. Aber vorher bekomme ich noch einen Kuss.« Sie schlang ihm die Arme um den Nacken und zog sanft seinen Kopf zu sich. Ihre Lippen fanden sich. In ihrem Blick lagen Sehnsucht und auch Begehren.

»Die Pferde müssen noch warten.« Thorsten las in ihren Augen, was sie sich wünschte, und bei seinen Küssen vergaß Sabine für kurze Zeit die Welt um sich herum.

9. Kapitel

In der vergangenen Nacht war für ein paar Stunden der Winter in die Alpenregion zurückgekehrt. Auf den höheren Bergspitzen, die nur von ferne zu sehen waren, lag frischer Schnee. Auf den Berghängen der Tegernseer Alpen allerdings hatte sich nur eine hauchfeine weiße Schneedecke gebildet, die in der Morgensonne rasch schmolz.

»Hoffentlich wird es bis zum Nachmittag wärmer.« Sorgenvoll sah Sabine aus dem Küchenfenster. »Onkel Sebastian hat acht seiner neuen Bekannten eingeladen, eine der Damen hatte kürzlich Geburtstag, der hier nachgefeiert werden soll.«

»Wenn alte Scheunen brennen«, murmelte Alois leise vor sich hin.

»Was hast du gesagt?«

»Ach, nix. Ich wundere mich nur.« Alois rührte hingebungsvoll in einem großen Kessel.

»Ich muss mich ranhalten, die Käsesahne ist schon fertig, aber zwei andere Torten muss ich noch machen.«

»Beleg einen Boden mit frischen Erdbeeren, das passt um diese Jahreszeit.«

»Das hatte ich vor. Aber ich möchte auch noch eine Prinzregententorte backen. Die mag Onkel Sebastian doch so gern.«

»So ein Aufwand.« Alois schüttelte den Kopf. »Du hast doch noch genug anderes zu tun.«

»Das passt schon.« Sabine machte sich an die Arbeit, die ihr an diesem Morgen besonders leicht von der Hand ging. Schon um sieben Uhr hatte sie mit Thorsten telefoniert, und sein Geständnis, dass er große Sehnsucht nach ihr habe, ließ sie lächeln. Es ging ihm also genau wie ihr, auch sie sehnte sich nach ihm.

Das Abendmenü bereitete sie so weit vor, wie es möglich war. Als Vorspeise sollte es frittierte Garnelen in einem würzigen Tempurateig geben. Danach entweder Kalbsfrikassee oder Zanderfilets mit Blattspinat. Zum Dessert hatte sie nur den von Onkel Sebastian geliebten *Colonel* vorgesehen, Zitronensorbet mit Wodka oder, wahlweise, Champagner.

An diesem noch kühlen Morgen verirrten sich kaum Wanderer hinauf zum Landgasthof, was Sabine ausnahmsweise recht war. So konnte sie in Ruhe alles für die besonderen Gäste vorbereiten.

Die Gesellschaft traf pünktlich um fünfzehn Uhr ein. Alle waren bestens gelaunt, und Sebastian Moser stellte voller Stolz seine Nichte vor.

»Und das, Sabine, ist das Geburtstagskind, meine liebe Freundin Elisabeth Mahler.«

»Ich freue mich, Sie kennenzulernen. Und gratuliere herzlich zum Geburtstag – wenn auch ein paar Tage zu spät.« Sabine überreichte Elisabeth Mahler einen kleinen

Strauß zartgelber Rosen und lilafarbener Freesien, den sie zusammen mit der Tischdekoration am Morgen in Rottach-Egern gekauft hatte.

»Das ist reizend, danke.« Elisabeth Mahler nahm die Blumen lächelnd entgegen. »Sie passen sogar zu meinem Kleid.« Sie trug ein Seidenkleid in einem aparten Fliederton, das ihre kurvenreiche Figur sanft betonte. Die hellgrauen Haare waren zu einer flotten Kurzhaarfrisur geschnitten, runde Amethystohrringe und ein Amethystanhänger waren außer einer Weißgolduhr ihr einziger Schmuck.

Im Lauf des Nachmittags sah Sabine, dass sich ihr Onkel ganz besonders um Elisabeth bemühte. Sie bemerkte allerdings auch, dass eine zweite Dame, stark blondiert und etwas zu auffällig gekleidet, Sebastian nicht aus den Augen ließ.

»Deine Freundin Elisabeth ist sehr sympathisch«, sagte sie, als ihr Onkel einmal kurz in die Küche kam, um Alois zu begrüßen.

»Sie ist ausgesprochen liebenswert. Zudem sehr klug. Bis vor einem Jahr hat sie noch halbtags als Bibliothekarin gearbeitet.« Er verzog leicht den Mund. »Ich weiß nur nicht, wieso sie mit Ria von Claasen befreundet ist. Angeblich kennen sich die beiden Damen schon seit etlichen Jahren.«

»Ria von Claasen? Wer ist das?«

»Die stark geschminkte Blondine, die ihren ganzen Schmuck durch die Gegend trägt, als gäbe es in der Residenz keine Safes.« Er verzog wieder den Mund. »Allerdings ist es seit Tagen ziemlich unruhig bei uns. Drei Damen sind bestohlen worden. Und einem der bettlägerigen Herren wurde angeblich eine Taschenuhr entwendet.«

»Dann pass gut auf deine Sachen auf.«

»Keine Sorge. Der Pfleger, der sich an meinem Eigentum vergreift, würde mich kennenlernen.«

»Ist denn ein Pfleger in Verdacht geraten?« Sabine panierte die Garnelen, während sie sich mit dem Onkel unterhielt.

»Ria behauptet das. Aber beweisen kann sie nichts.« Er legte Sabine kurz die Hand auf die Schulter. »Das sieht hervorragend aus. Ich freue mich aufs Essen. Aber jetzt muss ich wieder raus.«

»Ich bringe euch gleich den Champagner.« Fanny hatte schon die gekühlte Flasche in der Hand.

»Mir lieber ein Weißbier.« Sebastian lachte. »Und frag mal die vier anderen Herren, die werden sich bestimmt auch dafür entscheiden.«

Er wollte gerade die Küche verlassen, als Alois ihn aufhielt. »Warte, Sebastian. Ich hab noch was für dich.« Er holte eine graue Filztüte unter einem Ablagetisch hervor. »Das hab ich drüben im Schuppen gefunden und es drunten in Rottach säubern und neu rahmen lassen.«

»Was ist das?« Gespannt schlug Sebastian das Tuch auseinander. »Ja mei!« Überrascht sah er Alois an. »Das ist ja ein altes Bild von der *Goldenen Eiche*! Das kenn ich gar nicht.«

»Es lag in einem verdreckten Kasten draußen im Schuppen. Hab's ganz zufällig entdeckt, als ich mit Richard ein paar Gartenmöbel rausgeholt habe.« Alois wischte sich über die Stirn, wie immer, wenn er aufgeregt oder verlegen war.

»Da sind ja noch dicht am Haus die Eichen drauf. Wir haben sie in den Siebzigern gefällt, um Platz für die Garagen und den Gemüsegarten zu schaffen.«

»Stimmt. Und es gibt noch den ganz dicken Stamm des einen Baumes, auf den du damals eine Tischplatte montiert hast.« Alois grinste. »Ich weiß noch genau, dass du dir damals den Daumen blutig geschlagen hast.«

»Ach ja.« Sebastian legte Alois die Hand auf die Schulter. »Danke dir herzlich, Alois. Das Bild werde ich mir ins Zimmer hängen.« Er klemmte sich das Paket unter den Arm. »Dann will ich mal wieder rausgehen. Bis bald!«

Bei den Freunden erweckte das alte Foto Neugier, und Sebastian zeigte es gern herum.

»Das ist eine sehr schöne Erinnerung«, sagte Elisabeth Mahler und strich ihm kurz über den Arm.

»Finde ich auch. Und ein bisschen geheimnisvoll ist das Bild auch.«

»Geheimnisvoll? Wie meinst du das, Ria?« Elisabeth sah die Freundin fragend an.

»Na ja, da sind die alten Eichen noch drauf, von denen Sebastian erzählt hat. Die, unter denen mal ein Schatz vergraben wurde.«

»Ach geh, das sind doch Märchen.« Sebastian winkte ab. »Ich hab euch doch gesagt, dass dieser Schatz nicht existiert.«

»Das hast du gesagt, aber stimmt es auch?« Ria fragte es so leise, dass sie niemand hören konnte.

10. Kapitel

»Du warst mit diesem Hirzler aus, stimmt das?«

»Ja. Woher weißt du das?« Sabine sah ihre Freundin Martina fragend an.

»Eine Bekannte hat euch gesehen.« Martina legte, während sie mit Sabine sprach, ein paar neue Pullover in das dafür vorgesehene Regal. »Du weißt ja, dass Rottach-Egern ein Dorf ist. Und Markus Hirzler ist hier bekannt.«

»Er hat angeboten, mir ein wenig die Gegend zu zeigen.« Unbekümmert zuckte Sabine mit den Schultern. »Was ist schon dabei?«

»Nichts. Wenn es denn dabei bleibt ...« Martina hatte den letzten Pulli ins Regal einsortiert und trat nun dicht vor die Freundin hin. »Ich kann dir nicht genau erklären, was mich an ihm stört. Aber er ist mir einfach zu glatt. Und zu devot bei bestimmten Kunden.«

»Er ist nur höflich, finde ich.«

»Höflich ist er, das stimmt. Trotzdem ... sei ein bisschen vorsichtig bei ihm, ja?«

»Bin ich doch immer.« Sabine lachte. »Und falls es dich beruhigt: Im Moment habe ich gar keine Zeit, ihn öfter zu sehen. Es gibt so viel zu tun im Gasthof. Das, was ich alles verändern möchte, nimmt mich voll und ganz in Anspruch.«

»Übertreib es nicht. Neben dem Job muss es auch noch was anderes geben.«

»Das sagt die Richtige! Wann warst du denn das letzte Mal aus? Oder gar in einen interessanten Typen verliebt?«

Martina grinste. »Ich glaube, jetzt verweigere ich besser die Aussage.«

»Gut so.« Sabine griff nach ihrer großen Einkaufstasche. Sie hatte diverse Einkäufe gemacht und war nur auf einen Sprung bei der Freundin vorbeigegangen.

»Ich muss los. Es wird Zeit, dass ich wieder in meine Küche komme. Aber erst muss ich noch zur Bank.« Übermütig zwinkerte sie Martina zu. »Keine Angst, ich lass mich nicht verführen.«

Während sie sich am Bankschalter mit Markus unterhielt, gingen ihr die mahnenden Worte der Freundin nicht aus dem Kopf. Wie immer war er ausgesprochen charmant, und als er sie fragte, ob sie Lust habe, am nächsten Abend mit ihm auszugehen, sagte sie nach kurzem Zögern zu. Es war nicht richtig, ihm eventuell Hoffnungen zu machen. Schließlich hatte sie sich in Thorsten verliebt, und ihre karge Freizeit wollte sie am liebsten nur mit ihm verbringen. Andererseits war Markus nett, und als ihr Bankberater hatte sie immer wieder mit ihm zu tun. Da war es ganz gut, ein freundschaftliches Verhältnis zueinander zu haben.

»Ich kann mich aber erst nach acht loseisen«, sagte sie und nahm sich vor, ihm bei diesem Treffen einzugestehen, dass es einen anderen Mann in ihrem Leben gab. »Wenn es für dich dann nicht zu spät ist, komme ich gern mit.«

»Kein Problem.« Über den Tresen hinweg griff er nach ihrer Hand. »Ich finde einfach, dass du hin und wieder abschalten solltest. Und ich richte mich gerne nach dir.«

»Bis dahin, Markus.« Ein letztes Lächeln, dann verließ sie die Bank.

Markus sah ihr nach, wobei er sich bemühte, das zufriedene Grinsen, das sich ihm aufdrängte, nicht allzu deutlich erkennen zu lassen. Sie war einfach süß, die Sabine. Und dass sie ein Goldfisch war, den er unbedingt an Land ziehen musste, machte sie ausgesprochen begehrenswert.

• • •

Am nächsten Abend fuhr er schon eine Viertelstunde vor zwanzig Uhr vor dem Landgasthof vor, wartete aber draußen, bis Sabine fertig war.

Sie trug ein hellblaues Leinenkleid im Landhausstil, das helle Haar war nur locker im Nacken zusammengebunden. Der breite nougatfarbene Ledergürtel betonte ihre schlanke Taille.

In Markus' Augen blitzte es auf, als sie auf ihn zukam. Statt ihre ausgestreckte Hand zu nehmen, zog er sie in die Arme. Doch als er sie auf die Wange küssen wollte, drehte Sabine rasch den Kopf zur Seite.

Markus presste die Lippen aufeinander. Die Zurückweisung kränkte ihn. Doch er versuchte, seinen Zorn zu beherrschen. »Ich bin glücklich, dass du mitkommst, denn ich mag dich sehr, wie du weißt.«

»Ich mag dich auch – als Freund und Berater.« Sie sah ihn an. »Kannst du das akzeptieren?«

Kurz schluckte er. »Muss ich ja wohl.« Man merkte ihm an, dass er Mühe hatte, das Gehörte zu verkraften. »Gibt es einen anderen?«

Sabine nickte. »Aber das hat damit nichts zu tun.«

Markus musste alle Selbstbeherrschung aufbieten, um seine Wut zu unterdrücken. »Na gut, dann eben auf gute Freundschaft.« Seine Stimme klang gepresst, aber er versuchte zu lächeln und streckte ihr die Hand entgegen.

»Das würde mich freuen.« Sabine lächelte ihn an. »Magst du heute trotzdem noch mit mir ausgehen?«

»Na klar!« Höflich hielt er ihr die Tür seines Wagens auf. »Hast du Lust, mal in die Spielbank in Bad Wiessee zu gehen?«

Sabine machte sich nichts aus Glücksspielen, doch dann sagte sie sich, dass es sicher nicht nett war, Markus noch einmal eine Abfuhr zu erteilen. Augenscheinlich hatte er sich auf diesen Besuch schon vorbereitet, denn er trug zur grauen Hose einen dunkelblauen Blazer und eine taubenblaue, dezent gemusterte Krawatte.

»Kann ich denn so in ein Casino?« Sie strich sich über den Rock des Kleides.

»Du siehst toll aus.« Mit einem Satz sprang er, ohne die Tür zu öffnen, auf seinen Sitz und startete den Motor. »Los geht's.« Kurz legte er Sabine die Hand auf den Arm. »Ich bin sicher, dass du mir Glück beim Spielen bringst.«

»Warst du schon öfter in der Spielbank?«

Markus schüttelte den Kopf. »Nein. Aber hin und wieder muss ich mich da sehen lassen. Beruflich, verstehst du?«

Sabine nickte. Sie verstand das zwar nicht, zog es aber vor, dieses Thema nicht weiterzuverfolgen.

Der Abend verlief dann angenehmer, als sie gehofft hatte. An der Bar, die sich in einem etwas abgeteilten Bereich befand, tranken sie erst einmal ein Glas Sekt, dann holte Markus einige Jetons.

»Wenn wir schon mal hier sind, sollten wir auch mal an einen der Spieltische gehen«, schlug er vor.

»Kennst du denn die Regeln von Roulette?«

»Natürlich. Die sind doch allgemein bekannt.«

»Ich habe keine Ahnung, wie das geht.« Sabine sah sich ein wenig unsicher um.

»Dann hast du sicher Anfängerglück.« Er schob ihr einige Jetons hin, und Sabine setzte sie auf Rot. So viel wusste sie zumindest, dass dieses Feld, ebenso wie das gegenüberliegende schwarze, das geringste Risiko bot.

Und wirklich – sie gewann gleich zweimal hintereinander. Markus hingegen verlor seine Einsätze sofort, und erst als er ungefragt nach drei Jetons griff, die vor ihr lagen, wurde Sabine aufmerksam. Sie sah das Glitzern in seinen Augen, bemerkte, wie angespannt er auf die kleine Elfenbeinkugel starrte.

Er machte auf sie nicht den Eindruck, dass er nur gelegentlich spielte. Regelrecht verbissen wirkte er, und ein unangenehmes Gefühl stieg in ihr auf.

Diesmal gewann er, und sofort wollte er diesen Gewinn

wieder einsetzen. »Du bringst mir Glück.« Kurz beugte er sich zu Sabine vor und küsste sie auf die Wange.

»Lass uns lieber gehen.« Sie stand auf. »Jetzt hast du deine Verluste ausgeglichen, das reicht doch.«

Kurz sah er zu ihr auf. »Nur noch dieses eine Spiel.«

»Von mir aus. Aber ich gehe schon mal an die Bar und trinke was.« Sie ließ deutlich erkennen, dass sie keine Lust mehr hatte, am Roulettetisch zu sitzen.

»Ja dann ...« Markus bezwang nur mit Mühe das Verlangen, einfach weiterzuspielen. Aber er durfte nicht riskieren, dass Sabine Verdacht schöpfte. Also stand auch er auf. »Du hast ja recht, wir haben genug ausprobiert.« Gespielt lachte er auf. »Lass uns lieber noch ein Glas auf deinen Gewinn trinken.«

Sie blieben noch eine halbe Stunde, tranken ein Glas Wein und unterhielten sich. Das leichte Misstrauen, das in Sabine aufgekeimt war, als Markus so verbissen seine Jetons gesetzt hatte, verschwand rasch wieder. Er war nun wieder ganz locker und charmant und unternahm glücklicherweise keinen Versuch mehr, sie zu küssen.

»Ich bin froh, dass du mir nicht böse bist«, sagte Sabine, als sie sich wenig später vor ihrem Haus verabschiedeten.

»Warum sollte ich das sein?«

»Na ja, du hast dir vielleicht mehr versprochen, aber ...«, kurz biss sie sich auf die Lippe, »Gefühle kann man nicht erzwingen, und ich kann dir eben nur meine Freundschaft anbieten.«

Er zog ihre Hand an die Lippen und hauchte einen Kuss darauf. »Und die ist mir sehr viel wert.«

11. Kapitel

»Und ich kann Mia wirklich bei dir auf dem Reiterhof lassen während der Geschäftseröffnung?« Konstantin von Hoff legte kurz den Arm um die Schultern seiner Tochter und sah dabei zu Thorsten hin, der für Mia Wirbelwind sattelte, das Pony, das sie am liebsten ritt.

»Aber klar doch! Wir beide kommen prima miteinander aus, stimmt's, Mia?«

»Immer!« Das kleine Mädchen strahlte ihn an. »Ich kann auch was für dich kochen, Onkel Thorsten. Spiegeleier oder Pudding. Das ist lecker.«

»Um Himmels willen, nur das nicht!«, wehrte Konstantin ab. »Das letzte Mal hast du die ganze Küche versaut.«

Mia verzog den Mund. »Aber doch nur, weil die Spaghettisoße aus dem Glas so schnell heiß geworden ist.«

»Bei mir kocht der Pizzadienst.« Thorsten zwinkerte Mia zu. »Damit sind wir zwei bestens bedient, meinst du nicht?«

»Pizza ist prima. Oder Pommes.« Das kleine Mädchen schwang sich in den Sattel des Ponys. »Die mag ich am liebsten.«

»Wir werden sehen, was es alles geben wird. Jetzt reite mal rüber zum Platz, da wartet schon der Bastian auf dich.«

»Dann komm, Wirbelwind.« Mia schlug dem Pony leicht die Fersen in die Seite, und brav trottete das Tier hinüber zum Reitplatz.

»Danke.« Konstantin legte Thorsten die Hand auf die Schulter. »Du hilfst mir damit sehr. Unsere Tagesmutter ist gerade an dem Wochenende der Geschäftseröffnung zum siebzigsten Geburtstag bei ihrer Mutter in Stuttgart. Und einen Ersatz gibt es nicht.«

»Kein Problem. Ich freue mich über Mias Besuch.«

»Du solltest heiraten und selbst Kinder haben. Wärst ein toller Vater.«

Thorsten grinste. »Was nicht ist, kann ja noch werden.«

»Oha! Stimmt es, dass du gerade an Sabine denkst?«

»Sie ist wunderbar. Und ich wäre überglücklich, wenn sie mich genauso mögen könnte wie ich sie.«

»Ihr passt, soweit ich das beurteilen kann, sehr gut zueinander.«

»Finde ich auch. Und ich hoffe, dass Sabine es genauso sieht.«

Mias lautes Rufen unterbrach ihr Gespräch. »Guckt mal, ich kann schon galoppieren!«

»Vorsicht!« Konstantin eilte zum Reitplatz hinüber, gefolgt von Thorsten, der wesentlich gelassener war. Mia war talentiert und das Pony lammfromm, es konnte also nichts passieren.

»Sie ist viel zu wagemutig.«

»Und du bist zu ängstlich.« Thorsten legte dem Freund die Hand auf die Schulter. »Siehst du, wie sie strahlt.«

»Ja schon, aber ...« Kurz biss Konstantin sich auf die Lippe. »Seit Carinas Tod ist Mia alles, was ich habe.«

»Ich weiß. Aber seit sie Reitstunden haben darf, lacht sie wieder. Und das ist doch das Wichtigste, stimmt's?«

• • •

»Ich fürchte, dass das Wetter bald umschlagen wird. Wenn wir auf den Wallberg wollen, sollten wir das heute oder morgen noch tun.«

Sabine richtete sich ein wenig höher im Bett auf und presste das Smartphone fester ans Ohr. Wie immer, wenn sie mit Thorsten telefonierte, war sie aufgeregt.

»Heute ist Montag, also hab ich frei.« Sie stand auf und tappte barfuß zum Fenster, zog eine Seite der handgewebten Vorhänge zurück und sah blinzelnd ins helle Licht der Morgensonne. »Ich weiß gar nicht, wieso du darauf kommst, dass es bald Regen geben könnte. Der Himmel ist strahlend blau, ich kann keine einzige Wolke erkennen.«

»Ich weiß, Langschläferin.« Ein warmes Lachen folgte. »Aber ich als halber Bauer war schon um sechs auf und habe den Wetterbericht gehört, und da sagten sie, dass sich ein Tiefdruckgebiet nähert. Wir werden heute noch die lange Hangwiese abmähen müssen, ehe es zu regnen anfängt.«

»Dann hast du ja gar keine Zeit für einen Ausflug.« Sie beugte sich zu Ben hinunter, der aus seinem Korb gestiegen war und sich jetzt an ihre Beine schmiegte.

»O doch! Spätestens ab Mittag bin ich nur noch für dich da. Ich habe zwei Helfer, die mich bei der Arbeit unterstützen werden. Einen Teil des Hanges muss man sogar noch mit der Sense mähen. Darin sind die Männer besser als ich. Wenn nichts dazwischenkommt, sind wir schon um zwölf fertig.«

»Das ist wunderbar.« Ein glückliches Lächeln glitt über Sabines Gesicht. »Ich freue mich auf den Tag mit dir. Soll ich zum Gut kommen, oder holst du mich ab?«

Thorsten zögerte. »Wenn es dir nichts ausmacht, dann komm du her. So sparen wir ein bisschen Zeit.«

»Einverstanden. Ich bringe euch was zu essen mit.«

»Das wäre perfekt.«

»Mach ich doch gerne. Bis dahin.«

»Ich kann es kaum erwarten.« Sehnsucht schwang unüberhörbar in Thorstens Stimme mit.

»Ich auch. Bis gleich.«

Nachdem das Gespräch beendet war, blieb Sabine noch eine Weile am Fenster stehen und sah über die große Wiese hinunter zum See. Dann schweifte ihr Blick zu den alten Eichen, die sich im Morgenwind sanft wiegten. Genau zwei Wochen war es her, dass Onkel Sebastian mit seinen Freunden hier gewesen war und Alois ihm das alte Bild geschenkt hatte. Gestern hatte der Onkel noch sehr spät angerufen und ihr erzählt, dass das Foto einen Ehrenplatz in seiner Wohnung gefunden hatte.

»Ich habe dir doch erzählt, dass angeblich ein Dieb in unserer Residenz sein Unwesen treibt?«

»Ja, ich erinnere mich.«

»Vorgestern ist wieder etwas gestohlen worden. Und diesmal glaube ich tatsächlich daran, dass es hier einen miesen Verbrecher gibt.«

»Und was ist gestohlen worden?«

»Eine ziemlich wertvolle Kaminuhr aus der Biedermeierzeit. Ihr Besitzer sagt, sie sei mindestens dreitausend Euro wert.«

»Wow, ein stolzer Preis. Konnte man die denn so einfach wegtragen?«

»Sie ist nicht sehr groß gewesen. Etwa vierzig Zentimeter, schätze ich.« Er hielt kurz inne. »Ich habe dieses kleine Kunstwerk einige Male bewundert.«

»Habt ihr die Polizei eingeschaltet?«

»Dieses Mal ganz bestimmt. So ein Teil kann man ja nicht verlegen oder verlieren. Das war eindeutig Diebstahl.«

Sie hatten noch eine Weile über angenehmere Dinge geplaudert, und erst weit nach Mitternacht war Sabine eingeschlafen. Immer wieder musste sie an die Diebstähle denken, die die Bewohner der Seniorenresidenz so in Aufregung versetzten, und sie fragte sich, wie wohl Kommissar Ole Bender, der Held des Krimis, den sie gerade las, in dieser Situation agieren würde.

Über diesen Überlegungen war sie schließlich eingeschlafen.

Am nächsten Morgen sah sie ihren Hund an und sagte zu ihm: »Ach Ben, was mach ich denn heute mit dir? So lange kannst du nicht allein bleiben, und mitnehmen will ich dich nicht unbedingt.« Sie kraulte ihm das dichte Fell. »Ich werde

Richard anrufen und ihn fragen, ob er mit dir am Nachmittag spazieren gehen will.«

Beim Reizwort »spazieren« begann der Hund zu bellen und lief zur Tür.

»Oje, das war dein Stichwort, stimmt's? Aber erst mal musst du alleine raus.« Sie lief nach unten und öffnete ihm die hintere Tür.

Ben, der das Ritual kannte, rannte sofort hinüber zum Feld, wo er sich erst einmal austobte und dann sein Geschäft erledigte. Aufgeregt hechelnd kam er nach zehn Minuten zurück, dann wartete er vor der Küchentür darauf, dass ihm Sabine sein Fressen hinstellte.

Der Napf stand schon bereit, und während es sich Ben schmecken ließ, machte sich Sabine im Bad zurecht. Das blonde lange Haar musste unbedingt gewaschen werden, und so dauerte es eine Weile, ehe sie fertig war.

In der großen Küche des Lokals bereitete sie sich ein kleines Frühstück. Die erste Tasse Kaffee trank sie im Stehen, auch das Müsli genoss sie nicht so entspannt wie sonst. Sie war einfach viel zu aufgeregt.

Für den kommenden Abend bereitete sie einen Topf Kartoffelsuppe vor. So war es mit Alois abgesprochen, der der Suppe je nach Geschmack der Gäste dann entweder Wurst, Shrimps oder Lachs hinzufügen würde.

Die Arbeit ging ihr gewohnt rasch von der Hand. Sie fand sogar noch Zeit, eine Mousse au Chocolat zuzubereiten.

Als vom Tal her die Kirchenglocken die zwölfte Stunde ankündigten, beendete sie ihre Arbeit. In einen hohen Topf füllte sie drei Liter der Suppe, gab sowohl ein paar Würste als auch Lachs hinzu. Vielleicht, so dachte sie, hat Thorsten Hunger. Und wenn nicht, freuen sich vielleicht die Mitarbeiter darüber.

In einer Kühltasche würde sich die Suppe stundenlang halten. Sie stellte die Tasche griffbereit, lief dann nach oben und zog sich noch einmal um.

Unentschlossen stand sie eine Weile in ihrem Schlafzimmer vor dem Kleiderschrank. Nachdem sie zwei Hosen herausgenommen und wieder verworfen hatte, zog sie schließlich eine beigefarbene Baumwollhose an, dazu eine mintfarbene Bluse. Falls es auf dem Berg kühl werden sollte, nahm sie noch eine hellbraune Kaschmirjacke mit. Die hatte ihr Martina sehr günstig überlassen, und Sabine liebte das edle Teil mit dem dünnen Zopfmuster auf der Vorderseite.

Die langen Haare steckte sie an den Seiten mit braunen breiten Kämmen zurück, so fiel es ihr in weichen Wellen bis auf die Schultern.

»Jetzt noch Richard anrufen, dann bin ich fertig.« Während des Telefonats kraulte sie Bens Fell. »Du wirst gleich von Richard abgeholt«, sagte sie dabei, und es schien, als hätte der Hund jedes Wort verstanden, denn er bellte zweimal zustimmend, dann zockelte er zur Hoftür und legte sich abwartend davor.

»Schlauer Kerl.« Sabine gab ihm einen letzten liebevollen Klaps und ging dann zu ihrem Wagen. Den Topf mit der Kartoffelsuppe stellte sie vorsichtig auf den Rücksitz.

Die Fahrt hinüber zum Hubertushof kam ihr ungewöhnlich lang vor. Aber wahrscheinlich machte sie die Vorfreude auf die gemeinsame Zeit mit Thorsten so ungeduldig.

Ihm schien es nicht anders zu gehen, denn er stand schon abfahrtbereit an seinem Wagen. Als Sabine ausstieg, breitete er die Arme aus und lächelte verschmitzt.

»Endlich!« Er zog sie an sich und gab ihr einen leidenschaftlichen Begrüßungskuss. »Ich warte schon eine Viertelstunde.«

»Dabei bin ich viel zu früh.« Sie löste sich aus seiner Umarmung. »Kannst du wirklich so zeitig hier weg?«, erkundigte sie sich.

»Kein Problem. Die Reitstunde kann Bastian übernehmen.«

»Ist er Reitlehrer?«

»Nein, aber ein exzellenter Reiter. Und für die zehn- oder zwölfjährigen Mädels ist er der optimale Lehrer.« Er grinste jungenhaft. »Zumindest ist er geduldiger als ich.«

In diesem Moment kam Bastian gerade aus dem größeren Stall, kurz hob er die Hand und winkte ihnen zu.

»Nun fahrt endlich!«, rief er. »Wir kommen gut klar.«

»Ich habe dir Kartoffelsuppe mitgebracht.« Sabine schlug sich leicht vor die Stirn. »Die hätte ich fast vergessen. Hast du Hunger?«

Thorsten schüttelte den Kopf. »Ich hab gut gefrühstückt. Und oben am Wallberg-Restaurant gibt es genug zu essen. Lass uns lieber losfahren, ehe es doch noch was gibt, was mich hier aufhält.«

»Dann bringe ich die Suppe schnell ins Haus.«

»Das kann Bastian machen.« Er winkte ihn heran. »Sei

so gut, hol den Topf aus Sabines Wagen und stell ihn in den Kühlschrank.«

»Sie können sich auch gern davon nehmen. Ich hab genug gekocht.« Sabine lächelte Bastian an.

»Ja dann …« Bastian grinste. »Wann wird unsereins schon mal von einer Sterneköchin bekocht.«

»Das da ist nichts Besonderes, das schafft jede Hausfrau. Aber ich hoffe, sie wird Ihnen schmecken.«

»Bestimmt … vergelt's Gott.« Bastian tippte sich an die nicht vorhandene Mütze. »Und jetzt weg mit euch.«

»Recht hat er.« Thorsten half Sabine in den Land Rover. »Lass uns keine Zeit mehr verlieren.«

Während der Fahrt hinüber zum Wallberg, dem Hausberg von Rottach-Egern, griff er immer wieder nach Sabines Hand, um sie liebevoll zu drücken.

Sabine genoss die kurze Fahrt, Thorstens Nähe, die zärtlichen Berührungen. Wenn er den Wagen abbremsen musste oder gar vor einer roten Ampel warten musste, beugte er sich zu ihr und hauchte ihr kleine, verliebte Küsse auf die Wange.

»Möchtest du mit dem Wagen hochfahren, oder sollen wir die Seilbahn nehmen?« Thorsten bog schon auf den großen Parkplatz ein.

»Die Seilbahn. Damit bin ich als Kind das letzte Mal hochgefahren.« Sie lachte leise. »Damals gab es das Panoramarestaurant noch gar nicht.«

Rezept Kartoffelsuppe mit Lachs / Shrimps

1–2 Zwiebeln
600–700 g mehligkochende Kartoffeln
Öl oder Fett
200 ml Weißwein
1 l Gemüsebrühe oder Fleischbrühe
100 g Sahne
1–2 EL Crème fraîche
Salz und Pfeffer
Lachs oder Shrimps
Dill oder Petersilie

Zwiebeln hacken, Kartoffeln in Würfel schneiden. Das Fett erhitzen und darin die Zwiebeln andünsten. Kartoffeln zugeben und mit Wein ablöschen. Dann die Brühe zugeben und knapp 30 Minuten köcheln lassen. Wenn die Kartoffeln gar sind, mit dem Stabmixer alles fein pürieren, salzen und pfeffern nach Geschmack. Anschließend vorsichtig Sahne und/oder Crème fraîche dazugeben. Vor dem Servieren Lachswürfel unterziehen, eventuell alles nochmals kurz aufschäumen. Mit den Shrimps zusätzlich verfeinern und mit Dill oder Petersilie garnieren.

12. Kapitel

Das großzügig gebaute Restaurant mit den breiten Fensterfronten lag gleich neben der Bergstation in 1623 Metern Höhe.

»Wollen wir gleich was essen oder lieber erst mal ein bisschen spazieren gehen?«

»Lass uns ein bisschen laufen.« Sabine sah sich kurz um. Es herrschte reger Betrieb im Restaurant, und sie hatte wenig Lust, unter so vielen Menschen zu sein.

»Ich hatte gehofft, dass du das sagst.« Thorsten griff nach ihrer Hand, und so stiegen sie langsam hoch zum Gipfel des Wallbergs. Der Weg war leicht zu gehen, aber hin und wieder blieb Sabine stehen, um hinunterzuschauen ins Tegernseer Tal, das sich weitläufig unter ihnen erstreckte.

»Wunderschön ist es hier«, stellte sie fest und lehnte den Kopf für einen Moment an Thorstens Schulter. »Bei meiner Arbeit in München hab ich das ganz vergessen gehabt.« Sie seufzte unterdrückt auf. »Ich mache mir jetzt Vorwürfe, dass ich nicht öfter zu Onkel Sebastian in die *Goldene Eiche* gekommen bin.«

»Musst du nicht.« Thorsten spielte mit einer ihrer blonden Locken. »Dein Onkel ist ungemein stolz auf dich. Und du kannst es auch sein. Du hast eine tolle Karriere gemacht.«

»Ach was, das ist nichts von Bedeutung. Ich denke, wenn ich es schaffe, den Landgasthof ein bisschen aufzumöbeln und die Küche frischer, moderner und auch etwas hochwertiger zu machen, ist das viel mehr wert. Auf einen Stern bin ich gar nicht mehr aus.«

»Das wirst du schaffen, ganz bestimmt.« Er küsste sie noch einmal, ehe sie den Rest des Wegs in Angriff nahmen.

Oben angekommen, sah sich Sabine begeistert um. »Wie schön! Schau nur, da hinten die Gleitschirmflieger!« Sie wies nach rechts, wo sich drei Gleitschirme kurz hintereinander in die Luft erhoben und dann langsam, die Aufwinde nutzend, ins Tal hinunterschwebten.

»Das ist eine der beliebtesten Sportarten im Sommer. Und im Winter natürlich die Rodelbahn.« Er stellte sich hinter Sabine und schlang ihr liebevoll die Arme um die Taille. »Aber auch Ski laufen kann man hier sehr gut.«

»Das hab ich leider nie gelernt.«

»Ich kann's dir beibringen. So wie das Reiten.«

»Dann lass uns mal mit dem Reiten anfangen.« Sabine drehte kurz den Kopf. »Aber ich warne dich: Fallen und mir was brechen darf ich nicht. Das wäre eine Katastrophe, wenn ich länger ausfallen würde.«

»Ich pass schon auf dich auf.« Thorsten verstärkte den Druck seiner Arme. »Und ich lass dich nie wieder los.«

»Das wäre fatal. Wie komme ich dann wieder runter vom

Berg?« Sabine lachte leise. »Willst du mich etwa runtertragen?«

»Wenn's sein muss. Hauptsache, du bist mir nah.«

Langsam drehte sich Sabine zu ihm um, hob die Arme und schlang sie ihm um den Nacken. »Ich mag es, dir so nah zu sein.«

Sein Griff wurde fester. »Nicht nah genug«, murmelte er, ehe er sie küsste. Seine Hände glitten über ihren Rücken, Sabine spürte die Wärme seiner Finger durch den dünnen Blusenstoff hindurch, und sie hatte das Gefühl, er hinterließe glühende Bahnen auf ihrer Haut. Sie spürte seine Zunge, die sanft ihren Mund eroberte und ein zärtliches Spiel mit ihrer Zunge begann.

Erst als sie beide außer Atem waren, lösten sie sich voneinander.

»Lass uns runterfahren, hier sind mir viel zu viele Menschen«, sagte Thorsten leise.

»Aber du wolltest mir die anderen Berggipfel zeigen.« Sabine strich ihm kurz über die Wange. »Deshalb sind wir doch hergekommen.«

»Du bist grausam.« Thorsten seufzte gespielt verzweifelt auf. »Du weißt genau, wonach ich mich sehne.«

»Später.« Sabine stellte sich auf die Zehenspitzen und küsste ihn. »Jetzt möchte ich mein Touristenprogramm.«

»Biest!« Sein verliebter Blick strafte das Wort Lügen. »Also hör mir zu: Das da hinten ...« Er streckte den Arm aus, »... das ist der Setzberg. Da drüben stehen Roßstein und Risserkogel. Die können wir auch noch erobern, wenn du magst.«

»Für heute bin ich mit dem Wallberg vollkommen zufrieden.« Sabine genoss die herrliche Aussicht. Bei dem klaren Wetter, das herrschte, war die Sicht hervorragend. Unten auf dem See, der in tiefem Blau heraufleuchtete, glitten etliche Segelboote dahin. Der leichte Wind, der von den Bergen wehte, sorgte für ideale Segelbedingungen.

Als sich eine Gruppe lautstark schwatzender Japaner näherte, griff Thorsten nach ihrer Hand. »Jetzt wandern wir aber wieder runter.«

»Einverstanden.« Noch ein letzter Blick, dann begannen sie mit dem Abstieg. Doch sie ließen sich Zeit, blieben immer wieder stehen, um die herrliche Landschaft, den weiten Blick übers Tegernseer Tal zu genießen.

In der Ferne begannen sich die Berggipfel bereits rötlich zu färben, die Sonne senkte sich gen Westen, und der Wind, eben noch sanft und angenehm, wurde zusehends heftiger.

»Vielleicht wird es doch noch regnen heute Abend.« Thorsten sah zum Himmel auf. »Schlecht wäre es nicht für die Wiesen.«

»Da magst du recht haben. Aber morgen soll die Sonne wieder scheinen. Das wäre nämlich gut fürs Geschäft.« Sie wandte sich noch einmal um und schaute zum Panoramalokal hinauf. »Diesen Trubel brauch ich allerdings nicht.«

»Du hast ganz andere Gäste.« Für den Rest der Strecke legte er ihr den Arm um die Schultern. Der Weg war jetzt breit, sie konnten bequem nebeneinandergehen, bis sie den Parkplatz erreichten.

»Das da ist die Boutique meiner Freundin Martina.« Sabine wies, während sie durch Rottach-Egern fuhren, zu einem hellgelb gestrichenen Haus, in dem der elegante Laden untergebracht war. Vor dem Eingang standen zwei weiße Kübel, in denen Margeritenbäumchen wuchsen. Gelbe Bänder, die um die dünnen Stämme gebunden waren, wehten leicht im Wind.

»Edel«, kommentierte Thorsten knapp. Im nächsten Moment trat er hart auf die Bremse. »Hat der keine Augen im Kopf?«, schimpfte er und lenkte den Wagen hart nach rechts.

Sabine zuckte zusammen. Beinahe wären sie mit einem dunkelgrünen Oldtimer zusammengestoßen. In viel zu hoher Geschwindigkeit war der Wagen aus einer Garageneinfahrt geschossen gekommen.

»Markus!« Sabine blickte mit zusammengekniffenen Augen zu dem dunkelgrünen Sportwagen. »Das ist Markus Hirzler. Was ist denn mit dem los?«

»Du kennst den Kerl? Der ist ja wohl irre.«

»Markus leitet die Bankfiliale.« Sabine drehte sich halb um und sah dem Sportwagen nach, der auch jetzt viel zu schnell durch den Ort fuhr.

»Wenn die Polizei ihn schnappt, ist er seinen Führerschein los.« Thorstens Miene, eben noch ein wenig ärgerlich, entspannte sich. Kurz lächelte er Sabine zu, griff nach ihrer Hand und zog sie an die Lippen. »Ich hoffe, der Verrückte ist nur dein Banker.«

»Ja ...« Sekundenlang biss sie sich auf die Lippe. Noch vor wenigen Tagen hatte sie gedacht, in Markus vielleicht einen Freund gefunden zu haben. Er hatte sich, so wie es schien, sogar etwas mehr erhofft. Doch seit sie Thorsten kannte, gab es nur noch ihn.

»Hey, das klingt ja so, als würdest du ihn näher kennen.«

»Wir waren mal aus. Das ist alles.«

»Hoffentlich. Ich würde den Kerl sonst zum Duell fordern.«

»Lieber nicht«, erwiderte Sabine schmunzelnd. »Ich brauche euch beide noch.«

»Ach ja?« Kurz huschte ein Schatten über Thorstens Gesicht. »Wozu?«

»Markus kann mir einen Kredit verschaffen, den ich vielleicht brauchen werde. Und du ...« Sie lehnte den Kopf an seine Schulter. »Du weißt, was ich meine.«

Sie hatten den Ort hinter sich gelassen, die Straße wand sich in zum Teil engen Kurven den Berghang hinauf. Kurz bevor sie den Gutshof erreichten, hielt Thorsten an. Er stellte den Motor ab, nahm Sabines Gesicht in beide Hände und sah ihr in die Augen.

»Lass mich heute Nacht nicht allein.« Seine Stimme klang rau vor unterdrückter Leidenschaft, ehe er sein Gesicht in ihrem Haar vergrub.

Sabine biss sich auf die Lippe. Zu verlockend war der Gedanke, endlich in seinen Armen zu liegen, ihn ganz nah zu spüren. »Es ist nur ...«, sagte sie dann, »... ich kann den Hund nicht so lange alleine lassen.«

Thorsten musste lachen. »Wenn das alles ist ...« Er küsste sie übermütig. »Wir holen ihn einfach ab, und er bleibt auch! Er wird es toll finden auf dem Hof.«

Sachte strich er mit dem Finger über ihre Lippen, ehe er sie wieder küsste.

Sabine schmiegte sich in seine Umarmung. Nie zuvor hatte sie so viel Liebe empfunden wie für Thorsten.

Die Nacht, erfüllt von Leidenschaft und Zärtlichkeit, verging viel zu schnell. Sie schliefen nur wenig, doch als sie fast gleichzeitig aufwachten, lag Sabine in seinen Armen. Sie spürte seinen Atem an ihrer Wange, spürte seine Lippen, die ihren Körper mit zärtlichen Küssen bedeckten.

»Hallo, meine Schöne.« Thorsten hob den Kopf und sah ihr in die Augen. »Gut geschlafen?«

»Hmm.« Sabine drehte sich in seinen Armen ein wenig um. »Viel zu wenig.«

»Bereust du es?«

Statt zu antworten, gab sie ihm einen langen Kuss.

13. Kapitel

»Kommen Sie nächsten Mittwoch, Frau Reichel, dann habe ich die beiden Jacken ganz sicher wieder da.« Martina brachte die langjährige Kundin zur Tür. Elena Reichel war eine ebenso anspruchsvolle wie gute Kundin, und wenn sie Sonderwünsche hatte, bemühte sich Martina gern, diese zu erfüllen.

Diesmal ging es um zwei Strickjacken eines italienischen Herstellers. Eine davon war mit künstlichem Nerz besetzt, die andere mit einem Kragen aus Seide.

Aber weder den Nerz noch die Seide wollte Frau Reichel auf der Jacke, sie hatte sich eine Extraanfertigung mit einem Schalkragen aus grobem Strick gewünscht – und es war Martina gelungen, dies beim Hersteller durchzusetzen.

Eine dunkelblaue Limousine, die gegenüber parkte, erregte kurz ihre Aufmerksamkeit. Den Wagen kannte sie doch! Sie kniff leicht die Augen zusammen, um besser sehen zu können.

Jetzt kam ein Mann aus dem Laden, der seit vier Monaten leer stand. Ob das der neue Mieter war?

Martina war mehr als erfreut, als sie den gut aussehenden Mann erkannte, der jetzt zur Limousine ging und einen Karton aus dem Kofferraum holte. Das war doch der Typ, der sie beinahe umgefahren hätte!

Ein kurzer Blick zurück ins Geschäft – alles war aufgeräumt und keine Kundin in Sicht.

»Ich bin gleich zurück, Tanja!«, rief Martina ihrer Mitarbeiterin zu, dann lief sie über die Straße.

»Guten Morgen!« Sie erwischte den Mann gerade noch, ehe er im Laden verschwinden konnte. »Sind Sie der neue Mieter?«

»Oh, hallo! Das ist eine nette Überraschung! Wir kennen uns schon, oder?«

»Kennen würde ich das nicht nennen. Sie haben mich beinahe überfahren!«

»Was mir noch heute leidtut.« Er stellte den Karton auf den Boden und reichte ihr die Hand. »Konstantin von Hoff.«

»Martina Weber.« Sie machte eine knappe Kopfbewegung zur Boutique. »Ich habe das Geschäft gleich gegenüber.«

»Das ist ja ein wunderbarer Zufall.« Sein charmantes Lächeln, das auch seine warmen dunklen Augen erreichte, ließ ihren Puls höherschlagen. »Dann werden wir uns ja jetzt des Öfteren begegnen.«

»Wenn es sich zufällig ergibt …« Sie tat unbeteiligt, doch sie wünschte inständig, diesen attraktiven Typen häufiger sehen zu können.

»Ich hoffe es jedenfalls sehr. Sie haben noch einen Kaffee bei mir gut.«

»Einverstanden.« Martina zwinkerte ihm zu. »Bei mir

drüben steht eine Espressomaschine. Wenn Sie also wollen ...« Auffordernd wies sie hinüber zur Boutique.

»Ich bin in fünf Minuten da!« Konstantin hob den Karton auf. »Ich will nur noch diese Sachen in den Safe bringen.«

»Wow! Das klingt beeindruckend.«

»Das ist erstens Vorsicht, zweitens würde mir die Versicherung nichts zahlen, wenn ich diese Uhren nicht sicher aufbewahren würde.«

»Dann lassen Sie sich Zeit. Ich bin in meinem Laden.«

• • •

Konstantin beeilte sich, die wertvollen Schweizer Uhren in den Safe einzuräumen, der im hinteren, vom Verkaufsraum abgetrennten Teil des Geschäftes installiert worden war.

Auf der Straße sah er sich suchend um – kein Blumengeschäft in Sicht!

Vor seinem Ladenlokal standen ebenfalls Blumenkübel, doch sie waren nicht bepflanzt. Nur zwei kleine verkümmerte Vergissmeinnicht entdeckte er zwischen dem Unkraut. »Ja dann ...« Kurz schaute er sich um, dann ging er zu den beiden großen Blumenkästen, die die Gemeinde aufgestellt hatte und die die Straßenverengung schräg von seinem Laden markierten. Hier pflückte er drei Tulpen und ging damit hinüber zur Boutique.

»In der Eile gab es nur diese hier. Aber sie sind selbst gepflückt! Und unter Einsatz meines Lebens geklaut.«

»Das weiß ich zu schätzen.« Martina lachte. »Aber den Diebstahl hätten Sie nicht riskieren sollen.«

»Manchmal muss man einfach was wagen.«

»Dann kommen Sie mit nach hinten, der Wagemut muss mit Kaffee und Kuchen belohnt werden.« Schmunzelnd ging ihm Martina voraus in den kleinen Raum, der ihr ganz persönlicher Rückzugsort war.

Außer einem schmalen Schreibtisch gab es hier einen runden Tisch und zwei Rattansessel, in denen weinrote Kissen lagen. Auf einem Sideboard stand eine Kaffeemaschine, eingebaut war ein kleiner Eisschrank, aus dem sie jetzt die Torte nahm.

»Prinzregententorte!« Konstantins Augen leuchteten auf. »Dafür sterbe ich!«

»Bitte nicht hier.« Martina stellte die Kaffeemaschine an. »Setzen Sie sich doch bitte.«

»Sie sind also nicht nur umwerfend schön und besitzen einen ausgezeichneten Geschmack bei der Auswahl der Kleidung, die Sie verkaufen, Sie sind auch noch eine begabte Bäckerin.« Lässig schlug Konstantin die langen Beine übereinander und nahm den Kuchenteller in Empfang.

»Mitnichten! Die Torte hat meine Freundin Sabine gebacken. Sie versorgt mich hin und wieder mit diversen Leckereien.«

»Ein netter Zug von ihr.«

»Stimmt.« Sie stellte die Espressotassen auf den Tisch und setzte sich ebenfalls. »Sabine gehört ein Landgasthof ganz hier in der Nähe.«

»Ein Landgasthof?« Konstantin nahm einen ersten Schluck. »Doch nicht etwa *Die Goldene Eiche*?«

»Doch, genau die. Waren Sie schon mal dort essen?«

»Ja. Mit meinem Freund Thorsten. Sehr delikat, was Ihre Freundin da auf die Teller zaubert.« Er hob den Kuchenteller an, aß aber noch nicht. »Also haben wir eine Gemeinsamkeit, wir beide, finden Sie nicht?«

»Wenn Sie es so sehen wollen ...«

»Unbedingt. Und ich hoffe sehr, dass wir in naher Zukunft noch mehr Dinge finden werden, die uns verbinden.« Er zwinkerte ihr kurz zu. »Es ist in meinen Augen Schicksal, dass ich mein neues Geschäft direkt gegenüber gepachtet habe.«

»Wie pathetisch! Ich denke einfach, dass die Lage optimal ist und Sie Ihr Geschäft deshalb dort aufmachen wollen. Was verkaufen Sie eigentlich?« Sie berührte kurz seine Hand, zog sie aber vorsichtig schnell wieder zurück – und bedauerte es im nächsten Moment. Es war angenehm gewesen, seine Finger zu spüren. Mit einem leichten Prickeln auf der Haut.

»Ich bin Juwelier. Mein Hauptgeschäft befindet sich in München, aber ich habe schon länger mit dem Gedanken gespielt, hier eine Zweigstelle zu eröffnen.« Er aß ein Stück Torte. »Meine kleine Tochter fühlt sich bei Thorsten auf dem Hubertusgut sehr wohl, sie will reiten lernen. Deshalb werde ich öfter hier sein.«

Für Sekunden verdunkelten sich Martinas Gesichtszüge. Er hatte eine Tochter! Also war er verheiratet. Schade!

Es schien, als hätte Konstantin ihre Gedanken gelesen,

denn er fuhr rasch fort: »Seit dem Tod meiner Frau kümmere ich mich allein um Mia. Und ihr gefällt es hier.«

»Das ... das tut mir leid.«

»Ich komme inzwischen damit zurecht. Und auch Mia kann wieder lachen. Vor allem dann, wenn sie bei den Pferden ist, ist sie wieder so unbekümmert wie früher.«

Melodisches Läuten ertönte gleich zweimal hintereinander.

»Kundschaft.« Martina stand auf. »Ich muss nach vorn.«

»Schade.« Er stand ebenfalls auf. »Ich muss auch gleich wieder rüber.«

»Essen Sie noch in Ruhe zu Ende.«

»Mach ich. Danke.«

Wenige Minuten später, Martina zeigte einer Kundin gerade diverse Blusen, verließ er die Boutique.

»Bis bald.« Kurz hob er die Hand.

Martina nickte. »Bis bald.« Lächelnd sah sie ihm nach.

»Ein toller Typ.« Die Kundin, etwa fünfzig Jahre alt, sah Konstantin ebenfalls nach. »Ihr Freund?«

»Nein.« Martina schüttelte den Kopf.

»Schade. Aber was nicht ist, kann ja noch werden, oder?«

Martina antwortete nicht, doch ihr verträumtes Lächeln sprach Bände.

14. Kapitel

»Markus! Das ist ja eine Überraschung!« Lächelnd begrüßte Sabine den späten Gast, der auf der Bank gleich neben der Eingangstür saß.

»Ich wollte dich gern wiedersehen.« Markus sprang auf und nahm sie in den Arm. Doch als er sie auf die Wangen küssen wollte, drehte Sabine den Kopf leicht zur Seite.

»Hast du Hunger?« Sie griff nach einer der bereitliegenden Speisekarten, die in einem kleinen Kasten rechts von der Tür angebracht waren. »Es ist noch schön warm heute, du könntest sogar hier draußen noch was essen.«

»Ja, ich bleibe draußen. Und mit der Hauswand im Rücken ist es sehr angenehm.« Er zwang sich zu einem Lächeln. Dass sie seine Vertraulichkeit abgewehrt hatte, wurmte ihn. »Kannst mir ja, wenn du magst, Gesellschaft leisten.«

»Das mach ich gern, wenn ich in der Küche fertig bin.« Fragend sah sie ihn an. »Sag erst mal, was du trinken möchtest.«

»Ein alkoholfreies Bier bitte. Und zum Essen nehme

ich …« Er zuckte leicht mit den Schultern. »Was empfiehlst du?«

»Wie immer gibt's Schnitzel. Aber es ist auch noch Rehgulasch da, das steht nicht auf der Karte. Und frischer Spargel, wenn du den magst. Dazu könnte ich dir etwas Lachs braten. Oder Steinbeißerfilets.«

»Dann nehme ich den Spargel mit Lachs. Und deine Gesellschaft bitte!«

»Ich komme zu dir raus, sobald es geht«, versprach sie.

Doch es dauerte noch mehr als eine halbe Stunde, ehe sie die Küche verlassen konnte. Markus hatte inzwischen gegessen, jetzt saß er vor seinem zweiten Bier und ließ den Blick übers Tal schweifen.

»Das ist ein kleines Paradies hier oben.« Er rückte ein Stück zur Seite, als Sabine zu ihm kam. Nur noch drei Paare saßen draußen, drinnen im Lokal war es bereits leer. Die Busgesellschaft, die zum Kaffee heraufgekommen war, war seit einer guten Stunde fort. Fanny hatte schon Feierabend gemacht.

»Ja, es ist schön hier. Und ich bin froh, hier arbeiten zu können.« Sie sah ihn an. »Wie geht's dir? Siehst ein bisschen blass und müde aus, wenn ich das sagen darf.«

»Es gab viel zu tun.« Vorsichtig griff er nach ihrer Hand. »Wollen wir noch mal was zusammen unternehmen? Es würde mich freuen, Sabine.«

Im ersten Moment war sie versucht, abzulehnen und ihm zu gestehen, dass sie sich in Thorsten Bernhammer verliebt hatte. Aber dann fand sie, dass es besser sei, das noch für sich zu behalten.

»Ich hab aber nur wenig Zeit«, erwiderte sie ausweichend.

»Aber für einen kleinen Ausflug solltest du dir Zeit nehmen. Ich werd's dann auch tun.« Kurz zögerte er. »Vielleicht können wir bei der Gelegenheit auch drüber reden, was du alles hier verändern willst – und wie ich, beziehungsweise die Bank, dir dabei helfen kann.«

»Ach, Markus, so weit ist es noch lange nicht. Ich muss erst mal ein paar Monate so weitermachen wie bisher. Das andere sind noch Zukunftsträume.«

»Sag das nicht. Die könntest du dir rascher erfüllen, als du jetzt denkst.« Er lächelte selbstsicher. »Glaub mir, mit mir als Geschäftspartner geht's dir bestens.«

»Das glaub ich dir, dennoch ...« Sie stand auf, da die anderen Gäste zahlen wollten. Als sie zu Markus zurückkam, hatte der sich schon ein Ausflugsziel überlegt.

»Was hältst du von einer kleinen Wanderung hinüber zur Moni-Alm? Und von dort zum Suttensee? Das ist nicht weit, aber es wäre eine Abwechslung für uns beide.« Er griff nach ihrer Hand. »Sag nicht Nein, bitte.«

»Ich denk drüber nach. Versprochen.« Vorsichtig entzog sie ihm ihre Hand. »Und jetzt muss ich leider zurück in die Küche. Der Alois kann nicht alles allein sauber machen. Und ein paar Vorbereitungen muss ich für morgen auch noch treffen.«

»Ja dann ...« Er stand auf, und ehe sie ihn hindern konnte, küsste er sie auf beide Wangen. »Ich freu mich auf unseren Ausflug. Lass mich nicht zu lange warten.«

• • •

Die letzten Sonnenstrahlen warfen silbrig glänzende Bahnen auf das Wasser des Tegernsees, das mit jeder Minute stärker aufgewühlt wurde. Ein heißer, schwüler Tag neigte sich dem Ende zu, und erste dunkle Wolken am Himmel kündigten ein Gewitter an.

Sabine verabschiedete die letzten Gäste und half Richard dann, die Sonnenschirme von der Terrasse hinüber in den Schuppen zu tragen.

»Sieh zu, dass du noch vor dem Regen heimkommst«, sagte sie. »Ich geh noch rasch mit Ben ein Stück, bevor es losgeht.«

»Geh nicht zu weit«, mahnte Richard. »Das Wetter schlägt hier schnell um.«

»Ich weiß.« Sabine sah ihm nach, wie er sich aufs Rad schwang und noch einmal grüßend die Hand hob. »Dann lass uns loslaufen, Ben.« Sabine hatte sich die Leine schon griffbereit an die Tür gehängt, und wie ein Blitz schoss der Hund unter einer der Bänke hoch, die an der Hauswand standen.

Eine knappe Viertelstunde liefen sie über die Hangwiese, die sich hinter dem Haus bis zum Wald erstreckte, dann zuckten hinter dem Wallberg die ersten Blitze auf, und Sabine beeilte sich, nach Hause zu kommen.

Sie war noch etwa zweihundert Meter von der *Goldenen Eiche* entfernt, als der Himmel seine Schleusen öffnete.

»Verflixt, das musste jetzt nicht sein.« Sabine zog sich

die dünne Jeansjacke fester um die Schultern – ein nutzloser Versuch, sich vor dem Regen zu schützen.

Der Hund, der Gewitter hasste, lief in langen Sätzen voraus und saß wartend an der Haustür, als auch Sabine endlich unter das schützende Dach trat.

»Bist schon ein kluger Hund.« Sie wischte sich kurz übers Gesicht. »Hättest ruhig ein paar Minuten vorher umkehren können.«

Ben antwortete mit aufgeregtem Bellen.

»Hey, was hast du denn?« Schnell trat sie ins Haus und hielt ihm die Tür weit auf. »Komm endlich rein.« Doch der Hund reagierte nicht.

»Er hat mich eher bemerkt als du.« Mit langen Schritten kam Thorsten aufs Haus zugelaufen.

»Thorsten! Wo kommst du denn jetzt her?«

Ohne sich daran zu stören, dass sie durchnässt war, zog er sie an sich. »Mein Wagen steht gleich neben dem Schuppen. Der Weg vom Parkplatz bis hierher wäre mir bei dem Wetter zu weit gewesen.« Er gab ihr einen zärtlichen Kuss.

»Jetzt sind wir beide klatschnass.« Sacht löste sich Sabine von ihm.

»Macht nichts. Ganz trocken hab ich die wenigen Meter ja auch nicht geschafft.« Sanft schob ihr Thorsten eine feuchte Haarsträhne aus der Stirn. »Du musst die nassen Sachen ausziehen«, murmelte er dabei.

»Ja.« Sabine lächelte zu ihm auf. »Du auch.«

»Wenn du meinst ...« Seine Stimme klang ein wenig rau, und der Blick, mit dem er sie ansah, war voller Begehren.

Nur einen kleinen Moment zögerte Sabine, dann griff sie

nach seiner Hand und zog ihn mit sich die Treppe hinauf zu ihrer Wohnung.

Ben hatte sich schon in seinen Korb am Ende der geräumigen Diele verzogen, wo er sich ausgiebig die nassen Pfoten abschleckte. Nur kurz sah er den beiden Menschen nach, widmete sich dann wieder der Fellpflege.

»Ich hatte solche Sehnsucht nach dir.« Vor der Tür zum geräumigen Bad blieb Thorsten stehen und nahm Sabine noch einmal in die Arme.

»Wie schön.« Sabine schloss die Augen, als er sie wieder küsste. Ihr Atem ging rascher, als er ihr die nasse Jacke abstreifte und seine Hand sich unter das feuchte T-Shirt schob. Jede seiner Berührungen ließ kleine Schauer über ihre Haut rieseln, und zögernd erst, dann aber entschlossen begann auch sie, ihn auszuziehen.

Eng aneinandergeschmiegt standen sie dann in der Dusche und genossen das warme Wasser, das auf sie niederprasselte. Zärtlich glitten Thorstens Hände über ihren Rücken, und jede seiner Berührungen erregte Sabine. Mit geschlossenen Augen genoss sie sein sanftes Streicheln, während seine Lippen sich kaum von ihren lösten.

Sie spürte seine Erregung, die sich auf sie übertrug. Noch einmal küsste sie ihn, dann drehte sie den Wasserhahn zu.

»Komm …« Sie griff nach dem bereitliegenden weichen Duschtuch und wickelte sich darin ein.

Auch Thorsten trocknete sich flüchtig ab, warf das Tuch aber rasch zu Boden und hob Sabine auf die Arme. »Das hat alles Zeit«, flüsterte er dicht an ihrem Mund. »Wo ist dein Schlafzimmer?«

»Gleich links.« Sabine stieß mit der Hand die Tür zu ihrem Schlafzimmer auf, und Sekunden später ließ Thorsten sie sacht auf das hellgelbe Kissen sinken. Er selbst kniete sich dicht neben sie.

»Wie schön du bist!« Sein Blick war eine einzige Liebkosung. »Begehrenswert und wunderschön.«

Sabine hob die Arme und zog ihn zu sich. Ihre Finger umklammerten seine Schultern, und wieder schloss sie die Augen, als er sie erneut küsste.

Er gab ihren Mund nicht frei, während seine Hände ihren Körper erkundeten. Sanft glitten die Finger erst über die noch feuchte Haut ihrer Schultern, dann umfasste er zärtlich ihre kleinen festen Brüste, die er so lange streichelte, bis sich die Brustwarzen aufrichteten.

Beinahe andächtig küsste er die kleinen festen Knospen, und erst als Sabine die Beine leicht spreizte und so signalisierte, dass sie bereit für ihn war, kam er ganz zu ihr. Ein tiefer Seufzer hob seine Brust, als er sich in ihr zu bewegen begann.

Wie von selbst passte sich Sabine seinem Rhythmus an, und ein Strahlen lag in ihren Augen, als sie gleichzeitig zum Höhepunkt kamen.

Eng umschlungen lagen sie dann auf dem Bett, sahen sich nur an und küssten sich immer wieder, während sich draußen das Gewitter in lauten Donnerschlägen und grellen Blitzen entlud.

15. Kapitel

»Und du willst übermorgen wirklich in die Oper mitkommen?« Elisabeth Mahler legte ihrem Begleiter die Hand auf den Arm.

»Natürlich komme ich mit!« Sebastian Moser nickte entschlossen. »Ich mag Puccini. Und *La Bohème* ganz besonders.« Er log, ohne rot zu werden oder sich deswegen zu schämen. Nie zuvor hatte er sich für klassische Musik interessiert, doch seit er Elisabeth kennengelernt hatte und wusste, wie sehr sie diese Musik liebte, beschäftigte er sich intensiv und gern damit. Und Puccini war ihm immer noch viel näher als Wagner. Mit dessen Musik hätte er seine Schwierigkeiten gehabt.

»Dann freue ich mich umso mehr auf den Ausflug nach München.« Lächelnd schaute Elisabeth ihn an. Sie sah auch an diesem Tag wieder sehr gut aus, und ein jugendlicher Glanz lag in ihren Augen.

»Kommt deine Freundin auch mit?«

Ein Lächeln glitt über Elisabeths Gesicht. »Nein, sie hat keine Lust.« Als sie Sebastians erleichtertes Aufatmen bemerkte, fügte sie hinzu: »Im Grunde tut sie mir leid. Sie hat sich immer noch nicht wirklich eingelebt in der Residenz.«

»Da ist sie aber selber schuld. Wer an allem rummeckert und sich einbildet, was Besseres als wir anderen zu sein, der wird sich nur schwer einfügen in unsere kleine Gemeinschaft.«

»Du hast ja recht. Trotzdem ...« Sie biss sich auf die Lippe. »Ich bin so glücklich mit dir, und sie tut sich so schwer, Anschluss zu finden ...«

»Ich bin auch sehr glücklich, dass wir uns hier begegnet sind.« Er zog sie an sich, sah ihr lange in die Augen, ehe er sie küsste.

Elisabeth hielt sekundenlang still, dann legte sie ihm die Arme um den Nacken und erwiderte den Kuss mit verhaltener Leidenschaft.

Ohne sie loszulassen, murmelte Sebastian: »So ein spätes Glück ... es ist wundervoll.«

Mit strahlenden Augen sah Elisabeth zu ihm auf. »Das finde ich auch.« Wieder küsste er sie. »Heute Abend gibt es Champagner, ja? Wir sollten diesen Tag feiern. Aber jetzt muss ich rüber nach Rottach-Egern. Hab was bei der Bank zu erledigen. Möchtest du mitkommen?«

»Gern.« Elisabeth zögerte, dann sagte sie: »Ich überlege, ob ich mir nicht ein Schließfach zulegen soll. Seit hier im Haus immer wieder Dinge wegkommen, hab ich ein wenig Sorge um meinen Schmuck.« Sie machte eine kleine Pause, dann gestand sie: »Weißt du, ich besitze ein paar sehr wertvolle Stücke. Aber die habe ich hier noch nie getragen. Es käme mir unpassend vor, mit mehrkarätigen Brillantringen und einem Brillantcollier herumzuprotzen.«

»Dann leg einfach alles in einen Banksafe. Da sind die Sachen sicher. Ich verstehe ja auch nicht, wieso man den Dieb immer noch nicht gefunden hat.«

Er stand auf und trat auf den Balkon hinaus, der sich weitläufig vor seinem Wohn- und Schlafzimmer erstreckte. Von hier hatte man einen wunderbaren Blick zum See. Vom Unwetter, das am vergangenen Abend getobt hatte, war nichts mehr zu spüren. Die Sonne schien vom sprichwörtlich blauen bayerischen Himmel, trocknete die letzten Pfützen von den Straßen.

»Wann willst du denn fahren?« Elisabeth trat hinter ihn und legte kurz den Kopf an seine Schulter.

»In einer Viertelstunde. Passt dir das?«

»Na klar. Dann geh ich jetzt in mein Apartment und suche alles zusammen.« Sie lachte leise auf. »Ich gestehe, dass ich die Sachen versteckt habe.«

»Das war ganz richtig. Aber in einem Safe liegen sie besser.« Er drehte sich nach ihr um. »Warum hast du dir eigentlich keinen im Zimmer einbauen lassen?«

»Das hab ich einfach nicht für nötig gehalten. Wer konnte denn ahnen, dass es in so einem Haus Diebe gibt!«

»Die gibt es überall.« Sebastian zog sie noch einmal an sich. »Ich freue mich, dass du mitkommst.«

Sie lachte, und fasziniert bemerkte Sebastian die kleinen Fältchen, die sich jetzt um ihre Augen abzeichneten.

»Dass du hier schon eingezogen bist ... das ist mein größtes Glück.« Noch einmal küsste er sie auf die Wange.

»Meine Bekannten haben mir gesagt, ich würde hier versauern, aber genau das Gegenteil ist der Fall.« Sie machte eine kleine Pause, und ein Schatten glitt über ihr Gesicht. »Du weißt, dass mein Sohn vor drei Jahren tödlich verunglückt ist. Danach war ich so deprimiert …« Sie biss sich auf die Lippe. »Es hat lange gedauert, bis ich wieder halbwegs normal den Alltag bestreiten konnte. Nach dem Tod meines Mannes war Julian meine einzige Familie.« Sie fuhr sich mit der Hand über die Augen, die feucht geworden waren.

Sebastian nickte. Fest hielt er sie umarmt, als Elisabeth weitersprach. Sie hatte ihm schon oft von ihrem Sohn erzählt, aber er spürte, dass es ihr guttat, darüber zu reden, darum hörte er geduldig zu. »Dieser betrunkene Autofahrer! Was nützt es mir, dass man ihn verurteilt hat? Mein Junge ist tot!« Sie seufzte leise. »Ich war so allein in dem großen Haus … und dann kam der Sturz, bei dem ich mir das Knie verletzt habe. Da war ich endlich bereit, einen Schlussstrich zu ziehen und noch mal ganz neu anzufangen.«

»Darüber ist niemand froher als ich.« Sebastian küsste sie zärtlich.

Elisabeth straffte die schmalen Schultern. »Der Schmerz wird immer bleiben, aber mit dir gemeinsam fange ich gern ein neues Kapitel an.« Sie ging zur Tür. »Wir treffen uns in der Tiefgarage.«

Eine knappe halbe Stunde später fuhren sie über die breite Auffahrt der Residenz hinunter zur Straße. Weder er noch Elisabeth bemerkten Ria van Claasen, die ihnen aus schmalen Augen hinterherschaute.

In der Bank wurden sie von Markus Hirzler mit großer Aufmerksamkeit bedient. Er persönlich begleitete Elisabeth zu ihrem neu eingerichteten Bankschließfach, und in seinen Augen blitzte es auf, als er sah, welche Kostbarkeiten sie dort deponierte. Da die beiden Schatullen, in denen Elisabeth ihre Schmuckstücke aufbewahrte, für das Schließfach zu groß waren, nahm sie ungeniert und in Markus' Beisein alles heraus und legte das Collier, drei Ringe und eine breite Goldkette in das Fach.

»So, damit sind die Sachen jetzt in Sicherheit.« Sie nickte ihm zu. »Danke für Ihre Hilfe.«

»Dazu bin ich da. Ich danke im Namen unseres Instituts für Ihr Vertrauen, gnädige Frau.« Galant geleitete er sie wieder in die Schalterhalle, wo Sebastian in einem der bequemen Sessel wartete.

»Bis bald mal wieder, Herr Hirzler.« Freundlich nickte Sebastian ihm zu.

»Es ist mir immer eine Freude, Ihnen behilflich sein zu können.« Höflich hielt Markus den beiden die Tür auf.

Die schwimmen im Geld und wissen nichts damit anzufangen, dachte Markus bitter. Er selbst steckte mal wieder in den größten finanziellen Schwierigkeiten. Die Gläubiger saßen ihm im Nacken, und sogar der Besitzer der Autowerkstatt, in der er seinen Wagen hatte reparieren lassen wollen, weigerte sich, den Lackschaden ohne Vorkasse zu beheben.

Es gab nur eine Möglichkeit, diese Misere zu beenden: Er brauchte unbedingt mal wieder eine Glückssträhne.

16. Kapitel

In dem elegant eingerichteten Juweliergeschäft drängten sich die Menschen. Viele Bekannte, aber auch neugierige Urlauber waren gekommen, um Konstantin von Hoffs neuen Laden zu sehen und mit ihm die Eröffnung zu feiern.

Blumensträuße und edle Gestecke standen auf einem halbhohen Glastisch, auch einige Champagnerflaschen waren als Gastgeschenk mitgebracht worden.

Für die köstlichen Kanapees, die zusammen mit diversen Getränken gereicht wurden, war Sabine zuständig gewesen. Sie agierte diskret im Hintergrund, während Konstantin mit den Gästen plauderte.

Die Mittagszeit war schon lange vorbei, der größte Ansturm der Neugierigen vorüber, als Martina hereinkam.

Rasch entschuldigte sich Konstantin bei zwei älteren Damen und ging auf Martina zu.

»Na endlich!« Spontan küsste er sie auf die Wange. »Warum haben Sie mich so lange warten lassen?«

Martina schaute sich mit einem amüsierten Lächeln um. »Allein waren Sie aber nicht. Und gelangweilt haben Sie sich bestimmt auch nicht.« Sie überreichte ihm ein kleines Paket. »Ich wünsche Ihnen viel Erfolg hier in Rottach-Egern.«

»Danke.« Konstantin stellte das Päckchen zu den anderen Geschenken. Dann nahm er zwei Gläser und reichte eins davon Martina. »Auf eine gute Nachbarschaft.«

»Unbedingt.« Martina sah sich um. »Schade. Eine Espressomaschine haben Sie ja schon. Dann müssen Sie ja nicht mehr rüberkommen.«

»Ich werde die Maschine sofort verschenken. Oder zumindest in den Keller verbannen.« Konstantin lachte. »Aber ich schwöre, ich komme auch ohne Kaffeedurst rüber, sooft es geht.« Er hob sein Glas. »Ich heiße Konstantin.«

»Martina.« Sie trank ihm zu. Doch ehe sie das Glas auch nur halb geleert hatte, nahm er es ihr ab, zog sie ungeniert an sich und küsste sie.

Martina schloss sekundenlang die Augen und erwiderte den Kuss.

»Schade, dass noch so viele Leute da sind«, flüsterte Konstantin dicht an ihrem Ohr. »Ich würde viel lieber allein mit dir feiern.«

Lächelnd versuchte sie, sich in seinem Arm zu befreien. »Lass mich bitte los, die Leute werden reden.«

»Glaub mir, das ist mir völlig egal.« Doch er löste sich von ihr und griff wieder nach den Gläsern. »Spätestens um vier ist Schluss«, sagte er und nahm einen tiefen Schluck. »Danach feiern wir allein weiter. Irgendwo, wo ich diesen Strick hier«, er tastete nach der dezenten Krawatte, »abnehmen kann.«

Martina nickte. Dieser Mann war einfach umwerfend.

Nicht nur, dass er unverschämt gut aussah in seinem nachtblauen Anzug und dem weißen Hemd, das zur leicht gebräunten Haut und dem schwarzen Haar gut kontrastierte. Er besaß offenbar auch Humor und eine ungemein erotische Ausstrahlung. Zumindest auf sie!

»Ich hole mir mal was zu essen.« Lächelnd ging sie zu Sabine, die sich im Hintergrund hielt, doch dafür sorgte, dass die beiden silbernen Tabletts stets mit neuen Kanapees gefüllt wurden.

»Der Juwelierladen wird eine Bereicherung für unsere Straße sein«, sagte sie, während sie sich eines der Häppchen vom Tablett nahm.

»Für die Straße?« Sabine zwinkerte ihr zu. »Du meinst wohl, dass er dein Leben bereichern wird, oder?«

»Wie kommst du denn darauf?«

»Tu nicht so naiv! Das steht dir nicht.« Sabine kicherte. »Aber ich seh dir genau an, dass du ihn mehr als sympathisch findest.«

»Ach ja?« Martina griff nach einem weiteren Kanapee.

»Ja. Und die Tatsache, dass du ungeniert isst, spricht auch dafür. Das machst du nur, wenn du aufgeregt bist.«

»Unsinn!«

»Kein Unsinn. Das hast du mir selbst mal erzählt.« Sie schob der Freundin ein besonders delikat aussehendes Stückchen Brot zu. »Das sind Flusskrebse auf Kresseschaum. Probier mal.«

»Na gut, das eine noch, dann muss ich wieder rüber.« Genussvoll kaute Martina, trank noch ein halbes Glas Sekt, dann verabschiedete sie sich.

»Bis später.« Konstantin brachte sie noch zur Tür.

Martina nickte zustimmend. Zwar war ihr Geschäft normalerweise bis achtzehn Uhr geöffnet, doch heute würde sie zwei Stunden früher schließen. Auf jeden Fall!

Die Zeit bis dahin schien gar nicht vergehen zu wollen. Nur selten hatte Martina ihre Kundschaft so unaufmerksam bedient, immer wieder schaute sie über die Straße zu Konstantins Laden, wo immer noch die Eröffnung gefeiert wurde.

Wann immer sie ihn inmitten der Gäste ausmachte, klopfte ihr Herz ein paar Takte rascher. So etwas hatte sie schon eine Ewigkeit nicht mehr gespürt, und sie war geneigt, sich selbst auszulachen.

Andererseits ... Wer sagte denn, dass man sich mit achtunddreißig nicht mehr Hals über Kopf verlieben durfte?

Es dauerte noch fast eine Stunde, bis Konstantin den letzten Gast verabschieden konnte. Martina hatte in der Zwischenzeit das elegante nougatfarbene Kostüm im Landhausstil, das sie heute in der Boutique getragen hatte, gegen ein legeres Hemdblusenkleid aus hellgrünem Leinen getauscht. Der frische Farbton passte perfekt zu ihrem schwarzen Haar und der schon leicht gebräunten Haut.

Als sie Konstantin über die Straße kommen sah, schloss sie eilig ihren Laden ab. Nicht dass doch noch eine Kundin hereinkam!

»Puh, das war ein unerwartet großer Trubel.« Konstantin zog sich die Seidenkrawatte ab. »Wenn auch nur zehn Prozent der Besucher, die versichert haben, ab jetzt bei mir zu kaufen, Wort halten, hat sich die Zweigstelle hier schon gelohnt.« Er schaute Martina aus seinen dunklen warmen Augen an. Die hatten sie gleich beim ersten Mal, als sie ihn getroffen hatte, fasziniert. »Stimmt nicht, es hat sich jetzt schon gelohnt, denn ich habe dich kennengelernt.«

»Charmeur!«

»Ich meine es genau so.« Sein Griff um ihre Schultern wurde fester. »Da hinten auf dem Parkplatz steht mein Wagen.«

Die wenigen Meter bis zur Limousine schwiegen sie.

»Wohin sollen wir fahren?« Konstantin öffnete ihr die Wagentür. »So genau kenne ich mich hier noch nicht aus.« Er schaute auf seine elegante Armbanduhr. »Ich muss nur noch schnell auf dem Reiterhof anrufen. Da hab ich nämlich meine kleine Tochter geparkt.« Er lachte. »Sie liebt ihren Onkel Thorsten und ist glücklich, wenn sie ein paar Stunden bei ihm und den Pferden sein kann.«

Kurz telefonierte er mit seinem Freund, der ihm sogleich versicherte, dass er und Mia sehr gut zurechtkämen.

»Dann vermisst mich also niemand?«

»Niemand«, versicherte ihm Thorsten. »Du kannst also ruhig noch ein paar Geschäfte tätigen.«

»Ich hätte da noch was anderes vor.« Konstantin zwinkerte Martina zu. »Wenn du also noch ein paar Stunden auf Mia aufpassen könntest, wäre ich dir dankbar.«

»Kein Problem. Genieß, was immer du vorhast.«

»Das werde ich, ganz sicher.« Er beendete das Gespräch und lächelte Martina zu. »So, jetzt darf ich mich für ein paar Stunden ganz frei fühlen.«

»Ja dann ...« Martina zwinkerte ihm zu. »Wenn du diese

Zeit also in Ruhe verbringen willst, bleibt nur ein Gasthaus weiter auswärts, wo nicht so viele Touristen sind. Oder du entspannst dich auf dem Reiterhof deines Freundes.«

»Nur das nicht!« Lachend hob er die Hände. »Da ist schließlich Mia, und der kleine Wirbelwind würde dich sofort vereinnahmen.« Sein Blick, mit dem er sie jetzt ansah, ließ ihr Herz höherschlagen. »Das würde ich nämlich gern selber machen.«

»Mich vereinnahmen? Du, das wird dir nicht so schnell gelingen.«

»Aber einen Versuch hab ich, oder?« Ungeniert und ohne sich an den vier jungen Leuten zu stören, die lachend in einem Cabrio vor ihnen Platz nahmen, küsste er sie.

Martina erwiderte den Kuss. »Was hältst du von einer bequemen Couch in einer kleinen Wohnung? Da könntest du dich entspannen.«

»Sehr, sehr viel.« Er lachte jungenhaft. »Allerdings weiß ich nicht, ob ich in deiner Nähe entspannen kann – und will.«

Martina war eigentlich nicht der Typ, der einen Bekannten sofort mit nach Hause nahm. Aber bei Konstantin war das anders. Bei ihm war alles anders. Sie hatte das Gefühl, ihn schon ewig zu kennen, und die Faszination, die er auf sie ausübte, überwog jedwede Bedenken.

Außerdem, sagte sie sich, bin ich alt genug, um zu entscheiden, was ich will – und wen ich will.

»Schließ deinen Wagen wieder ab, wir können zu Fuß gehen.«

»Wo wohnst du denn?«

»Über der Boutique.« Lächelnd hakte sie sich bei ihm ein. »Komm mit, wir haben schon viel zu viel Zeit vertan.«

»Stimmt.« Er blieb stehen und küsste sie noch einmal. »Das war die Strafe für die Verzögerung.«

Zehn Minuten später sah sich Konstantin begeistert in ihrer geräumigen Penthousewohnung um. »Das verstehst du also unter einer kleinen Wohnung.«

»Na ja, es gibt größere hier am See.« Sie lachte und wies auf eine hellgelbe Couch, die seitlich neben einem bodentiefen Fenster stand. »Das Sofa zumindest ist ziemlich klein.«

»Mir soll's recht sein. Dann hab ich dich ganz nah bei mir.« Mit zwei Schritten war er bei ihr und zog sie wieder in die Arme. »Was machst du nur mit mir?«, murmelte er dicht an ihren Lippen. »Seit ich dich kenne, kann ich an nichts anderes mehr denken als daran, dich zu küssen.« Im nächsten Moment ließ er den Worten die Tat folgen.

Martina genoss seine Zärtlichkeiten, die sie mit der gleichen Leidenschaft erwiderte. Ihre Zungen spielten ein erregendes Spiel miteinander, und als Konstantin sacht ihre Brüste zu liebkosen begann, hinderte sie ihn nicht daran. Dabei flüsterte er ihr all die wunderbaren, leidenschaftlichen und oft unsinnigen Worte zu, wie sie sich nur Verliebte sagen können.

Langsam setzte die Dämmerung ein. Der Lärm, der bis vor Kurzem noch von der Straße heraufgedrungen war, ebbte ab, die Lichter rund um den See gingen an, verzauberten die schöne Landschaft noch ein wenig mehr.

»Komm ...« Martina stand auf und zog Konstantin mit

sich. Ihr Schlafzimmer, geräumig und hell wie der Wohnbereich, wurde von versteckt angebrachten Lampen in ein sanftes Licht getaucht.

Auf dem breiten Bett lag eine helle Felldecke, auf die sich Martina gleiten ließ. Deutlich zeigte sie, wie sehr sie Konstantin begehrte, und er beugte sich über sie.

»Meine Schöne ...« Er küsste ihren Hals, während er sie vorsichtig auszog.

Martina spürte seine warmen Hände auf ihrer Haut, sie genoss es, dass er beinahe jeden Zentimeter mit zärtlichen Küssen bedeckte, ehe er mit einem tiefen Seufzer endlich ganz zu ihr kam.

»Ich wusste gar nicht, dass es hier am See Hexen gibt.« Erst nach einer geraumen Weile kam er wieder zu Atem. »Du hast mich total verhext.«

Martina lachte leise auf. »Was soll ich denn sagen? Du bringst mich dazu, mich zu benehmen wie ein verliebter Teenager.« Kurz hob sie den Kopf, den sie auf seine Brust gelegt hatte. »Aber es ist ein herrliches Gefühl.«

»Bin ich froh, dass du genauso denkst wie ich!« Konstantin schob sie sanft von sich. »Ist es profan, wenn ich gestehe, dass ich furchtbaren Durst habe?«

»Im Gegenteil!« Martina schwang die langen Beine aus dem Bett. »Was bevorzugen der Herr? Bier oder Champagner?«

Konstantin seufzte auf. »Eigentlich wäre es der richtige Moment für Champagner. Aber wenn ich an ein kühles Bier denke ...«

»Noch eine Gemeinsamkeit.« Martina hauchte ihm einen Luftkuss zu, ehe sie in die Küche ging. »Du wirst mir unheimlich!«, rief sie von dort.

Konstantin antwortete nicht. Mit geschlossenen Augen, die Arme hinter dem Kopf verschränkt, lag er auf dem Bett. Er war glücklich. So glücklich wie schon eine kleine Ewigkeit nicht mehr.

»Hey, was soll das?« Erschrocken richtete er sich auf, als ihm etwas Eiskaltes auf den Bauch gestellt wurde.

»Bier muss kalt sein!« Martina hockte sich dicht neben ihn. Ihre Augen strahlten, als sie ihm zwei Gläser entgegenhielt. »Auf dich. Und auf diesen Tag.«

»Auf uns.« Konstantin trank sein Glas in hastigen Zügen halb leer. »Und auf das, was noch folgt.«

»Du machst mich neugierig.« Übermütig küsste sie ihn – der Auftakt zu einem neuen, langen Liebesspiel.

17. Kapitel

»Sag mal, hast du ein ganz braves Schulpferd im Stall stehen?«

»Natürlich. Gleich drei. Für Anfänger muss man ein Tier nehmen, das ruhig und entspannt ist. Warum fragst du?«

Sabine machte ein paar Schritte in die Stallgasse hinein. Noch vier Tiere standen hier, kauten an ihren Heuballen und sahen zwischendurch neugierig zu ihnen hin.

»Ich hätte unheimlich Lust, mal auszureiten.« Sabine ging zu einer dunkelbraunen Stute, die leise wieherte, als sie die Hand nach ihr ausstreckte. »Mit dir durch Wald und Feld … das hätte was.«

»Superidee! Wir können gleich los.«

»Ich hab allerdings ein bisschen Bammel.« Sabine drehte sich um. »Wenn ich falle und dann in der Küche ausfalle … Das kann ich mir einfach nicht leisten.«

»Die Elli hier ist eine ganz Brave.« Thorsten zog die Tür zu der Box auf. »Sie ist schon fast zwanzig Jahre alt und draußen sehr relaxt. Es gibt fast nichts, das sie erschrecken könnte, glaub mir.«

»Wenn du meinst, dann versuchen wir es. Nicht, Elli?« Sabine tätschelte den Hals der Stute.

»Warte, ich hole die Sättel. Und mach mein Pferd schnell fertig.«

Schon zehn Minuten später waren sie zum Ausritt bereit. Zögernd stellte Sabine den linken Fuß in den Steigbügel und schwang sich in den Sattel. Doch als sie richtig saß und die Stute langsam die ersten Schritte machte, genoss sie es, wieder einmal reiten zu können.

»Ich weiß gar nicht, wie lange es her ist, dass ich auf einem Pferd gesessen habe.«

»Du sitzt sehr gut. Und jetzt gib mal ein bisschen Schenkeldruck.«

Eine halbe Stunde ritten sie durch die nahe gelegenen Felder, und es machte Sabine immer mehr Spaß.

»Genug für heute«, bestimmte Thorsten schließlich. »Sonst hast du morgen Muskelkater.«

Er hielt das Pferd fest, als Sabine kurz vor dem Stall aus dem Sattel stieg. Doch kaum hatten ihre Füße den Boden berührt, umarmte er sie und küsste sie voller Leidenschaft.

»Ich bin stolz auf dich«, sagte er dann. »Du bist sehr talentiert. In allem.«

»Hey, sei nicht so frech!« Sabine spürte, dass sie rot wurde.

»Ich meinte nur das Kochen. Und das Küssen.« Er nahm ihre Hand und zog sie mit sich zum Haus. Zwei kleine Katzen, die urplötzlich auf dem Gut aufgetaucht waren, spielten mit einem Stückchen Holz neben der Haustür. »Aber wenn du denkst, dass du noch andere Talente hast ... Ich lass mich überzeugen.«

»Frech, sag ich doch!« Übermütig zauste ihm Sabine das dunkle Haar. »Zur Strafe gibt's nichts zu essen.« Sie hatte Roastbeef und frischen Spargel mitgebracht. Alles lag schon im Kühlschrank.

»Ich habe auch gar keinen Hunger. Zumindest nicht darauf.« Ehe Sabine wusste, wie ihr geschah, hob er sie auf die Arme und trug sie in sein Schlafzimmer.

»Hab ich dir schon mal gesagt, dass du meine Traumfrau bist?« Er zog ihr das Shirt aus und streifte dann vorsichtig den spitzenbesetzten BH ab. Sacht begann er, sie zu küssen. Die zarte Haut des Halses, dann den Brustansatz, die dunklen Knospen, die sich gleich aufgerichtet hatten bei seinen Liebkosungen.

Sabine seufzte unterdrückt auf, als sich seine Finger zu ihrer intimsten Stelle vorwagten. Sein Atem ging immer rascher.

»Ich kann dir nicht aus der Reithose helfen«, flüsterte sie dicht an seinen Lippen. »Du hast sogar noch die Stiefel an.«

»Egal.« Sein kehliges Lachen erzeugte wohlige kleine Schauder auf ihrer Haut.

Noch eine Weile verwöhnte er sie mit seinen Zärtlichkeiten, dann streifte er doch die unbequemen Reitsachen ab, ehe er ganz zu ihr kam.

Erst als es draußen auf dem Hof laut wurde, kehrten sie in die Wirklichkeit zurück.

»Um Himmels willen, ich hab total vergessen, dass ich

heute Nachmittag zwei Extrastunden geben muss.« Sanft löste sich Thorsten von Sabine. »Die Teenie-Horde ist schon da, das höre ich am Geknatter ihrer Mofas.« Noch einmal küsste er Sabine. »Es ist ein Jammer, aber ich muss los.«

»Lass die Mädels nicht warten.« Lächelnd sah sie zu, wie er sich hastig anzog, dann kam er nochmals zum Bett.

»Diese verwöhnten Gören versauen mir den Tag«, murmelte er.

»Ach was.« Sabine verschränkte die Arme hinter dem Kopf. »Wir haben doch noch den ganzen Abend für uns.« Noch ein letzter rascher Kuss, dann ging Thorsten zu den vier Mädchen, die bereits auf ihn warteten.

Zwei von ihnen standen schon in der Stallgasse und striegelten ihre Pflegepferde, die beiden anderen sahen ihm auffordernd entgegen.

»Tag, die Damen.« Kurz nickte Thorsten in die Runde. »Und? Seid ihr bereit?«

»Mein Pferd ist noch nicht fertig.« Ein etwas pummeliges Mädchen sah ihn vorwurfsvoll an.

»Ja, so was!« Thorsten grinste. »Und auf die Idee, selbst zu striegeln und aufzusatteln, bist du nicht gekommen?«

»Dafür zahlen unsere Eltern nicht.« Das andere Mädchen, schlank und mit langen dunklen Locken, sah ihn schulterzuckend an. »So was gehört doch zum Service, oder?«

»Ach, Christina, das glaubst auch nur du. Wer reiten will, der muss sich auch mit der Tierpflege vertraut machen. Aber heute soll's mir egal sein. Da hinten stehen zwei Pferde für euch. Los, ich helfe euch satteln.«

»Supi!« Christina, die Wortführerin der vier Mädels, ging zu einem Apfelschimmel und sah Thorsten auffordernd an. »Der gefällt mir.«

»Das ist aber kein Schulpferd.«

»Aber er gefällt mir. Was kostet er?« Sie lehnte sich an das Pferd, das leise schnaubte. »In ein paar Tagen hab ich Geburtstag, mein Vater kauft ihn mir sicher.«

»Reite ihn erst mal. Wotan trägt seinen Namen nicht ganz umsonst.«

Er führte das Pferd, das leicht nervös werden konnte, selbst aus der Stallgasse und half Christina dann beim Aufsitzen. Er wusste, dass ihr Vater ein sehr wohlhabender Mann war, der sich die Liebe von Frau und Tochter gern erkaufte.

Christina schob einen Fuß in den Steigbügel, ließ sich dann aber sofort wieder zurückfallen.

Spontan hielt Thorsten sie fest – und zuckte im nächsten Moment zurück, als das Mädchen den Kopf wandte und ihn küsste.

»Was soll der Quatsch? Lass das, Christina.« Er schob sie von sich.

Das Mädchen warf die langen Haare in den Nacken und tat völlig ungerührt, als sie wieder aufsaß.

»So, noch einmal die Sattelgurte nachziehen, dann reitet ihr rüber zum Platz.« Thorsten holte sich eine lange Gerte aus dem Schuppen und folgte seinen Reitschülerinnen. Die Mädchen kicherten und alberten herum, und es dauerte eine Weile, bis er wirklich mit dem Reitunterricht beginnen konnte.

Es sind total verwöhnte Gören, dachte er, während er seine Kommandos gab und darauf achtete, dass alle richtig saßen. Tragen hier auf dem Hof Designerklamotten, wissen aber nicht, wie man ein Pferd richtig behandelt. Aber es musste ihm egal sein, er brauchte das Geld, das er mit den Reitstunden verdiente. Und wenn mal wieder ein Vater ein Pferd für seine verwöhnte Tochter kaufte, sollte es ihm auch recht sein.

Allerdings ärgerte ihn das Verhalten von Christina, je länger er darüber nachdachte. Es war dreist und unverschämt, ihn so zu provozieren.

»Kommst du noch mit uns ins Reiterstübchen?« Christina versuchte, als die Stunde vorüber war, mit ihm auf dem Weg zurück zum Stall Schritt zu halten. »Da kannst du mir ja schon mal verraten, was du für Wotan haben willst.«

»Ich denke, das bespreche ich mit deinem Vater – wenn es denn so weit ist.« Kurz nickte er den Mädchen zu. »Mit dir möchte ich mich im Moment nicht unterhalten.«

»Ja aber ...« Sie tat völlig unschuldig.

»Kein Aber. Dein Benehmen war unmöglich.« Damit drehte er sich um und ging.

»Bei dem kommst du nicht an, Christina. Also lass es einfach.« Ein blondes Mädchen grinste die Freundin an. »Künstlerinnenpech, würde ich sagen.«

»Inge hat recht. Bei Thorsten hast du keine Chance. Dem bist du zu jung.« Sie hielt die Hand auf. »Gib den Hunni schon her, hast unsere Wette verloren.«

»Abwarten.« Christina verzog das Gesicht. »So schnell geb ich nicht auf.«

18. Kapitel

Mitternacht war lange vorüber, doch noch immer herrschte in den Räumen des Spielcasinos von Bad Wiessee reger Betrieb. Elegant gekleidete Damen und distinguiert wirkende Herren waren ebenso zu sehen wie eher lässig gekleidete Besucher. Allen gemeinsam war jedoch dieses ganz bestimmte Glitzern in den Augen, das durch den Nervenkitzel hervorgerufen wurde, das beinahe jeden erfasste, der sich in diesen Räumen aufhielt.

Auch Markus Hirzlers Augen glänzten. Seit zwei Stunden gewann er bereits, und er konnte sein Glück kaum fassen. Fast Dreiviertel der Summe, die er seinen Gläubigern schuldete, hatte er bereits erspielt. Das nervöse Zittern seiner Finger, das er bei den ersten Einsätzen an diesem Abend nur mühsam hatte verbergen können, war vorbei. Lässig und betont nonchalant warf er dem Croupier gerade einen Jeton zu. »Für die Angestellten.«

»Danke, der Herr.« Ungerührt steckte der junge Mann im schwarzen Smoking den Jeton, der hundert Euro wert war, ein, dann forderte er die rund um den Spieltisch Sitzenden auf, das nächste Spiel zu machen.

»Darf ich mich zu Ihnen setzen?« Eine schlanke junge Frau in einem schwarzen kurzen Kleid, dessen Oberteil mit kleinen Pailletten besetzt war, sah Markus lächelnd an. »Sie haben ganz offensichtlich eine Glückssträhne, und vielleicht fällt ein bisschen was davon auf mich ab.«

Wie unabsichtlich streifte sie mit der Schulter seinen Arm, Markus roch den Duft ihres Parfüms, und als er aufsah und in grüne, schwarz umrandete Augen blickte, begann sein Herz schneller zu schlagen.

»Ich freue mich, wenn Sie mir Gesellschaft leisten.« Er winkte einem der vorübergehenden Kellner. »Sie mögen Champagner?«

»Welch eine Frage!« Ihr Lächeln war betörend.

Markus orderte zwei Gläser, doch bis sie serviert wurden, begann das nächste Spiel. Er setzte, wie schon mehrfach an diesem Abend, auf die Null – und wieder gewann er!

»Sie erlauben, dass ich mich anschließe?« Die junge Dame warf einen Jeton ebenso wie er auf das Feld mit der Null.

»Selbstverständlich.«

»Hoffentlich bringen Sie mir Glück.« Die blonde Fremde zuckte mit den Schultern. »Bisher habe ich nur verloren. Eine kleine Finanzspritze wäre jetzt nicht schlecht.«

Markus erwiderte nichts, wie gebannt starrte er auf die kleine Kugel, die jetzt auf der Siebzehn liegen blieb.

»Schade.« Er sah seine Nachbarin kurz an. »Aber das heißt ja nicht, dass es gleich nicht doch noch klappt.« Er schob ihr zwei Jetons zu. »Sie erlauben doch?«

»Gern.« Ungeniert griff sie nach den Jetons, die einen

Wert von vierhundert Euro hatten, und setzte sie diesmal auf Schwarz. »Ich bin mal vorsichtig.« Sie lächelte.

Noch dreimal verlor Markus, und der erzielte Gewinn schmolz zusehends dahin. Die junge Dame in Schwarz hingegen gewann nun, und ihr kehliges Lachen, das sie hören ließ, als sie den letzten Betrag von dreitausend Euro einstrich, ging ihm unter die Haut.

»Kommen Sie, ich geb einen Drink aus.« Sie stand auf. »Schließlich verdanke ich es Ihnen, dass ich nicht mit leeren Taschen zurück ins Hotel muss.« Sie hakte sich bei ihm ein. »Ich heiße übrigens Iris.«

»Markus. Markus Hirzler.«

»Freut mich, dich kennenzulernen, Markus.« Wie unabsichtlich streifte sie mit dem Busen seinen Arm, als sie sich auf den Barhocker schwang. »Magst du Champagnercocktails? Oder wollen wir lieber pur trinken?«

»Lieber pur.«

Aus dem einen Drink wurden zwei Flaschen Champagner, und Markus vergaß im Lauf der nächsten beiden Stunden seinen Ärger über das verlorene Geld. Iris Arnstett war einfach hinreißend. Ihre erotische Ausstrahlung faszinierte ihn ebenso sehr wie ihr Humor. Sie erzählte freimütig, dass ihr Freund, ein Geschäftsmann aus Iserlohn, zwanzig Jahre älter war als sie.

»Glaub jetzt aber nicht, dass er mein Sugardaddy ist.« Sie nahm noch einen Schluck Champagner. »Ich mag ihn sehr. Er sieht gut aus, immer noch, zudem ist er charmant und großzügig. Er hat gar nichts dagegen, dass ich mal allein unterwegs bin.«

»Dann mag ich ihn jetzt auch.« Markus grinste. »Wo logiert ihr?«

»In den *Egerner Höfen*. Da steigt Rainer immer ab, glaub ich, wenn er hier in der Gegend Geschäfte macht. Mir ist es im Grunde egal. Obwohl ... ich ziehe ein anderes Luxushotel vor. Aber ich richte mich auch oft nach ihm.« Sie lachte ein wenig zu laut. »Gut für die Harmonie in der Beziehung.«

»Du bist eine Frau, die jeder Mann gern verwöhnen will.« Er sah ihr tief in die Augen. »Was mich betrifft – ich würde dir gern zeigen, was ich unter ›verwöhnen‹ verstehe.«

»Darüber reden wir noch.« Sie zwinkerte ihm zu. »Ich glaube, es war gut, dass ich mit hierher an den Tegernsee gekommen bin.« Sie lehnte sich für einen Moment an ihn, und Markus sog den Duft ihres Parfüms ein. »Ich bin gern unterwegs, eigentlich ist es mir egal, wohin wir reisen. Hauptsache, ich muss nicht im öden Iserlohn versauern.«

»Verstehe ich gut.« Er legte ihr den Arm um die Schultern. »Wann sehen wir uns wieder?«

»Morgen.« Sie beugte sich vor und hauchte ihm einen Kuss auf den Mund. »Du bringst mir Glück, das muss ich ausnutzen.«

»Gut. Dann morgen wieder hier.« Er glitt vom Barhocker. »Kommst du mit? Ich bringe dich heim.«

Aber Iris schüttelte den Kopf. »Nein danke. Ich nehme mir ein Taxi.«

»Ich fahre auch nicht mehr selbst.« Markus nickte dem Barmann zu. »Meinen Führerschein brauche ich schließlich noch.«

»Trotzdem ...« Iris blieb sitzen. »Ich fahre allein – zumindest heute Nacht.« Ihre grünen Augen blitzten verheißungsvoll auf, als sie Markus erneut zuzwinkerte. »Mach's gut. Bis morgen.«

Was blieb ihm anderes übrig, als zu gehen? Draußen schlug ihm ein eisiger Wind entgegen. Von der Wärme des vergangenen Tages war nichts mehr zu spüren.

Fröstelnd schlug Markus den Kragen seines dunklen Jacketts hoch, als er die wenigen Meter zum Taxistand ging. In seiner Tasche klimperten die Jetons, die er nicht mehr eingelöst hatte.

Egal. In wenigen Stunden würde er sie wieder hier einsetzen.

Und in wenigen Stunden würde er auch die reizvolle Iris wiedersehen.

19. Kapitel

Nach einer Woche voller Sonnenschein wechselte das Wetter über Nacht. Nach einem heftigen Gewitter blieb der Himmel grau und von rasch dahinziehenden Wolken bedeckt. Das Wasser des Tegernsees hatte eine dunkelgraue Färbung angenommen, und außer den Enten und Schwänen war niemand weiter am Seeufer zu sehen.

In der *Goldenen Eiche* herrschte nur wenig Betrieb, kaum ein Tourist machte bei diesem Wetter Wanderungen in die höher gelegenen Regionen.

Normalerweise wäre Sabine leicht deprimiert gewesen wegen des mangelnden Umsatzes, doch jetzt freute sie sich über die freie Zeit. Noch vor dem Mittagessen wollte sie zum Hubertusgut hinüberfahren. Seit zwei Tagen hatten Thorsten und sie sich nicht mehr gesehen, sie hatte Sehnsucht nach ihm.

Gestern Abend hatten sie lange miteinander telefoniert, doch Küsse, die durchs Telefon gehaucht wurden, waren kein Ersatz für reale Zärtlichkeiten.

»Ihr kommt allein klar, ja?« Fragend sah sie ihr kleines Küchenteam an.

»Geh nur. Ich hab auch früher allein hier gekocht und niemand hat sich beschwert.« Alois knöpfte sich seine Jacke zu. »Im Gegenteil, die Gäste waren stets hochzufrieden.«

»Weiß ich doch. Und ich danke dir, dass du mir ein bisschen Freizeit verschaffst.«

»Schon gut. Mach dir keinen Kopf, wir haben alles im Griff.«

Fanny, die gerade hereingekommen war und die letzten Worte gehört hatte, nickte. »Viel Spaß«, wünschte sie und lächelte wissend.

»Bis zum Abendgeschäft bin ich zurück.«

»Musst du nicht.« Fanny sah sich kurz nach Alois um, der gerade eine alte gusseiserne Pfanne auf den Herd stellte. »Alois hat wirklich alles im Griff, und er kommt allein klar, glaub mir.«

»Weiß ich doch. Aber ...«

Fanny legte ihr die Hand auf den Arm. »Nun sei nicht so streng mit dir. Genieß einfach mal den freien Tag. Um Ben kümmere ich mich und der Richard ebenfalls.«

»Ja dann ... dann bin ich mal weg.«

»Viel Spaß.«

Auf dem Reiterhof herrschte reger Betrieb. Aus der großen Halle hörte sie laute Kommandos, es fand wohl gerade Unterricht statt.

»Hallo, Sabine!« Mia kam aus dem Haus und ihr direkt in die Arme gelaufen. »Onkel Thorsten hat gar keine Zeit für mich.« Sie zog einen Flunsch. »Kommst du mit mir zu Wirbelwind? Ich hab extra von meinem Taschengeld Möhren gekauft.«

»Hallo, Mia. Bist du denn ganz allein hier?«

»Ja. Papa ist im neuen Geschäft. Und dann hinterher sicher wieder bei Martina.« Wieder verzog sie den Mund. »Die mag ich nicht.«

»Wieso das denn nicht? Martina ist doch sehr nett.«

»Ja schon, aber ...« Mia biss sich auf die Lippe. »Aber es ist blöd, dass Papa viel lieber mit ihr zusammen ist als mit mir.« Das Mädchen griff nach Sabines Hand. »Komm mit in den Stall, bitte. Ich kann den Riegel doch noch nicht allein aufschieben. Und Wirbelwind wartet bestimmt schon auf die Möhren.«

»Na los.« Hand in Hand liefen sie durch den Regen zu den Stallungen. Das Pony wieherte zur Begrüßung, als es Mia erkannte, die sofort die ersten Möhren fütterte, kaum dass Sabine die Box einen Spaltbreit geöffnet hatte. Dabei plapperte die Kleine unentwegt.

»Weißt du, ich mag dich lieber als Martina. Die ist immer so fein angezogen, und kochen kann sie auch nicht. Aber was du kochst, ist superlecker.« Für einen Moment huschte ein Schatten über das kleine Gesicht. »Bei Mama hat es auch immer geschmeckt.«

Sabine nickte. »Das glaub ich dir gern. Und ich bin sicher, dass Martina auch kochen würde, wenn sie mehr Zeit hätte. Aber sie muss arbeiten, so wie dein Papa. Und wie ich. Nur dass Kochen eben mein Job ist.«

»Trotzdem ...«

Sabine zögerte. Was sollte sie jetzt sagen? Ihr war klar,

dass Martina keinen leichten Stand bei Mia hatte. Die Kleine vermisste die Mutter, und eifersüchtig war sie auch.

»Weißt du, Martina und ich, wir sind gute Freundinnen. Ich kann gut kochen, und sie sagt mir manchmal, was ich anziehen soll. Einfach, weil sie davon mehr versteht als ich.« Sie lachte leise. »Und sie muss sich so elegant anziehen, das ist ihre Berufskleidung. Sie hat ein Modegeschäft, da muss sie den Leuten zeigen, wie man sich gut und geschmackvoll anzieht.«

»Du bist auch gut angezogen.« Mia ließ sich nicht umstimmen. »Nur anders.«

»Ich arbeite ja auch nicht in so einem Geschäft.« Sabine tätschelte den Hals des Ponys. »Dein Papa trägt ja zu Hause auch nicht seine feinen Anzüge und Krawatten, oder?«

»Nö. Dann immer Jeans.«

»Siehst du. Ich bin sicher, Martina hat auch einige Jeans in ihrem Schrank.« Sie sah auf die Uhr. »Wir sollten mal rübergehen. Die Stunde ist bestimmt gleich zu Ende.«

»Ich bleibe noch hier. Warte mal. Ich bin gleich wieder zurück.« Mia flitzte hinaus, kam aber gleich mit einem rosafarbenen Putzkasten wieder. »Sieh mal, den hab ich letztes Jahr zu Weihnachten gekriegt. Das Putzzeug ist nur für Wirbelwind. Damit wird kein anderes Pferd geputzt.«

»Das sieht toll aus.« Sabine bewunderte den Putzkasten ausgiebig. »Dann wird Wirbelwind sich bestimmt freuen.«

»Mach ich auch. Er ist gestern nass geworden, das hat er nicht gern. Und seine Mähne muss ich gut kämmen.« Mia legte los, und das Pony hielt brav still. »Bis später.«

»Bis später, Mia.«

Noch immer hingen tiefe Wolken am Himmel, die fernen Berge waren hinter einem grauen Schleier verborgen, und von den Büschen, die an der linken Seite der Reithalle standen, tropfte das Wasser.

»Das ist eine Überraschung!« Thorsten, der aus der Seitentür der Reithalle kam, begrüßte Sabine freudig. »Wartest du schon lange?«

»Etwa eine Viertelstunde. Ich hab mich mit Mia unterhalten.« Sie lehnte den Kopf für einen Moment an seine Schulter. »Die Kleine ist sauer auf ihren Papa – und eifersüchtig auf Martina.«

»Das vergeht wieder, denke ich. Sie war einfach in der letzten Zeit viel zu viel mit Konstantin allein.«

»Ja, aber es ist auch nicht richtig, dass er die Kleine immer hierherschickt.«

»Er muss arbeiten! Und hier hat Mia an den Wochenenden viel Unterhaltung.« Vor der Haustür schlang er den Arm um Sabines Taille. »Komm, lass uns gehen, ehe der Hühnerstall mich wieder mit Beschlag belegt.«

»Hühnerstall?«

Thorsten lachte. »So nennt Bastian die Mädels, die mehr quatschen und kichern, als richtig reiten zu lernen.« Bevor sie das Haus betraten, schaute er sich noch einmal um, aber keins der Mädels war zu sehen. »Ich hab das Ganze ja bisher mit Humor genommen«, meinte er, während er mit Sabine ins Wohnzimmer ging. »Aber in der letzten Zeit nerven mich Christina und ihre Freundinnen immer mehr. Die Flirtversuche der jungen Damen kann man nur schwer abwehren, ohne unfreundlich zu werden.«

Sabine lachte. »Mancher Mann wäre stolz, so angehimmelt zu werden.«

Aber Thorsten blieb ernst. »Du, das ist nicht immer komisch. Vor allem diese Christina ist ziemlich hemmungslos. Und sie denkt, dass sie sich alles herausnehmen kann, nur weil ihr Vater Geld hat.«

»Dann hast du es schwer, mein Schatz.« Sie blieb stehen, stellte sich kurz auf die Zehenspitzen und küsste ihn. »Was kann ich tun, um dir zu helfen?«

»Wiederhol das einfach, dann geht es mir schon besser.«

Sabine lachte und küsste ihn.

»Was unternehmen wir denn an deinem freien Tag?« Thorsten sah Sabine fragend an. »Ich kann eigentlich nicht weg hier. Zumindest nicht, bis Konstantin Mia abgeholt hat.«

»Das macht nichts. Ich bleibe gern hier und entspanne einfach ein bisschen.«

»Das ist super. Die Vorstellung, den Abend allein mit dir hier verbringen zu können, ist wunderbar.«

»Finde ich auch.« Sabine sah aus dem Fenster. Es war draußen heller geworden, zwischen den Wolken blitzte hin und wieder schon ein Stück blauer Himmel hervor. »Was hältst du davon, mit Mia und mir eine halbe Stunde auszureiten? Das würde der Kleinen doch sicher Spaß machen.«

»Sie wird begeistert sein.«

Und tatsächlich genoss auch Sabine den Ausritt. Mia freute sich, dass sie mit ihrem Pony an den Wiesen entlangreiten durfte. Und auch die kurze Strecke durch den Wald absolvierten sie und Sabine ohne Probleme.

»Meine Damen, ihr wart große Klasse«, lobte Thorsten, als sie eine halbe Stunde später zum Hubertusgut zurückkehrten.

»Wir sind aber gar nicht galoppiert«, beschwerte sich Mia. »Dabei kann ich das doch auch schon.«

»Aber für Sabine wäre das noch nichts.«

»Warte noch ein paar Wochen, dann reiten wir zwei über die Felder.« Sabine zwinkerte Mia zu.

»Versprochen?«

»Versprochen. Aber erst muss ich noch ein bisschen üben. Stell dir vor, ich falle vom Pferd und breche mir den Arm. Dann könnte ich nicht mehr kochen. Das wäre doch blöd, oder?«

Mia nickte ernsthaft. »Stimmt. Aber jetzt bist du fit und kannst für heute Abend Pfannkuchen machen.«

»Du bist ja raffiniert!«

»Nein, hungrig!« Mia lachte, dann sprang sie von ihrem Pony und brachte es ganz allein in seinen Stall.

Als Konstantin gegen zwanzig Uhr kam, um sie abzuholen, war Mia todmüde, aber überglücklich.

Sabine und Thorsten verbrachten einen ruhigen Abend, tranken Rotwein und genossen die Zweisamkeit.

Es war kurz vor einundzwanzig Uhr, als Sabines Handy leise läutete.

»Hallo, Onkel Sebastian! Grüß dich.« Mit leichtem Stirnrunzeln presste sie das Handy ans Ohr.

»Stell dir vor, jetzt hat dieser Mistkerl sich doch tatsächlich in mein Zimmer geschlichen!«

»Welcher Mistkerl?«

»Na, dieser Dieb, der sich hier bei uns rumtreibt.«

»Du bist bestohlen worden?« Sabine sprang auf und trat ans Fenster. Unten im Tal glitzerten ein paar Lichter zu ihr herauf, und die Bäume, die links das Grundstück begrenzten, wiegten sich leise im Abendwind. Am Himmel stand ein blasser Mond, die ersten Sterne funkelten bereits.

»Ja, zum Teufel.« Sebastian Moser war hörbar erregt. »Ich könnte mich ohrfeigen, dass ich gestern meine Taschenuhr nicht in den Safe zurückgelegt habe.« Er räusperte sich. »Du weißt ja, dass ich sie nur selten trage. Aber gestern Abend hatten wir eine Veranstaltung hier in der Residenz, da dachte ich, sie würde gut zu meiner Trachtenjacke passen.«

»Ach, Onkel Sebastian, das tut mir leid. Hast du die Polizei schon verständigt?«

»Natürlich. Die kommen morgen in aller Frühe und nehmen das Protokoll auf. Jetzt kann man sowieso nichts mehr unternehmen.« Er seufzte. »Ich wollte es dir nur kurz erzählen, Mädel.«

»Wenn ich irgendwas tun kann, sag es, Onkel Sebastian.«

»Nein, nein, es ist schon in Ordnung. Ich bin nur so wütend!«

»Mit Recht. Hoffentlich kriegen sie diesen Dieb bald zu fassen.«

»Ich lass mir was einfallen, verlass dich drauf.« Laut schnaubte er durch die Nase. »Wenn die Polizei nicht bald was tut – schnapp ich mir diesen Mistkerl!«

»Tu nichts Unüberlegtes. Ich bin sicher, die Polizei wird ihn bald haben.«

»Hoffentlich. Und jetzt mach ich Schluss. Gute Nacht, mein Mädchen.«

»Gute Nacht.« Sabine legte auf.

»Was ist denn passiert?« Besorgt sah Thorsten Sabine an, die immer noch am Fenster stand und die Lippen fest zusammenpresste.

»Onkel Sebastian ist bestohlen worden.« Aufgeregt ging sie ein paar Schritte auf und ab. »Das ist der dritte oder vierte Diebstahl in der Residenz. Da muss doch endlich mal was passieren! Ich verstehe nicht, wieso die Polizei diesen Dieb nicht stellen kann.«

»Das wird nicht so einfach sein. Es kommen viele Leute in Betracht. Das Personal, ein Besucher, ein Physiotherapeut oder einfach nur ein Lieferant, der Zugang zu den Zimmern hat.«

»Wenn ich nur wüsste, was man machen kann ...«

Liebevoll zog er sie an sich. »Gar nichts kannst du machen, Schatz. Das ist die Realität, da wird anders agiert als in den Krimis, die du so gern liest.«

»Sag das nicht. Man könnte doch diesem Kerl eine Falle stellen.«

»Darüber denk bitte ein andermal nach. Für heute Abend weiß ich etwas viel Besseres.«

20. Kapitel

»Ich hab dir den neuen Krimi meines Lieblingsautors mitgebracht, Martina. Du wirst ihn regelrecht verschlingen, so wie ich!« Sabine legte der Freundin ein Päckchen auf den Verkaufstresen.

»Ein Kochbuch wäre besser gewesen.« Martina seufzte. »Wenn ich wirklich längere Zeit mit Konstantin zusammen sein sollte, muss ich mir was einfallen lassen. Er hat in München eine Haushälterin, hier am Tegernsee aber nicht. Und wir können ja nicht immer ausgehen. Im Zweifelsfall muss ich zu dir in die Lehre kommen.«

Lachend hob Sabine beide Hände. »Nur das nicht! Mir reicht der Stress mit Alois, da brauch ich nicht noch einen ungeschickten Azubi.«

»Du weißt zu deprimieren.« Martina zog die Freundin mit sich in den kleinen privaten Raum hinter dem Verkaufsbereich. »Los, erzähl mal, was hat der alte Griesgram denn wieder angestellt?«

»Gar nichts. Aber wenn er das Gesicht verzieht, wenn ich etwas Besonderes koche – oder auch nur die traditionellen Gerichte etwas verfeinere, die er zubereitet, dann könnte ich schon aus der Küche laufen.« Sie seufzte. »Eine Weile ging es ja ganz gut mit uns beiden. Er hat sogar einiges getan, damit ich ein bisschen mehr Freizeit habe und mich mit Thorsten treffen kann. Aber seit zwei Wochen ist er so grantig, dass mir die Arbeit keinen großen Spaß mehr macht.«

»Was ist passiert?«

Sabine zuckte mit den Schultern. »Nichts eigentlich. Er hatte mal wieder Kalbsschnitzel für eine größere Gesellschaft aus Prien am Chiemsee machen wollen, dazu traditionellen Kartoffelsalat. Ich aber habe Maibockrücken und Weißbierknödel angeboten – und auch zubereitet. Die Leute waren begeistert, und Alois stocksauer.« Ein tiefer Seufzer folgte. »Seither nörgelt er nur rum und meint, wenn er für meine Sterneküche nicht gut genug wäre, könnte er ja gehen.«

»War dein Essen denn so was Spezielles?«

»Unsinn. Das ist ein traditionelles bayerisches Essen.« Sabine lächelte. »Na ja, ein bisschen verfeinert hab ich das alles schon, aber von der Sterneküche war mein Menü meilenweit entfernt.«

»Den Gästen hat's aber geschmeckt, oder?«

»Sehr sogar, etliche haben mir versichert, wiederkommen zu wollen. Es ist ja auch nicht allzu weit von hier bis zum größten bayerischen See.« Sabine hielt eine weiße Bluse, die mit kleinen hellblauen Hirschen bedruckt war, hoch. »Die ist aber süß.«

»Kannst sie zum Sonderpreis haben.« Martina nahm ihr die Bluse aus der Hand. »Ist deine Größe. Aber eine Kundin hat mir beim Anprobieren zwei Lippenstiftflecken drauf gepappt. So kann ich sie natürlich nicht mehr verkaufen.«

»Waschen kann ich fast so gut wie kochen«, erwiderte Sabine schmunzelnd. »Sag, was du dafür kriegst.«

»Ich geb sie dir zum Einkaufspreis, einverstanden?«

»Prima. Zum Dank werde ich dir am Wochenende einen Hummer zubereiten. Dazu scharfen Risotto. Du magst doch gern indisch essen.«

»Hummer muss aber nicht sein.« Martina schob die Bluse in eine kleine Tüte. »Garnelen wären auch schon in Ordnung.«

»Du kommst dann aber nicht allein hoch in die *Goldene Eiche*, oder?« Sabine zwinkerte der Freundin zu.

»Nein.« Ein Seufzer folgte. »Konstantin und Mia gibt's nur im Doppelpack. Die meiste Zeit über zumindest.«

»So schlimm ist das doch nicht. Mia ist ziemlich gut erzogen und ein nettes kleines Mädchen.«

»Ja, stimmt. Aber mich mag sie nicht. Sie lässt mich sehr genau spüren, dass ich für sie ein Eindringling bin und ihre Zweisamkeit mit dem geliebten Papi störe.«

»Ist doch verständlich.« Sabine holte eine ovale Dose aus ihrer Tasche. »Hier, hätte ich fast vergessen ...« Sie hielt der Freundin die Dose hin. »Topfenstrudel mit Aprikosen in Weinschaumsoße.«

»Du bist die Beste!« Kurz umarmten sich die Freundinnen. »Das hebt meine Laune.«

»Für die Gäste gestern hab ich eine Holunderblütencreme gemacht. Mit Erdbeeren und Himbeeren. Leider ist nichts übrig geblieben.«

»Mach mir bloß nicht den Mund wässrig.«

»Sorry. Ich muss nur immer wieder dran denken, dass der Alois meine Kreationen als modischen Firlefanz bezeichnet. Außer Mousse au Chocolat und Pudding mit Früchten kennt er scheinbar keine Desserts. Oder er hat einfach keine Lust auf die Patisserie. Kann ja auch sein.« Sie sah auf die Uhr. »Du, ich muss wieder los, will noch kurz zu meinem Onkel. Der Arme ist jetzt auch ein Opfer dieses mysteriösen Diebs geworden, der seit Wochen in der Residenz Wertgegenstände stiehlt.«

»Das ist ja übel.« Martina brachte die Freundin zur Tür. »Grüß ihn von mir.«

»Mach ich.« Sabine war schon auf der Straße, da drehte sie sich noch einmal um. »Ich hätte eine Idee, wie du bei Mia punkten kannst. Sie mag doch Pferde. Kauf ihr zwei Bücher über Pferdepflege. Oder irgendwas für ihr Lieblingspony.«

»Und was? Ich hab keine Ahnung.«

Sabine zögerte. »Vielleicht ein Halfter. Mit Strass besetzt. Darauf stehen im Moment alle Mädchen. Mia wird keine Ausnahme sein.«

»Gute Idee. Danke für den Tipp.«

»Immer gern.«

• • •

Sabine beeilte sich, zu ihrem Wagen zu kommen. Für den Besuch beim Onkel hatte sie höchstens noch eine Stunde Zeit. Nach etlichen Regentagen war es seit gestern wieder sommerlich schön, also würden etliche Wanderer hoch zur *Goldenen Eiche* kommen.

In der eleganten Seniorenresidenz erfuhr sie, dass ihr Onkel mit seiner Freundin Elisabeth fortgefahren war.

»Ich habe mitbekommen, dass die Herrschaften noch einmal zur Polizei mussten«, erklärte der Pförtner. »Und anschließend wollten sie nach München fahren.«

»Danke.« Sabine nickte ihm zu. »Ich hätte vorher anrufen sollen.«

»Ja, da haben Sie recht. Zumal die meisten unserer Gäste jetzt, bei dem schönen Wetter, viel unterwegs sind. Aber ich richte gern aus, dass Sie hier waren.«

»Danke.« Sabine nickte ihm zu und fuhr zurück zum Landgasthof.

»Du bist ja schon wieder da?« Alois war nicht erfreut, sie schon wieder in der Küche zu sehen. »Traust mir wohl noch nicht mal mehr zu, dass ich eine Suppe ansetzen und ein paar Hendl in den Ofen schieben kann.«

»Ach, Alois, das ist doch alles Unsinn.« Sie ging zu ihm und legte ihm die Hand auf den Arm. »Du bist ein sehr guter Koch. Das weißt du – und das weiß ich. Sonst wären die Gäste nicht so lange der *Goldenen Eiche* treu geblieben.«

»Ja, ja.« Verlegen wischte sich Alois über die hohe Stirn.

»Dann sag mir doch, warum du so grantig zu mir bist.« Sabine lächelte ihn an.

»Ja mei ...« Diesmal kratzte sich Alois hinterm linken Ohr. »Ich hab einfach Angst, dass du mich hier net mehr willst.«

»Aber Alois! So ein Schmarrn!«

»Gar nicht. Du bist jung, hast schon so viel Erfolg gehabt ... Ich war immer nur hier bei deinem Onkel, seit ich die ersten drei Jahre als Jungkoch hinter mich gebracht habe. Wo soll ich denn hin in meinem Alter?«

»Du bleibst hier, ist doch klar!« Sabine zögerte kurz, dann umarmte sie ihn. »Du gehörst doch zur *Goldenen Eiche* wie die Bäume draußen.«

»Wenn du es so sagst ...« Wieder ein verlegenes Kopfkratzen.

»Ich meine es genau so. Mist!« Im letzten Moment zog Sabine einen schweren Suppentopf zur Seite. »Deine Suppe kocht über.«

»Auch das noch.« Alois zeigte ihr seine linke Hand. »Hab mich doch tatsächlich an dem großen Kupferbräter verletzt. Heute ist nicht mein Tag.«

»Komm, wir trinken einen Schluck Wein auf den Schreck. Dann wird's schon wieder.«

»Ein Obstler wär mir lieber.«

»Dann eben den.« Sabine goss Alois' Glas randvoll, sie selbst nahm nur einen Schluck.

Als sie sich zuprosteten, sah es so aus, als sei der Frieden in der Küche gerettet.

Bis zum Abend arbeiteten Alois und sie Hand in Hand. Es gab viel zu tun, bis zum Einbruch der Dunkelheit kamen immer neue Gäste.

Es war schon beinahe Mitternacht, als Sabine hoch in ihre Wohnung gehen konnte. Ben lag bereits leise schnarchend in seinem Korb neben der Schlafzimmertür und sah nur kurz hoch, als sie an ihm vorbeiging.

Sekundenlang überlegte Sabine, ob sie noch bei Thorsten anrufen sollte. Es war eigentlich viel zu spät, doch sie sehnte sich danach, seine Stimme zu hören.

»Ich hoffe, du hast noch nicht geschlafen«, sagte sie, kaum dass sie sich gemeldet hatte.

»Nein, nein, bis vor einer halben Stunde habe ich noch Buchhaltung gemacht. Eine meiner ungeliebten Tätigkeiten. Darum bin ich jetzt umso froher, dich zu hören. Wie war dein Tag?«

»Anstrengend. Aber erfolgreich, um es kurz zu sagen.« Sabine streckte sich auf dem Bett aus und presste das Handy ans Ohr. »Und bei dir?«

»Eigentlich war alles wie immer.« Thorsten lachte leise. »Du fehlst mir. Und wenn ich dran denke, dass du das ganze Wochenende über arbeiten musst, könnte ich in eine tiefe Depression verfallen.«

»Nur das nicht! Dann komm lieber vorbei und lass dich mit einem guten Essen verwöhnen.«

»Da wüsste ich noch was viel Wirksameres.« Seine Stimme bekam einen sehnsüchtigen Klang, und ein wohliger Schauder lief bei den Worten über Sabines Rücken.

»Montag hätte ich den ganzen Tag Zeit für dich«, sagte sie verführerisch.

»Und ich werde mir einfach freinehmen. Soviel ich weiß, stehen nur morgens früh ein paar Reitstunden an, drei junge Nachwuchsreiter wollen Springunterricht bei mir nehmen. Die Termine kann ich nicht absagen. Aber ab Mittag bin ich dann nur für dich da.«

»Wunderbar.« Sabine lachte leise. »Ich gestehe, dass ich

nicht mal ein schlechtes Gewissen habe bei dem Gedanken, dass du nachmittags den jungen Damen keinen Reitunterricht erteilen kannst.«

»Oje, der Bastian wird mich lynchen, wenn er den Hühnerstall übernehmen muss.«

»Du bist unmöglich! Diese jungen Damen bringen dir doch ganz schön viel Geld ein, oder?«

»Drei von ihnen schon. Ihre Pferde stehen bei mir im Stall, das ist jeden Monat eine sichere Einnahme.«

»Dann beschwer dich nicht. Außerdem schmeichelt es dir doch sicher, wenn du so angehimmelt wirst.«

»Das wüsste ich aber!« Thorsten verzog das Gesicht, was Sabine jedoch nicht sehen konnte. »Sie sind einfach ziemlich aufdringlich.«

»Ich werde mein Bestes tun, um dich vor ihnen zu schützen.« Sabine lachte.

»Darum bitte ich.«

»Versprochen.« Sabine hauchte ihm durchs Telefon einen Kuss zu. »Gute Nacht, Schatz. Ich muss jetzt schlafen.«

• • •

»Es ist wunderschön hier!« Sabine lehnte sich auf der alten Holzbank, die versteckt hinter einem Schilfgürtel stand, zurück. Leise plätscherten die Wellen des Sees ans Ufer, ein paar Enten schwammen zwischen den hohen Gräsern hin und her, einige Meter entfernt nistete ein Schwanenpaar. Das Tier, das auf den Eiern saß, ließ sich durch die Menschen nicht stören, reckte nur hin und wieder den Kopf und vergewisserte sich, dass die Eindringlinge nicht näher kamen.

»Ein Geheimtipp.« Thorsten zog Sabine näher zu sich heran. »Wenn es ein bisschen wärmer wäre, könnten wir hier sogar schwimmen. Aber noch ist das Wasser zu kalt.«

»Ist das denn erlaubt? Das Schwimmbad ist doch weiter entfernt.«

»Ja, aber es macht kaum noch jemand.« Jungenhaft lachte er auf. »Als Burschen haben wir das immer gemacht. Meistens nachts. Baden bei Mondschein war ausgesprochen aufregend.«

»Vor allem, wenn ihr Mädels bei euch hattet, denk ich mir.«

»Stimmt. Mit dir ist es aber noch viel aufregender«, flüsterte er ihr ins Ohr.

»Auch ohne Mondschein?«, neckte sie.

»Ja. Obwohl ... Dunkelheit und romantischer Mondschein wären jetzt gut.« Er küsste sie leidenschaftlich. Dabei tastete er behutsam nach ihrer Brust und streichelte sie sacht. »Wir hätten zu Hause bleiben sollen.« Seine Stimme klang rau vor unterdrückter Leidenschaft.

»Du wolltest einen Ausflug unternehmen und mir die verborgenen Schönheiten am See zeigen.« Sabine schmunzelte. »Und hier ist es sehr schön.« Sie wies auf die kleine Insel, die den Ringsee ein Stück weit vom Tegernsee abtrennte. »Darüber hab ich mal was gelesen. Es heißt in einer Legende, dass eine Burg auf der Ringseeinsel gestanden haben soll. Darauf hausten Raubritter, die den Mönchen des Klosters Tegernsee das Leben schwer gemacht haben. Aber irgendwann versank die Burg im Wasser, der Untergrund der Insel war nicht stabil genug.«

»Du kennst dich ja doch aus.« Thorsten schaute sie an. »Eine andere Legende besagt, dass der Teufel einen Felsbrocken vom Ringberg abbrach und in den See werfen wollte, um eine der schönsten Schöpfungen des Herrgotts zu zerstören. Aber er war zu schwach, der Felsbrocken fiel hier am Ringsee zu Boden. So entstand die kleine Insel.«

»Eine Geschichte ist so schön wie die andere.« Sabine blinzelte ins helle Sonnenlicht. »Schade, dass man nicht zur Insel schwimmen darf.«

»Das ist Naturschutzgebiet.«

»Ich weiß. Aber schwimmen würde ich gern hier.«

»Es ist noch zu kalt.«

»Ach was!« Übermütig sprang sie auf. »Ich hab schon mal im Frühjahr in der Ostsee gebadet, da hatte das Wasser gerade mal sechzehn Grad.«

»Viel wärmer ist das Seewasser sicher auch nicht.«

»Feigling.«

»Reiz mich nicht!« Er zog sie wieder zurück auf die Bank.

»Niemals!« Übermütig gab sie ihm einen Kuss.

»Du bist mal wieder sehr frech«, murmelte er dicht an ihren Lippen. »Und wenn wir jetzt bei mir daheim wären, würde ich dir zeigen, was passiert, wenn man mich herausfordert.«

»Dann entgeht mir also so einiges.« Sie sah ihn an, und in ihren Augen war ein glückliches Leuchten, das ihn faszinierte.

»Du hast jetzt richtig grüne Nixenaugen«, stellte er begeistert fest.

»Sie sind blau.«

»Sag das nicht. Sie schimmern jetzt grün, mein Nixlein.«

Das aufgeregte Schnattern eines Entenpaares, das seine Küken gegen einen der heranschwimmenden Schwäne verteidigen musste, unterbrach die verliebte Kabbelei.

»Was hältst du davon, wenn wir rüber zum Kloster fahren?« Thorsten gab ihr einen Kuss auf die Nasenspitze und spielte dann mit einer ihrer Locken. »Im legendären *Bräustüberl* könnten wir einkehren.«

»Hast du Hunger?«

Er nickte. »Ehrlich gesagt, ja.«

»Dann los.« Sie sprang auf und streckte den Arm aus. »Hungrige Männer sind unberechenbar.«

»Du musst es ja wissen.«

Sie gingen zurück zum Auto, doch bevor Thorsten den Motor startete, zog er Sabine noch einmal an sich und flüsterte: »Diese Vorspeise ist auch nicht zu verachten.«

Im *Bräustüberl*, das sich im Westflügel der imposanten Klosteranlage befand, herrschte, wie immer bei gutem Wetter, reger Betrieb, doch sie ergatterten noch einen Tisch und wurden rasch bedient.

Das Saiblingsfilet, für das sie sich beide entschieden hatten, kam frisch geräuchert aus der Herzoglichen Schlossfischerei und war einfach köstlich.

»Ich hab die Klosteranlage gar nicht mehr so riesig in Erinnerung gehabt«, gestand Sabine. »Es ist ein gigantischer Komplex.«

»Das stimmt. Wenn wir mal eine Bootstour über den See machen, kannst du die gesamte Anlage vom Wasser aus bewundern, da bekommt man einen wirklich guten Eindruck von den Ausmaßen. Aber für heute haben wir genug gesehen.« Er griff nach ihrer Hand und zog sie an die Lippen. »Lass uns heimfahren. Dort gibt es auch ein paar aufregende Dinge zu erleben.«

»Ich kann's kaum erwarten.« Verliebt lachte sie ihn an.

»Es wird aufregend, ich versprech's dir.«

Während der Fahrt hoch zum Reiterhof drückte er immer wieder zärtlich ihre Hand. Sabine lehnte den Kopf an seine Schulter und schloss die Augen. Sie war glücklich.

Abrupt bremste Thorsten den Wagen ab. »Hey, was ist denn da los? Was will die Polizei denn hier?«

21. Kapitel

Kurz bevor die fünf Musiker die provisorische Bühne betraten, ließ sich Sebastian Moser auf seinem Platz nieder.

»Tut mir leid, dass ich mich verspätet habe.« Er beugte sich zu Elisabeth Mahler vor, griff nach ihrer Hand und zog sie für einen kurzen Moment an die Lippen. »Ich bekam eben noch den Anruf eines alten Jagdfreundes, der seit drei Tagen in der Klinik liegt.«

»Schlimm?«

Sebastian schüttelte den Kopf. »Nein, zum Glück nicht. Er hat sich das Bein gebrochen, wird aber schon morgen wieder entlassen. Ich soll ihm ein paar Dinge besorgen.«

»Wo wohnt er?«

»Drüben in Kreuth.« Sebastian wies zur Bühne, wo sich eine Gruppe von jungen Leuten zu den Musikern gesellte. Wie so oft in der Residenz war auch an diesem Abend wieder eine interne Veranstaltung angesagt. Der hiesige Trachtenverein würde ein Konzert geben, dazu trat die Tanzgruppe des Vereins auf.

Entsprechend dem Thema des Abends war der Veranstaltungsraum in Blau-Weiß dekoriert worden, und auch die meisten Besucher trugen entweder ein Dirndl oder einen Trachtenjanker.

Elisabeth Mahler hatte ein matt seidenes Dirndl in Altrosa an, als Schmuck ein Collier aus böhmischen Granaten. Passende Ohrringe vervollständigten das Ganze.

Sebastian Moser hatte für den Abend zur dunkelgrauen Hose einen moosfarbenen Trachtenjanker gewählt. Die schwarze Samtweste darunter war mit winzig kleinen Edelweißen bestickt.

»Deine Freundin Ria gibt uns nicht die Ehre?« Suchend schaute er sich im Raum um.

»Nein, ihr war nicht gut.« Elisabeth lächelte. »Nun tu nur nicht so, als täte es dir leid, dass sie nicht da ist.«

»Nein, im Gegenteil. Ich bin froh, sie mal nicht in der Nähe zu haben.«

»Du bist mal wieder erfrischend ehrlich.« Elisabeth lächelte ihm zu. »Aber genau das mag ich ja an dir.«

»Danke sehr.« Im Sitzen verbeugte sich Sebastian. »Oje, ich hab meine Brieftasche im Apartment vergessen«, fiel ihm plötzlich ein. »Wenn wir hinterher noch etwas unternehmen wollen, stehe ich dumm da.«

»Ich habe was dabei.« Elisabeth hob ihre kleine Lacktasche hoch.

»Nein, nein, ich gehe rasch zurück. Es ist ja noch etwas Zeit bis zum Beginn.«

Der Raum hatte sich schon fast komplett gefüllt, die Musiker stimmten ihre Instrumente, und draußen im Foyer versammelten sich die Mitglieder des Chors, die mit einigen alten Volksliedern zum Gelingen des Abends beitragen sollten.

Auf den Gängen der Residenz war es ruhig, Sebastian begegnete nur einer Angestellten, als er den Gang betrat, auf dem seine Wohnung lag.

Als er aufschließen wollte, zuckte er kurz zurück. Hatte er vergessen abzuschließen? Nein, da war er sich sicher.

Die Tür ließ sich mit leichtem Druck öffnen, und er trat vorsichtig in den fast quadratischen kleinen Flur, der mit einem wertvollen Seidenteppich ausgelegt war. An den Wänden hingen acht kleinere Jagdtrophäen, Erinnerungen an die Zeit, als er noch ein eigenes Revier besessen hatte.

Die Tür zum geräumigen Wohnzimmer war angelehnt, und er machte ein paar Schritte in den Raum, der nur noch von den Leuchten, die vor dem Haus standen, erhellt wurde.

In der Sekunde, in der er den Lichtschalter betätigen wollte, verspürte er einen Luftzug, dann bekam er einen heftigen Schlag auf den Hinterkopf.

»Verdammt!«, konnte er noch ausrufen, dann folgte ein zweiter Schlag, der ihn zu Boden streckte.

Das Erste, was er wieder wahrnahm, war das blinkende Blaulicht. Er wollte den Arm heben, doch etwas hinderte ihn daran. Dann, endlich, hörte er eine bekannte Stimme.

»Ganz ruhig bleiben, mein Lieber. Du warst eine Weile ohnmächtig, man hat dir eine Infusion gelegt.«

»Was war denn los?« Vorsichtig hob er den Kopf, bemerkte jetzt erst, dass er auf einer Trage lag. Neben Elisabeth standen zwei fremde Männer. Als er sich nach links drehte, sah er den Krankenwagen mit rotierendem Blaulicht.

»Da sind Sie ja wieder, Herr Moser.« Einer der Männer beugte sich über ihn. »Ich bin Notarzt Dr. Hallberg. Sie haben eine ziemlich heftig blutende Kopfwunde, außerdem befürchte ich eine Gehirnerschütterung. Deshalb bringen wir Sie in die Klinik zur näheren Untersuchung. Einverstanden?«

»Muss ja wohl sein.« Sebastian runzelte die Stirn, an der er einen Verband spürte. »Was war denn?«

»Das weiß ich nicht. Aber Ihre Bekannte hat Sie blutend auf dem Boden Ihrer Wohnung gefunden und uns alarmiert. Können Sie sich an irgendetwas erinnern?«

»Ja ... die Tür stand offen, und als ich in die Wohnung kam, da ...« Er seufzte auf. »Man hat mir ganz gehörig eins übergezogen, gell?«

»Stimmt.« Der Notarzt nickte. »Aber es ist ein gutes Zeichen, dass Sie sich an alles erinnern können.« Er gab den beiden Sanitätern ein Signal. »Ihr könnt losfahren. Alles Gute, Herr Moser, ich muss leider zum nächsten Einsatz.«

»Ich fahre mit.« Elisabeth sah den Notarzt bittend an. »Das kann ich doch, oder?«

»Natürlich.«

Im Krankenwagen setzte sie sich neben Sebastian und hielt seine Hand. »Wer war das nur? Wer hat dir das angetan?« Tränen schimmerten in ihren Augen.

»Keine Ahnung. Aber ich vermute, dass sich der Dieb nochmals in meine Wohnung geschlichen hat. Dass ich noch mal zurückgekommen bin und ihn gestört habe ... Pech für uns beide.«

»Ich bin so froh, dass du wieder wach bist. Der Notarzt hatte im ersten Moment die schlimmsten Befürchtungen.«

»Mein Schädel ist ziemlich hart.« Sebastian wollte lächeln, doch ein heftiger Schmerz durchzuckte seinen Kopf, und mit einem kleinen Seufzer sank er in eine neue Ohnmacht.

22. Kapitel

»Es ist immer wieder aufregend, diese Atmosphäre zu schnuppern.« Mit leuchtenden Augen sah sich Iris im Casino um, dann legte sie die Hand auf Markus Hirzlers Arm. »Super, dass du heute Zeit hast und mit mir hierhergefahren bist. Im Casino in Garmisch war ich noch nie.«

»Für dich hab ich doch immer Zeit.« Markus umfing ihre schlanke Gestalt mit bewundernden Blicken. »Du siehst toll aus!«

»Wenn du mit mir einen solchen Ausflug machst, style ich mich ganz besonders.« Iris lachte aufreizend. »Mein Rainer musste mal wieder nach Miesbach, da gibt es einen besonders wichtigen Kunden, der regelmäßig besucht werden muss.« Lässig zuckte sie mit den nackten Schultern. »Langweilig sind diese Trips, ich hab nicht den geringsten Bock, ihn dahin zu begleiten. Das weiß er auch.«

»Und er hat nichts dagegen, dass du allein losziehst?«

Wieder lachte sie aufreizend. »Er hat keinen Schimmer, dass ich mit dir unterwegs bin. Denkt wohl, ich gehe in München ins Theater. Das liebt er sehr, und er will immer, dass ich mich weiterbilde.« Zielstrebig ging sie auf den

Schalter zu und tauschte ein paar Scheine gegen Jetons. »Dabei will ich Spaß, keinen Nachhilfeunterricht in deutschem Kulturgut.«

»Kluges Mädchen.« Markus grinste. »Den Spaß kann ich dir garantieren. Komm, lass uns mal sehen, wo wir einen schönen Tisch finden.«

Er hatte diesen Ausflug nach Garmisch ganz bewusst vorgeschlagen, denn er hatte Sorge, dass es zu Gerede kommen könnte, wenn man ihn allzu oft in Bad Wiessee am Spieltisch sah. Er hatte in den letzten beiden Jahren schon einige Bankkunden dort getroffen.

Allerdings drängte es ihn sehr, endlich wieder der kleinen weißen Kugel zuschauen zu können, die eventuell über sein Schicksal entscheiden konnte. Vor einer Woche hatte er in einer Nacht so viel gewonnen, dass er endlich seine gesamten Schulden hätte begleichen können. Aber wie so oft hatte er dann weitergespielt, bis mehr als die Hälfte des Gewinns wieder verzockt worden war.

Heute aber würde er es packen. Er spürte es in jeder Faser seines Körpers.

»Da hinten ist ein guter Platz.« Iris' helle Stimme riss ihn aus seinen Gedanken. Sie ging schon auf einen Tisch zu, an dem vor allem Männer saßen. Sichtlich genoss sie das Aufsehen, das sie in ihrem hautengen Korsagenkleid erregte. Es war schwarz, die Korsage mit Silberfäden durchwirkt. Das schwarze Kaschmirtuch, das sie locker umgelegt hatte, war bis zur Taille heruntergerutscht. Es sah wie zufällig aus, niemand ahnte, dass Iris diese Bewegungen lange vor dem Spiegel geübt hatte.

»Komm, Darling, lass uns endlich anfangen!« Noch einmal sah sie in die Runde, dann platzierte sie die ersten beiden Jetons. Wieder fiel Markus auf, dass sie eine größere Summe Geld eingetauscht hatte. Dieser Rainer, mit dem sie offensichtlich zusammenlebte, war wohl sehr großzügig. Er hatte einige Male versucht, Näheres über diesen Mann in Erfahrung zu bringen, doch Iris blieb in diesem Punkt verschlossen.

»Er ist ein netter Kerl, ich mag ihn sehr, und er ist sehr lieb zu mir« – das war alles, was sie sagte. Und eben, dass er großzügig war und ihr gewisse Freiheiten ließ.

»Hey, wo bist du mit deinen Gedanken?« Iris' Stimme riss ihn aus seinen Überlegungen. »Gratulier mir mal, und bestell Champagner. Ich hab gewonnen!«

»Gratuliere!« Erst jetzt registrierte Markus, dass seine schöne Begleiterin eine fünfstellige Summe gewonnen hatte. Da war es nur recht und billig, dies erst einmal mit Champagner zu feiern.

Er selbst gewann in den nächsten beiden Stunden nur geringe Summen – die er auch gleich wieder verlor. Erst weit nach Mitternacht war ihm die Glücksgöttin dreimal hintereinander hold. Er gewann einige Tausender, und diesmal war er klug genug, nicht weiterzuspielen. Er brauchte dieses Geld dringend zum Tilgen der Schulden. Vor zwei Tagen erst hatte ihn ein bulliger Typ in der Bank aufgesucht und unverhohlen damit gedroht, ihn auffliegen zu lassen, wenn er nicht endlich seinen Verpflichtungen nachkam.

Markus hatte Blut und Wasser geschwitzt bei der Vorstellung, dass eine der beiden Angestellten etwas merken könnte oder gar ein bekannter Kunde hereinkam und sah, wie er, der Leiter der renommierten Bankfiliale, von einem zwielichtigen Typen bedroht wurde.

»Du willst schon aufhören?« Iris sah ihn verwundert an. »Warum das denn? Du hast doch gerade einen so tollen Lauf.« Sie nestelte an ihrer silberfarbenen Dior-Clutch.

»Mir langt es für heute.« Markus trank sein Glas aus. »Möchtest du noch einen Drink?«

»Immer.« Iris setzte zwei Fünfhundert-Euro-Jetons auf die 33. »Ich will aber noch weiterspielen«, erklärte sie.

»Okay, ich schau dir gern zu.«

»Du bist langweilig.« Sie drehte sich um und lächelte einen alten glatzköpfigen Herrn an, der sich schon seit einer halben Stunde bemühte, mit ihr ins Gespräch zu kommen. In der Zwischenzeit hatte er ein Vermögen verspielt, doch das schien ihn nicht zu kümmern. »Ich bleibe auf jeden Fall noch. Der Herr hier weiß so nett zu plaudern.«

»Ich bin an der Bar.« Markus' eben noch gute Laune war schlagartig dahin, doch Iris kümmerte sich nicht mehr um ihn. Sie lachte mit ihrem Sitznachbarn, der sein Glück kaum fassen konnte und mit einer Handbewegung gleich eine Flasche vom besten Champagner bestellte.

Länger als eine Stunde konnte er sich in Iris' Gesellschaft sonnen. Sie setzten beide Unsummen, und Iris gewann immer mehr, während ihr Begleiter ein Vermögen verlor. Doch das schien ihn nicht zu tangieren, er lächelte immer noch, als sich Iris mit einem Wangenkuss von ihm verabschiedete. Seine Visitenkarte steckte sie mit einem Augenzwinkern ein.

»Das war mal ein geiler Abend.« Kichernd umarmte sie Markus, der sich auf seinem Barhocker nur halb nach ihr umwandte. »So eine irre große Summe hab ich gewonnen …« Sie wollte Markus küssen, doch er drehte den Kopf zur Seite.

»Lass uns gehen«, sagte er nur und rutschte vom Barhocker.

»Schon? Ich bin noch gar nicht müde.« Iris kicherte. »Was ist mit einem Drink?«

»Du hast schon mehr als einen zu viel.« Markus legte den Arm um ihre Schultern und führte sie aus dem Casino.

»Spielverderber.« Iris machte Anstalten, wieder zum Eingang zurückzugehen, doch Markus zog sie entschlossen zum Wagen.

»Wir feiern bei mir weiter.« Er küsste sie, bevor er ihr ins Auto half. »Das wird dir mindestens so viel Spaß machen.«

Iris lachte kehlig. »Da bin ich gespannt!« Sie lehnte den Kopf zurück – und schlief sofort ein.

Markus zögerte. Er strich ihr über die Wange, kniff sie leicht in den Arm – keine Reaktion.

Dann griff er nach der schmalen Handtasche und öffnete sie. Unzählige Jetons lagen noch darin, die meisten von hohem Wert.

Noch einmal zögerte er, dann griff er zu und steckte ein halbes Dutzend ein. Iris würde den Verlust nicht bemerken, da war er sicher.

Erst als er vor seiner Wohnung hielt, wurde Iris wach. Ungeniert gähnte sie, dann lehnte sie den Kopf an seine Schulter.

»Ich hab Durst«, murmelte sie und versuchte, den Sicherheitsgurt zu lösen, was ihr aber nicht gelang. Mit einem Seufzer, der gleich darauf in ein Kichern überging, lehnte sie sich wieder zurück.

»Der Champagner steht schon kalt.« Kurz küsste Markus sie, ehe er den Gurt löste. »Komm mit. Ich hab dir ja eine aufregende Nacht versprochen.«

»Supi!« Sie schwang die langen Beine aus dem Wagen. »Der Typ im Casino war langweilig, aber irre reich. Er hat mir mindestens für fünftausend Euro Jetons gegeben.« Wieder lachte sie kehlig. »Die hab ich bestimmt verdoppelt.« Sie schwenkte die Clutch durch die Luft.

»Bestimmt.« Markus wurde heiß. Hoffentlich hatte er nicht zu viele Jetons herausgenommen.

In der nächsten Stunde dachten aber weder er noch Iris an Geld. Kaum in seiner Wohnung angekommen, küsste ihn Iris mit gieriger Leidenschaft.

»Wo ist das Bett?«

»Hier.« Mit dem Fuß stieß er die Tür zu seinem Schlafzimmer auf, und während er Iris immer wieder küsste, streifte er ihr das Kleid und die schwarze Unterwäsche ab.

Verführerisch schön, die Arme weit ausgebreitet, lag sie dann da und sah ihn lachend an. »Nun komm schon.«

Seine Finger zitterten, als er versuchte, das Hemd aufzuknöpfen. Als es nicht gelang, riss er es einfach auseinander.

»Das hat noch keiner gemacht.« Iris kicherte und sah zu, wie die kleinen Perlmuttknöpfe quer durchs Zimmer kullerten. »Wie im Film.«

Markus antwortete nicht. Sein Atem ging keuchend vor

unterdrückter Erregung, er konnte es kaum erwarten, endlich mit Iris zu schlafen.

Sie war genauso leidenschaftlich im Bett, wie er es sich erhofft hatte. Erst nach geraumer Weile lagen sie schwer atmend nebeneinander.

»Hast du was zu trinken da?« Iris räkelte sich ungeniert auf dem hellen Laken.

»Immer doch.« Er stand auf und kam mit zwei Gläsern zurück.

Iris trank ihr Glas in einem Zug leer. »Gut«, kommentierte sie. »Und wenn du jetzt noch was Besonderes zu bieten hättest ...« Auffordernd sah sie ihn an.

Markus grinste. »Du bist unersättlich.« Wieder wollte er sich über sie beugen, doch Iris wehrte ab.

»Das hab ich nicht gemeint. Ich dachte an was, das uns in Stimmung bringt.«

Irritiert sah Markus sie an. »Du meinst ... Koks?«

»Genau.« Lachend richtete sie sich auf. »Ein kleiner Extrakick wäre jetzt doch genau richtig.«

»Damit kann ich nicht dienen.« Markus biss sich auf die Lippe. »Sorry.«

»Na ja, dann muss ich wohl aushelfen.« Aufreizend langsam ging sie zu ihrer Clutch und holte aus einem Seitenfach zwei Tütchen heraus. »Hier, für dich.«

»Aber ...« Markus zögerte. Bisher hatte er sich von Drogen jedweder Art ferngehalten.

»Sei kein Spielverderber. Da ist doch nichts dabei.« Iris ging zu dem schmalen Sideboard und bereitete ihre Line vor. »Nun komm schon!« Sie streckte den Arm nach Markus aus.

Noch ein wenig zögernd, folgte er ihren Anweisungen, doch schon wenig später fühlte er sich super. Alles war möglich für ihn – zumindest in dieser Nacht.

23. Kapitel

»Das ist eine gemeine Verleumdung! Glauben Sie mir, das stimmt nicht.« Thorsten sah die beiden Polizeibeamten erregt an. »Ich bin keiner meiner Reitschülerinnen jemals zu nahe getreten!«

»Aber uns liegt eine Anzeige vor, und der müssen wir nachgehen.«

»Das muss ein Irrtum sein.« Sabine legte Thorsten die Hand auf den Arm. »Oder irgendwer will dir was Böses.«

»Wer sollte das sein? Und warum?«

Thorsten sah den Älteren der Beamten eindringlich an. »Sie kennen mich, Herr Wehnburg, können Sie glauben, dass ich mich einer Reitschülerin unsittlich nähere?«

Polizeihauptmeister Klaus Wehnburg schüttelte den Kopf. »Ich muss gestehen, dass ich es nicht glauben kann – beziehungsweise nicht glauben will. Aber ich bin voreingenommen, schließlich ist meine Tochter lange hier Reitschülerin gewesen.«

»Und sie ist es jetzt nicht mehr?« Sein jüngerer Kollege sah ihn fragend an.

»Nein. Sie studiert in Köln, ist schon vor mehr als einem

Jahr weggezogen. Deshalb musste sie das Hobby auf Eis legen.« Teilnahmsvoll sah er Thorsten an. »Ich muss gestehen, dass ich sehr gern an Ihre Unschuld glauben würde, Herr Bernhammer, aber wir müssen dieser Anzeige nachgehen.«

»Das verstehe ich ja, dennoch ...« Thorsten stützte den Kopf in beide Hände. »Das ist ein so ungeheuerlicher Vorwurf, ich weiß nicht, was ich tun soll. Nie im Leben käme ich auf den Gedanken, mich einer Reitschülerin zu nähern.«

Sie saßen in dem geräumigen Wohnraum, und obwohl noch die Wärme des Tages in den Zimmern war, fröstelte Sabine. Am liebsten hätte sie Thorsten in die Arme genommen und getröstet, doch dazu war später noch Zeit.

»Wer hat die Anzeige erstattet?« Fragend sah sie die beiden Beamten an. Der Jüngere von ihnen zog ein Blatt Papier aus seiner Uniformjacke und warf einen kurzen Blick darauf.

»Eine Christina Mahlberg. Sie war am Vormittag mit ihrem Vater auf der hiesigen Wache. Ich war anwesend, als die junge Dame ihre Anschuldigungen zu Papier gebracht hat. Und sie klang sehr glaubwürdig.«

»Wir sollten keine voreiligen Schlüsse ziehen, Uwe«, warf Hauptmeister Wehnburg ein und sah seinen jüngeren Kollegen mahnend an.

»Hast ja recht. Aber wenn sich der alte Mahlberg persönlich Zeit nimmt, um zu uns auf die Wache zu kommen, dann darf man ja wohl hellhörig werden.«

Sabine biss die Lippen für einen Moment fest aufeinander. Tränen drängten sich in ihre Augen, doch sie wollte keine Schwäche zeigen. Thorsten brauchte jetzt ihre Unterstützung.

»Du solltest deinen Anwalt informieren«, sagte sie. »Allein bist du in diesem Fall total machtlos, fürchte ich.«

»Da haben Sie recht.« Der ältere Polizeibeamte nickte zustimmend. »Ich kann auch nur dazu raten. Hier steht Aussage gegen Aussage.«

Thorsten sprang auf. »Christina also. Seit Wochen macht sie mich an, will sich bei ihren Freundinnen hervortun. Und weil ich ihre Avancen immer abgewehrt und sie ignoriert habe, versucht sie, sich zu rächen.«

»Das stimmt. Ich war mal dabei, als sie mit Thorsten zu flirten versucht hat.« Sabine stand ebenfalls auf.

»Es ist ja nichts Neues, dass junge Mädchen ihre Reitlehrer oder andere Sporttrainer anhimmeln.« Hauptmeister Wehnburg knöpfte sich die Uniformjacke zu. »Wir gehen jetzt wieder. Ich hoffe sehr, dass sich alles rasch aufklären lässt.« Er gab Thorsten die Hand. »Alles Gute für Sie.«

»Danke.« Thorstens Stimme klang belegt. »Ich werde gleich morgen früh meinen Anwalt verständigen.«

»So ein verdammtes Miststück!« Sabine ließ ihrer Empörung erst freien Lauf, als sie wieder mit Thorsten allein war. »Was denkt sie sich dabei, dich so bloßzustellen? Das ist Rufmord.«

»Stimmt. Wenn es wirklich zu einem Prozess kommen sollte, wenn diese Anschuldigung publik wird und Kreise zieht, wird mein Reiterhof in Misskredit gebracht. Christina gefährdet mit ihrer Anschuldigung meine gesamte Existenz. Und deshalb werde ich alles unternehmen, um meine Unschuld zu beweisen.«

• • •

Der in hellem Grau gestrichene Klinikflur kam ihr unendlich lang und kalt vor. An den Wänden hingen etliche Aquarelle, die vornehmlich Gebirgslandschaften zeigten. In einer kleinen Nische standen neben einem runden Tisch drei Besucherstühle, doch niemand saß hier. Auch von den Stationsschwestern war im Augenblick keine zu sehen.

Suchend sah sich Sabine nach dem Zimmer um, in dem ihr Onkel liegen sollte. Endlich, am Ende des Flurs, entdeckte sie die drei Ziffern auf dem Türblatt. Kurz klopfte sie an – und zuckte zurück. Das Bett in der Mitte des Zimmers war leer!

»Nein!«

»Hallo, guten Tag.« Eine ältere Krankenschwester kam aus dem gegenüberliegenden Zimmer. »Sie suchen Herrn Moser, gell?«

»Ja. Was ist mit ihm? Wo ist er?«

Die Schwester stellte das Tablett mit Medikamenten auf dem Tisch im Zimmer ab. »Zurzeit noch im OP.«

»Er wird operiert? Warum das denn? Ich dachte, er hätte nur eine Gehirnerschütterung. Und gestern ging es ihm ja schon wieder recht gut, sagte er am Telefon.«

»Das stimmt. Aber da er die ganze Nacht hindurch über immer stärker werdende Kopfschmerzen klagte, haben wir etwas unternehmen müssen. Das CT hat gezeigt, dass sich ein großes Blutgerinnsel gebildet hat. Die Chirurgen werden jetzt versuchen, es zu entfernen.« Aufmunternd lächelte sie Sabine zu. »Keine Sorge, das ist inzwischen ein Routineeingriff, ich bin sicher, dass Herr Moser ihn gut überstehen wird.«

»Kann ich hier warten?«

Die Schwester sah auf ihre Uhr. »Ich denke, es ist besser, Sie kommen am frühen Nachmittag wieder. Der Patient wird nach dem Eingriff noch beobachtet werden, in den nächsten zwei Stunden kommt er sicher nicht zurück ins Zimmer.«

»Dann komme ich später noch einmal her. Danke, Schwester.«

Nachdenklich verließ Sabine das Krankenhaus. Was sollte sie tun? Zurück zum Gasthof zu fahren lohnte sich nicht, und die wichtigsten Einkäufe hatte sie schon früh am Morgen erledigt.

Spontan beschloss sie, die Wartezeit bei ihrer Freundin zu verbringen. Vielleicht konnte Martina sie ein wenig aufmuntern.

»Es ist im Moment wirklich der Wurm drin«, seufzte sie, nachdem sie die Freundin begrüßt hatte. »Ich brauche erstens einen Kaffee, zweitens etwas Aufmunterung.«

»Was ist denn jetzt noch passiert?« Martina zog sie kurz an sich. »Du siehst blass aus, Schätzchen.«

»Ich hab schlecht geschlafen.« Sabine fuhr sich mit der Hand über die Stirn. »Thorsten geht es echt mies. Er hat nicht nur Angst um seinen guten Ruf, sondern auch um seine Existenz.«

»Das glaub ich gern.« Martina überlegte. »Weißt du, ich will dem Anwalt ja nicht vorgreifen, und es ist vielleicht auch falsch, sich da einzumischen, aber wir sollten mal überlegen, was wir tun könnten, um Thorsten zu helfen.«

»Wir können doch gar nichts tun. Ich zermartere mir den Kopf, aber mir fällt nichts ein.«

Eine Weile schwiegen die Freundinnen. Draußen auf der Straße nahm der Verkehr immer mehr zu, das schöne Wetter lockte viele Tagestouristen an den Tegernsee.

Sabine sah über die Straße hinüber zum Juweliergeschäft von Konstantin. Gerade kam eine elegant gekleidete schlanke Frau mit hellblond gefärbtem Haar aus dem Laden.

Martina, die sich neben die Freundin gestellt hatte, griff aufgeregt nach Sabines Arm. »Du, das ist Angelique Mahlberg, die Mutter von dieser Christina, die euch so viel Ärger macht«, stieß sie hervor. »Sie ist eine meiner besten Kundinnen.« Sie lachte leise auf. »Die typische Neureiche. Will immer hofiert werden. Natürlich heißt sie eigentlich Angelika, aber Angelique klingt natürlich viel besser.«

»Die kauf ich mir!« Sabine machte Anstalten, aus dem Geschäft zu stürmen, doch in dem Moment kam die elegante Frau schon auf die Boutique zu.

»Warte hier.« Martina zog die Freundin zurück. »Ich hab da eine Idee …«

»Ja aber …«

»Lass mich mal machen.« Martina wirkte sehr entschlossen. Sie drückte Sabine in den Sessel zurück. »Bleib auf jeden Fall hier sitzen.«

Dann ging sie, professionell lächelnd, in den Verkaufsraum und öffnete der Kundin die Tür.

»Frau Mahlberg! Wie schön, dass Sie wieder einmal hereinschauen.«

»Ich muss mich einfach ein wenig ablenken.« Angelique

Mahlberg seufzte übertrieben tief auf. »Es ist ja alles so schrecklich!«

»Was ist denn passiert, um Himmels willen?«

Angelique Mahlberg fuhr sich hektisch mit den Händen durchs blondierte Haar. »Da schickt man sein Kind zum Sport – und dann so etwas«, sagte sie. »Ich weiß gar nicht mehr, wo mir der Kopf steht.« Sie sah sich um. »Ich brauche etwas, das mich ablenkt.«

»Natürlich.« Martina ging zu einer Vitrine und holte große Kaschmirtücher heraus. »Die sind vorgestern hereingekommen. Die neue Kollektion aus Frankreich.« Sie breitete eines der Tücher auf dem Tresen aus. »Sie wissen sicher, wie rar diese Dinge sind.« Sie sah Angelique an. »Nun, was sagen Sie?«

»Sehr hübsch. Vor allem das Blaue mit den Pferdeköpfen am Rand …« Sie schaute skeptisch drein. »Nein, lieber im Moment nichts, das an Pferde erinnert. Was ist denn mit den Seidenblusen da hinten?«

Martina machte ein paar Schritte auf die Vitrine zu, an der zwei der eleganten Blusen hingen. »Was haben Sie denn auf einmal gegen Pferde?« Betont harmlos drehte sie sich nach der Kundin um. »Soweit ich weiß, reitet Ihre Tochter doch, oder?«

»Das ist es ja!« Ein tiefer Seufzer folgte. »Sie hat bei diesem Thorsten Bernhammer Unterricht genommen. Wir dachten, so ein erfolgreicher Turnierreiter wäre der Beste für unser einziges Kind. Und was ist passiert – er hat sich ihr in der Stallgasse unsittlich genähert!« Mit spitzen Fingern wischte sie sich eine imaginäre Träne aus den Augen.

»Ist das nicht furchtbar? Mitten zwischen den Pferdeboxen hat er sie belästigt.«

»Das ist furchtbar, in der Tat. Und was haben Sie unternommen?« Sie nahm eine Bluse vom Haken.

Während Angelique ausführlich von der Anzeige und dem Seelenleid ihrer Tochter berichtete, musste Sabine alle Selbstbeherrschung aufbieten, um ruhig im Hinterzimmer sitzen zu bleiben.

»Das klingt alles ganz furchtbar.« Martina blieb betont ruhig, obwohl auch sie innerlich kochte. Krampfhaft überlegte sie, ob sie der Kundin unverblümt sagen sollte, dass ihre verwöhnte Tochter log, oder ob sie mit einer List versuchen sollte, Thorstens Unschuld zu beweisen.

»Ich denke, dass man Ihrer Tochter sehr rasch helfen kann«, sagte sie aus diesem Gedanken heraus. »Die Schuld des Reitlehrers lässt sich schließlich ganz leicht feststellen.«

»Wie das denn? Davon habe ich ja noch gar nichts gehört.« Frau Mahlberg ließ die Bluse, die sie gerade in der Hand hielt, auf die Ladentheke zurückfallen.

»Na ja ...« Martina zögerte. Ihre Gedanken überschlugen sich, und krampfhaft überlegte sie, was sie sagen sollte.

»Nun reden Sie doch endlich!«

»Ich weiß zufällig von einer Bekannten, dass es auf dem Hof ein paar versteckte Videokameras gibt«, sagte Martina. »Die sind vor Wochen installiert worden, weil etliche Dinge gestohlen wurden.«

»Ach, davon hat er gar nichts erwähnt. Das Videomaterial wird der entscheidende Beweis sein, um diesen Verbrecher zu überführen.«

Sabine zuckte bei dieser Titulierung zusammen, und wieder wäre sie gern aufgesprungen. Aber da sagte Martina auch schon: »Sie sollten trotzdem ein wenig vorsichtig sein mit diesen Anschuldigungen, Frau Mahlberg. Der Ruf dieses Mannes ist schnell ruiniert. Und wenn dann doch nichts zu beweisen ist …«

»Meine Tochter lügt nicht!«

»Das habe ich auch nicht behauptet.« Martina hängte die Bluse wieder auf einen Bügel. »Ich wollte nur zu etwas Vorsicht raten.«

»Schon gut. Ich bin Ihnen jetzt erst mal dankbar für den Tipp mit den Überwachungskameras. Das werde ich gleich meinem Mann mitteilen.« Sie sah sich im Laden um. »Packen Sie mir doch bitte diese Bluse und das blaue Tuch ein.« Sie zückte sogleich ihre Kreditkarte.

»Gern.« Martina bewahrte, wenn auch mühsam, die Ruhe. Sorgfältig verpackte sie die teuren Stücke und buchte den hohen Betrag ab.

»Ich komme bald wieder, vielleicht mit meiner Tochter.« Frau Mahlberg drehte sich an der Tür noch einmal um. »Die arme Kleine hat sich nach all dem Schrecken eine Aufmunterung verdient. Vielleicht findet sie hier bei Ihnen auch etwas Nettes.«

»Da bin ich sicher.« Martina lächelte geschäftsmäßig freundlich, bis sich die Tür hinter der Kundin geschlossen hatte.

»Wow, das war eine schauspielerische Glanzleistung von dir.« Sabine umarmte die Freundin kurz. »Wie bist du auf die Idee mit den Videokameras gekommen?«

»Du magst zwar begeistert deine Krimis lesen, aber ich setze um, was ich mal in einem Film gesehen habe«, erklärte Martina grinsend. »Jetzt bin ich mal gespannt, was passiert.«

»Ich auch.« Sabine hängte sich die Tasche um. »Du, ich muss los, Onkel Sebastian wird jetzt sicher wieder zurück auf seinem Zimmer sein.«

»Grüß ihn von mir, ich wünsche ihm gute Besserung.«

»Mach ich.« Sabine zögerte. »Du, was kann ich dir Gutes tun? Deine Idee muss doch belohnt werden.« Sie grinste. »Natürlich denke ich nur an was Essbares als Belohnung.«

»Das war mir klar.« Martina zögerte, dann glitt ein verschmitztes Lächeln über ihr Gesicht. »Coq au Vin«, sagte sie dann. »Dafür sterbe ich.«

»Lieber nicht. Ich brauche meine liebste Freundin noch.«

Rezept Coq au Vin

1 Hähnchen von ca. 1,5 kg
100 g frische Champignons
Perlzwiebeln nach Geschmack
80 g mageren Speck
1 Karotte
2 EL Butter
1 Lorbeerblatt
2–3 Petersilienstängel
1 Knolle Sellerie
1 TL gehackter Thymian
1 Knoblauchzehe
450 ml Rotwein (z. B. Burgunder)
100 ml Hühnerbrühe
3 EL Cognac
Salz, Pfeffer, Muskatnuss

Das Hähnchen in 8 Stücke teilen. Champignons vierteln oder, je nach Größe, achteln. Den Speck in Streifen schneiden, ebenso die Karotte. Die Hähnchenstücke in Butter anbraten, dann aus der Kasserolle nehmen. Speck, Perlzwiebeln und Champignons im Bratensaft anziehen lassen, nach etwa 5 Minuten wieder herausnehmen.

Das Fleisch zurück in die Pfanne geben, die Gewürze und das restliche Gemüse hinzufügen, den Knoblauch pressen. Alles mitdünsten und mit der Hälfte des Rotweins ablöschen. Aufgedeckt 10 Minuten köcheln lassen. Die Bouillon zugeben und alles weitere 15 Minuten schmoren. Jetzt Speck, Perlzwiebeln und Champignons wieder hinzugeben, dann alles 5 Minuten kochen lassen.

Die Hähnchenstücke herausnehmen und warm stellen. Den restlichen Wein zur Soße geben und bis zur Hälfte einkochen lassen. Mit Cognac, Salz, Pfeffer und Muskat abschmecken. Alles nochmals leicht einkochen lassen und die Soße mit frischer Butter verfeinern. Dies alles mit dem Fleisch zusammen anrichten.

Dazu passen Salzkartoffeln, Kroketten oder Nudeln.

24. Kapitel

Die Sonne, die durchs Fenster schien, malte goldene kleine Kringel auf die weiße Bettwäsche und ließ das sterile Krankenzimmer anheimelnder wirken.

Seit zehn Minuten saß Sabine am Bett ihres Onkels, der noch immer schlief. Vorsichtig streichelte sie immer wieder seinen Handrücken, auf dem die blauen Adern heute besonders deutlich hervortraten.

Besorgt sah sie in das blasse Gesicht, in dem die Nase ungewöhnlich spitz hervorragte. Alt kam ihr Sebastian auf einmal vor. Verwundbar und verletzlich. Seine Augenlider flatterten immer wieder einmal, doch er hatte die Augen noch nicht wieder geöffnet. Allerdings hatte ihr die freundliche Krankenschwester versichert, dass der Eingriff gut verlaufen sei und sie sich keine Sorgen machen müsse.

»Ach, Onkel Sebastian, wer hat dir das nur angetan?«, flüsterte Sabine und drückte leicht seine Hand.

»Hallo, Kleine, schön, dass du da bist.« Sebastians Stimme klang schon wieder recht fest, und jetzt öffnete er die Augen und versuchte sich sogar an einem Lächeln.

»Endlich!« Sabine beugte sich über ihn und küsste ihn behutsam auf die Stirn. »Da bist du ja wieder!«

»Hab eben einen dicken Schädel.«

»Der dich nicht vor einem Blutgerinnsel bewahrt hat.« Sabine sah ihn liebevoll an. »Aber der Eingriff ist gut verlaufen, hat man mir versichert. Du wirst wieder gesund.«

»Unbedingt.« Er drehte vorsichtig den Kopf. »Wo ist Elisabeth?«

»Sie kommt gleich. Ich habe sie angerufen und ihr sehr vorsichtig von der Notoperation erzählt. Aber auch, dass der Eingriff gut verlaufen ist und du schon wieder auf deinem Zimmer bist. Sie will sich so rasch wie möglich auf den Weg machen.«

Sebastian Moser seufzte auf. »Sie soll vorsichtig sein. Ich muss es ihr auch ganz behutsam beibringen«, sagte er.

»Sie weiß es doch schon.« Sabine drückte seine Hand. War der Onkel doch noch leicht benommen von der Narkose?

»Das meinte ich nicht.« Der alte Herr richtete sich ein wenig auf. »Gib mir bitte mal was zu trinken.« Sabine goss ihm eine halbe Tasse Tee ein. »Das ist nun wirklich nicht mein Getränk«, meinte er. »Ein Schluck von meinem guten Roten wäre mir lieber.«

»Aber Onkel!«

»Schon gut, ich weiß ja, dass ich damit noch ein paar Tage warten muss.« Er lehnte sich wieder in die Kissen zurück. »Ich glaube, ich weiß jetzt, wer der Dieb ist.«

»Du hast ihn gesehen?« Sabine griff wieder nach seiner

Hand. »Wer ist es? Kennst du ihn? Du musst das unbedingt der Polizei erzählen«, stieß sie aufgeregt hervor.

»Es wird ein Schock für Elisabeth sein.« Sebastian Moser hatte die Augen wieder geschlossen. Er war müde, doch er wollte unbedingt wach bleiben und berichten, was er herausgefunden hatte.

Nach kurzem Anklopfen kam ein junger Arzt herein, kontrollierte Sebastians Puls und sah Sabine dann ernst an. »Der Patient braucht Ruhe«, erklärte er. »Bitte, gehen Sie jetzt. Morgen ist er stabiler und kann länger Besuch haben.«

»Natürlich.« Sabine stand sofort auf.

»Nein, warte!« Sebastian streckte den Arm nach ihr aus. »Bleib noch, bis Elisabeth da ist. Sie sollte nicht allein sein, wenn sie erfährt, dass ihre Freundin es ist, die uns alle bestohlen hat.«

»Was sagst du da?« Ungeachtet der Tatsache, dass der junge Arzt mit gerunzelter Stirn neben dem Bett stand und sie mahnend ansah, beugte sich Sabine wieder über ihren Onkel. »Du hast sie tatsächlich erkannt? Ganz deutlich?«

»Ich bin mir ziemlich sicher, dass es Ria war. Sie benutzt dieses süße, aufdringliche Parfüm, das hab ich gerochen.« Sebastian seufzte auf. »Fragt sich nur, wie wir sie überführen können.«

• • •

Sabine und Thorsten fuhren durch die fast leeren Straßen herüber nach Scharling. Noch lag Morgentau auf den Wiesen und Weiden. In den Orten rund um den Tegernsee war es um diese Morgenstunde ungewöhnlich ruhig. Langsam ging die Sonne auf, ließ die Millionen kleiner Tautropfen in allen Farben des Regenbogens schillern. Der Tegernsee lag still und fast spiegelglatt im fahlen Licht des frühen Tages. Nur die Enten, die in großer Zahl am Ufer nächtigten, waren bereits wach und begaben sich auf Futtersuche.

»Wir parken gleich hier«, sagte Thorsten, als sie ihr Ziel erreicht hatten, und lenkte den Wagen auf den Parkplatz am Ortsrand. »Von hier aus können wir durch den Wald hoch in Richtung Hirschberg gehen.«

»Ganz, wie du meinst.« Sabine stieg aus, und mit einem Satz sprang Ben ebenfalls hinaus. Er schien glücklich, dass er an diesem Tag mitkommen durfte. Dass sein Frauchen einen Rucksack dabeihatte, aus dem es verführerisch duftete, machte das alles noch viel interessanter.

Thorsten griff nach Sabines Hand, kaum dass er den Wagen abgeschlossen hatte. »Ich bin so froh, dass du heute mit mir kommst.«

»Wir müssen beide mal abschalten.« Sabine schmiegte sich kurz an ihn. »Die letzten Tage waren einfach zu aufregend.«

»Das ist noch untertrieben. Und mein Ärger ist ja noch lange nicht vorbei. Wenn ich nur daran denke, dass schon zwei meiner Reitschüler gekündigt haben, kommt mir die Galle hoch.«

»Das sind doch die beiden Freundinnen von dieser Christina, oder?«

»Genau die. Und ich fürchte, dass die Mädels die ganze Geschichte noch mehr aufbauschen und herumtratschen werden. Du hast die Gänse doch gesehen. Das wird sich noch zur Katastrophe für meinen Betrieb auswachsen.«

»Sei nicht so pessimistisch. Wenn die anderen Mädchen dich ins Gerede bringen, wirst du sie verklagen – so wie diese Christina, sobald sich deine Unschuld bewiesen hat.« Sie stellte sich auf die Zehenspitzen und küsste ihn. »Aber heute denk mal nicht dran.« Sie lächelte ihm aufmunternd zu. »Ich bin sicher, dass sich schon bald alles aufklären wird. Heute ist das Thema einfach mal tabu, einverstanden? Ich freue mich sehr auf unsere Wanderung.«

»Ich mich auch.« Thorsten schulterte den grauen Rucksack, in dem sich ihr Proviant befand. »Und du hast recht – der Tag ist wunderschön und die Umgebung auch, das ist Balsam für die Seele.«

»Genau so hatte ich es mir gedacht.« Sabine griff nach seiner Hand, und dicht nebeneinander gingen sie in Richtung des ersten Waldstücks, durch das sich ein breiter Spazierweg zog.

»Vom Hirschberg aus hat man einen der schönsten Blicke über das ganze Tegernseer Land.«

Nach einer knappen Stunde, in der es langsam, aber stetig bergauf gegangen war, blieben sie stehen und schauten sich um. »Dort ist der Kratzer, der Vorgipfel des Hirschbergs.« Thorsten streckte den Arm aus, doch noch ehe Sabine in die angegebene Richtung schauen konnte, zog er sie an sich und küsste sie leidenschaftlich.

»Süß siehst du aus in der Krachledernen«, flüsterte er dicht an ihren Lippen.

Sabine lachte leise. »Die Hose ist schon uralt. Ich war

froh, dass sie noch passte, als ich sie vorgestern anprobiert habe.«

»Dass sie nicht ganz neu ist, macht ja gerade ihren Reiz aus. So sollten Lederhosen sein.«

Sabine hatte für die Wanderung eine kniekurze Wildlederhose gewählt. Dazu trug sie Kniestrümpfe, feste Wanderschuhe und eine hellblaue Bluse, die mit weißen kleinen Herzen bedruckt war. Da es oben auf dem Berg kühler sein würde, hatte sie sich eine warme Jacke um die Taille gebunden.

Auch Thorsten war zünftig gekleidet, zur Kniebundhose aus hellgrauem Leder trug er ein grün-weiß kariertes Hemd und eine gestrickte grüne Jacke.

»Am liebsten würde ich mich jetzt hier mit dir ins Gras legen und ...«, raunte Thorsten ihr zu.

»Nichts da!« Sabine lachte. »Wir gehen hoch auf den Berg, wie geplant.«

»Du bist so grausam!«

»Ich weiß. Aber damit kann ich leben.« Sie lehnte sich in seinen Armen zurück. »Komm weiter. Mal sehen, ob ich dich oben am Gipfel belohnen kann.«

»Dann los!« Lachend schob er sie von sich, um allerdings gleich wieder nach ihrer Hand zu greifen.

Eine Weile gingen sie so bergauf. Als sich vor ihnen eine Weggabelung auftat, ließ er sie los und holte aus der Hosentasche eine Wanderkarte.

»Ich glaube, hier müssen wir uns entscheiden, ob wir den Sommer- oder den Winterweg nehmen wollen«, sagte er und schlug die Karte auf.

»Und worin liegt der Unterschied?«

»Der Winterweg ist schwieriger und führt direkt zum Gipfel, der Sommerweg bringt uns erst mal zum Hirschberghaus.«

Sabine zögerte. »Was meinst du?«

»Ich denke, wir nehmen den kurzen Winterweg. Der ist steiler, und soweit ich mich erinnere, ist er teilweise sogar mit Drahtseilen gesichert. Aber das schaffen wir locker.« Für einen Moment sah er zu Ben hin, der begeistert den ganzen Weg abschnüffelte. »Ob er das schafft?«

»Ben? Natürlich. Dem wird der Aufstieg leichter fallen als uns, davon kannst du ausgehen.« Sabine tätschelte dem Hund kurz den Nacken. »Mach du Thorsten mal klar, dass du eigentlich aus den Schweizer Alpen kommst, Ben.«

Wie zur Bestätigung bellte der Hund zweimal.

»Na also, er ist einverstanden.« Sabine war zwar insgeheim ein bisschen skeptisch, doch sie ließ sich nichts anmerken. Und nachdem sie die Hälfte des Wegs hinter sich gelassen hatten, vergaß sie ihre Bedenken. Es war ein Tag wie aus dem Bilderbuch, sie war mit dem Mann zusammen, in den sie sich verliebt hatte, und die Welt ringsum war einfach wunderschön.

Sie bewältigten den Aufstieg sehr gut. Thorsten stützte sie zweimal, aber Sabine war trittsicher und kam gut voran.

Nach zweieinhalb Stunden standen sie auf dem Gipfel. Die Sonne war inzwischen immer höher gewandert und schien beinahe senkrecht vom blauen Himmel.

Nur ein paar kleine weiße Schönwetterwolken zogen vorüber, sie machten das Postkartenidyll komplett.

»Wunderschön!« Begeistert sah sich Sabine um.

»Ja, wunderschön!« Thorsten sah dabei nur sie an.

»Ach du ...« Sabine schmiegte sich an ihn. »Schau doch nur, da unten liegt der Tegernsee ...« Sie wies nach Norden. »Und das da müssten die Blauberge sein.«

»Stimmt. Und dort ist das Rofangebirge. Erkennst du den Guffert? Das ist der Kalkstock, der ziemlich isoliert steht.«

Sabine kniff die Augen zusammen. »Ja, ich glaube, ich sehe ihn.«

Mit leuchtenden Augen schaute sie sich immer wieder um. Das Panorama, das sich ihnen bot, war einzigartig. Wie auf einem großen Tuch ausgebreitet, lagen die Berge vor ihr, und sie bedauerte, dass sie sie nicht benennen konnte.

Thorsten zog seine Karte zurate, und so konnten sie im Westen den Fockenstein und den Kampen ausmachen.

»Ich für meinen Teil hätte jetzt gern einen Schnaps.« Er bückte sich nach dem Rucksack. »Das ist schließlich Tradition.«

»Was du nicht sagst!« Lachend nahm Sabine ihm den Flachmann ab. »Was ist da drin?«

»Bester Obstler natürlich!«

Sie nahm einen kleinen Schluck. »Auf den gelungenen Aufstieg!«

Auch Thorsten trank einen Schluck, dann gab er Sabine einen langen Kuss. »Du schmeckst gut«, murmelte er.

»Du auch. Wenn wir jetzt den Käse essen, den du eingepackt hast, oder den geräucherten Schinken, ergibt das eine tolle Kombination.«

»Das stört mich nicht. Aber du hast recht, so eine kleine Mahlzeit unterm Gipfelkreuz wäre nicht schlecht.«

»Dann müssen wir uns beeilen, ich glaube, da kommen die nächsten Wanderer. Ben hat sie schon gewittert.«

»Ich hab sie auch schon gehört.« Thorsten runzelte die Stirn. »Wie kann man nur so laut reden hier oben? Das zerstört doch die ganze Atmosphäre.«

»Wir können ja wieder absteigen.« Sabine packte die beiden Päckchen mit den Broten zurück in den Rucksack.

»Einverstanden.«

Noch einmal sahen sie sich in Ruhe um, dann kam die Wandergruppe, die aus etwa zwanzig Personen bestand, auch schon auf sie zu.

»Weißt du was?« Thorsten schulterte den Rucksack. »Wir gehen über die Rauheckalm zurück. Dort können wir gemütlich was essen und trinken.« Er sah sich nach den Touristen um. »Die werden sicher denselben Weg zurücknehmen, den sie auch gekommen sind.«

»Einverstanden.« Sabine rief nach Ben, dann machten sie sich auf den Weg zur Almhütte. Doch immer wieder blieben sie stehen, um die traumhafte Aussicht zu genießen.

Das Almgebäude war leer, die Sennerin schaute ganz offensichtlich nach ihren Tieren.

»So hab ich es mir gewünscht.« Thorsten zog Sabine mit sich auf die Bank, die direkt am Haus stand und von der aus man einen herrlichen Blick hatte. »Allein mit dir hier oben … das ist wie im Paradies.«

Sabine lachte. »So romantisch kenne ich dich gar nicht.«

»Das machst du eben mit mir.« Sein Kuss war voller Leidenschaft, und Sabine erwiderte ihn mit dem gleichen Begehren, während sie ihre Finger in seinem dichten Haar vergrub.

Sie ließ es zu, dass Thorstens Hand sich unter ihre Bluse schob und er ihre Brust sanft zu streicheln begann. Kleine Schauder liefen über ihre Haut, und fest drängte sie sich an Thorsten.

Das Läuten von Kuhglocken, das immer näher kam, holte sie in die Wirklichkeit zurück. Die Sennerin kehrte mit zwei Kälbern zurück.

»Mögt ihr eine Milch?«, fragte sie. »Oder lieber Limonade?«

»Frische Milch ist perfekt.« Sabine lehnte sich auf der Bank zurück und blinzelte in die Sonne. »So frisch kriegt man sie nicht so schnell wieder.«

»Da hast du recht.« Die Sennerin sah Thorsten prüfend an. »Bist du nicht der Reitlehrer vom Hubertusgut?«

»Genau der bin ich.«

»Dann rat ich dir was: Gib acht, dass die verwöhnten Dirndln, die da bei dir reiten lernen wollen, dir net die Ehr' abschneiden.«

»Was meinst du damit?«

Die Sennerin setzte sich kurz zu ihnen. »Vorgestern war meine Freundin da, sie hat mir erzählt, dass eines der verwöhnten Madeln was Ungutes über dich erzählt. Aber das mag von uns keine glauben. Wir kennen dich doch schon lange.«

»Und woher weiß sie das? Das kann sich doch noch nicht

rumgesprochen haben!« Sabine sah die Sennerin geschockt an. »Das ist Rufmord, was die da treiben.«

»Darum rat ich euch ja zur Vorsicht. Meine Freundin arbeitet bei einer Familie, in der das Töchterchen auch reitet. Die hat so einiges erzählt ...« Sie stand wieder auf und scheuchte ein Kalb, das neugierig näher gekommen war, zurück zur Weide.

»Wenn es Kreise zieht, wessen man mich verdächtigt, bin ich erledigt.« Thorstens eben noch heiteres Gesicht verdüsterte sich.

»Ich bin sicher, dass die verwöhnten Madeln lügen. Es wär net das erste Mal, dass so was passiert.«

»Stimmt. Aber auch in meinem Job gibt es schon mal schwarze Schafe. Das will ich nicht abstreiten. Aber ich hab mir nie was zuschulden kommen lassen.«

»Wenn wir's nur beweisen könnten!« Sabine seufzte unterdrückt auf. Der Tag, der bislang so wundervoll gewesen war, hatte an Magie verloren.

»Das wird schon, daran glaub ich fest.« Die Sennerin nahm die leer getrunkenen Gläser an sich, und als Thorsten nach seiner Geldbörse greifen wollte, winkte sie ab. »Lass gut sein.« Sie nickte ihm aufmunternd zu. »Und jetzt macht euch auf den Weg. Ich fürchte, von Westen her wird's am Abend ungemütlich.«

Davon war im Moment allerdings noch nichts zu sehen, aber Sabine und Thorsten glaubten der Sennerin und verabschiedeten sich bald.

Auf dem Weg zurück zum Parkplatz sprachen sie nur wenig, und auch die Fahrt zurück zum Reiterhof verlief schweigend. Ben lag müde und zufrieden auf der Rückbank, er wurde erst wach, als sie auf den Hof zufuhren.

»Schau nur!« Sabine, die während der letzten beiden Kilometer ihren Kopf an Thorstens Schulter gelehnt hatte, richtete sich auf und wies auf den Polizeiwagen, der wieder genau vor dem Haupthaus parkte. Gleich dahinter war eine schwarze Luxuslimousine zu sehen. »Du, ich glaub, ich hab ein Déjà-vu!«

• • •

»Ich hab mir erlaubt, die Herrschaften in dein Wohnzimmer zu bringen.« Bastian, seit Jahren mehr Freund als Stallbursche, öffnete die Tür, noch ehe Thorsten aufschließen konnte. »Im Büro wär's zu eng geworden«, fügte er hinzu.

»Was ist denn jetzt wieder los?«

»Schon mal was vom Gang nach Canossa gehört?« Bastians Miene verriet deutlich, wie sehr er die Situation genoss. »Da drin sitzen eine junge Dame, ihr Vater und ein Anwalt. Die wollen was mit dir bereden.«

Thorsten runzelte die Stirn. »Da bin ich gespannt.«

»Soll ich dich allein lassen?« Fragend sah Sabine ihn an.

»Nein, komm bitte mit. Es ist gut, einen Zeugen bei dieser Begegnung zu haben.«

Bastian stieß die Tür weit auf, und sofort erhoben sich ein schlanker, etwa fünfzig Jahre alter Mann in einem dunklen Anzug und ein etwa gleichaltriger in einem Wildlederjanker.

»Guten Tag, Herr Bernhammer. Zunächst möchten wir

uns für diesen Überfall entschuldigen.« Der Mann im Anzug deutete eine knappe Verbeugung an. »Mein Name ist Karsten Ehlers, ich bin der Anwalt von Herrn Mahlberg.« Mit den Worten wies er auf seinen Begleiter. »Fräulein Mahlberg kennen Sie ja.«

Thorsten nickte nur. »Was führt Sie her?«

»Es ist eine etwas heikle Angelegenheit«, erklärte Mahlberg. Er war vollschlank, und sein dunkles Haar war bereits recht schütter. »Meine Tochter hat da wohl ein bisschen übertrieben.« Er warf dem Anwalt einen knappen Blick zu und sagte dann: »Reden Sie bitte, Ehlers.«

Thorsten, der es bisher vermieden hatte, den Herren wieder einen Platz anzubieten, machte eine höfliche Geste. »Setzen wir uns doch«, bat er. Christina, die mit versteinerter Miene dasaß und es vermied hochzuschauen, ignorierte er.

»Wir möchten uns in aller Form entschuldigen«, begann der Anwalt. »Die Anschuldigungen, die Christina gegen Sie erhoben hat ...« Er räusperte sich. »Das alles entbehrt wohl jeglicher Grundlage.«

»Ach, und wie kommen Sie jetzt zu dieser Erkenntnis?«

»Nun, es ist uns zu Ohren gekommen, dass Sie Überwachungskameras auf dem Hof und in den Ställen installiert haben, und die Aufzeichnungen dieser Kameras werden sicher Ihre Unschuld beweisen können.«

»Überwachungskameras?« Thorsten wollte schon widersprechen, aber Sabine drückte fest seine Hand, und so schwieg er.

»Nun ja, ich möchte mich in aller Form entschuldigen.«

Herr Mahlberg ergriff wieder das Wort. »Und ich bitte Sie sehr darum, das alles zu vergessen. Die jungen Mädchen waren wohl ...« Er sah seine Tochter kurz an, »nun, sie haben wohl Ihre Freundlichkeit missverstanden.«

»So kann man es ausdrücken – wenn man nicht will, dass ich Sie und Ihre Tochter wegen Rufmord verklage.« Thorstens Stimme klang hart. »Um es nämlich auf den Punkt zu bringen: Die Anschuldigungen sind frei erfunden.«

»Ich ... wir wissen das inzwischen. Unsere Tochter hat gestanden, dass sie gelogen hat, weil sie sich von Ihnen ... nun ja, nicht genug beachtet gefühlt hat.« Er hielt kurz inne. »Das lässt sich alles nur mit der Unreife meiner Tochter entschuldigen. Die jungen Damen sind einfach übers Ziel hinausgeschossen.«

»Sie haben schlicht und einfach gelogen.« Sabine konnte nicht mehr ruhig bleiben. »Die Konsequenzen haben sie wohl nicht in Betracht gezogen, und das ist auch die einzige Entschuldigung, die man gelten lassen kann.«

»Sie haben recht. So ist es wohl.« Man sah Herrn Mahlberg an, wie unwohl er sich fühlte. Er, der ansonsten jede Situation beherrschte, der es gewohnt war, Verhandlungen stets im eigenen Interesse zu Ende zu bringen, war nun in der Position des Bittstellers, und das war sichtlich Neuland für ihn.

»Was können wir tun, um zu vermeiden, dass die Sache Kreise zieht?«, fragte er schließlich.

Thorsten zögerte. Zum ersten Mal sah er Christina an, die jedoch trotzig den Blick gesenkt hatte. »Ich denke, eine

Entschuldigung von Fräulein Mahlberg wäre angebracht«, sagte er.

»Pah!« Christina sah auf. »Ich doch nicht!«

»O doch, mein Fräulein, das wirst du tun.« Herrn Mahlbergs Gesicht rötete sich. »Sofort! Steh auf und entschuldige dich.«

Christina blieb ungerührt sitzen.

»Nun, dann nicht.« Schulterzuckend sah Thorsten Herrn Mahlberg an.

Sabine kochte vor Wut. »Herrn Bernhammers Ruf hat jetzt schon gelitten. Wir kommen gerade von einem Ausflug zurück, und auf einer Alm hat man uns schon auf den Vorfall, wie Sie es nennen, angesprochen. Ich finde, eine öffentliche Erklärung, die Ihre Tochter hier auf dem Hof abgeben sollte, wäre angebracht.« Sie sah erst Thorsten, dann die beiden Männer an.

»Einverstanden«, sagte Herr Mahlberg, ohne sich mit seinem Anwalt zu besprechen. »Bestimmen Sie den Zeitpunkt. Ich garantiere Ihnen, dass Christina die Wahrheit sagen und alles klarstellen wird.« Als das Mädchen aufmucken wollte, fuhr er sie knapp an: »Halt den Mund! Und wag es nicht, mir zu widersprechen.«

Der Abschied fiel knapp aus, nur der Anwalt gestattete sich ein kleines Lächeln, als er Sabine die Hand gab.

»Wow, das war ja mal ganz großes Kino!« Sabine ließ sich in einen der tiefen Sessel fallen. »Was ist denn da passiert, dass es eine solche Kehrtwende gab?«

»Keine Ahnung. Und wie kommen die darauf, dass es hier Videoüberwachung gibt?«

Sabine lachte und erzählte von Martinas spontaner Idee. »Sie weiß selbst nicht genau, wie sie draufgekommen ist, aber als Frau Mahlberg in der Boutique von dem Vorfall erzählte, war Martina total empört. Sie hat einfach behauptet, dass überall Videokameras versteckt sind, auch in den Stallgassen. Daraufhin hat Christina es offensichtlich mit der Angst zu tun bekommen und daheim alles gebeichtet.«

»Verrückte Idee. Aber sie hat gewirkt!«

Eine Weile diskutierten sie noch hin und her, schließlich rief Thorsten seinen Anwalt an und setzte ihn über die Neuigkeiten ins Bild.

»Und ich erzähle es gleich mal Martina. Sie wird genauso erleichtert sein wie wir.«

Während Thorsten von seinem Büro aus telefonierte, rief Sabine die Freundin auf dem Handy an.

»Stell dir vor, was passiert ist«, begann sie – und schon nach zwei Sätzen lachte Martina amüsiert los. »Das ging ja besser und schneller als gedacht!«

»Ich hätte nicht zu hoffen gewagt, dass dein Plan funktioniert.«

»Aber ich!« Martina kicherte übermütig. »Du, ich hab leider gar keine Zeit. Das Spaghettiwasser kocht schon. Mia und Konstantin kommen in einer halben Stunde.«

»Dann musst du noch nicht Wasser kochen«, warf Sabine ein.

»Ja, ja, stimmt. Aber ich bin ziemlich nervös. Mia war beim letzten Treffen ganz friedlich, aber das muss ja nichts heißen.«

»Sie wird sich an dich gewöhnen, ganz bestimmt.«

Martina atmete tief durch. »Dein Wort in Gottes Ohr. Aber vielleicht kann ich ja damit punkten, dass ich ihrem geliebten Onkel Thorsten geholfen habe. Sie versteht doch sicher schon, was passiert ist, oder?«

»Ganz sicher. Zumindest wird sie begreifen, dass es ihm schlecht gegangen wäre ohne dein Eingreifen. Das war ja auch total genial.« Sabine atmete ein paarmal tief durch. »Du bist ein verrücktes Huhn, aber ich danke dir tausendmal. Das war einfach super. Diese Christina hat die Lüge geschluckt und war dann wohl so ängstlich, dass sie daheim alles gebeichtet hat. Ihr Vater war stocksauer, das kannst du mir glauben.«

»Das denke ich mir. Es muss schrecklich für ihn gewesen sein, zum Gut zu kommen, um dort sozusagen Abbitte zu leisten.«

»Ja, er war ziemlich angefressen. Vor allem, als seine Tochter sich nicht entschuldigen wollte.«

»Verwöhntes Gör«, kommentierte Martina. »Aber das wird ihr vielleicht doch eine Lehre sein. Grüß Thorsten. Ich hoffe nur, er lässt die Mahlbergs schön zappeln. Geld regiert zwar die Welt, wie es immer wieder heißt, aber nicht auf allen Gebieten.«

»Ich bin gespannt, wie sich Thorsten entscheiden wird. Ich denke aber, dass er eine öffentliche Entschuldigung hier auf dem Hof verlangen wird.«

»Das sollte er. Du, ich hänge dich jetzt ab, muss nämlich gleich ein Supermenü kochen.«

»Du? Ach du liebe Güte. Was gibt's denn zu den Nudeln, du tolle Köchin?«

»Ketchup, dann Apfelpfannkuchen und Schokoeis. Das alles auf Wunsch der jungen Dame.«

»Mir wird schon vom Zuhören schlecht!« Sabine lachte laut.

• • •

Als Sabine am nächsten Morgen das Haus verließ und in den hellen Sonnenschein trat, summte sie leise vor sich hin. Ben konnte es kaum erwarten, hinüber zu den Stallungen zu laufen, wo es so interessant roch. Inzwischen kannte er sich schon ganz gut aus, hatte jede Scheu vor den Pferden verloren.

»Geh nur, du Räuber.« Lächelnd sah Sabine ihm nach, schaute dann in den blauen Himmel hinauf, der ihr heute noch mehr zu leuchten schien als sonst. Thorsten war bereits auf dem Springplatz, er gab zwei jungen Männern, die Urlaub am See machten und durch Zufall auf den Hof aufmerksam geworden waren, Springunterricht. Thorstens Ruf als ehemaliger Springreiter von Weltklasse bestand immer noch.

»Es ist zu schade, dass ich so früh rausmuss, aber der Job ist wichtig.« Er hatte Sabine noch einen langen Kuss gegeben, ehe er aufgestanden war. »Frühstücke in Ruhe, ich trinke nur schnell einen Kaffee.«

Sabine hatte sich einen doppelten Espresso gemacht, dazu eine kleine Schale Müsli, großen Hunger hatte sie nicht. In Ermangelung seines normalen Futters hatte Ben zwei Eier bekommen, die er mit Begeisterung verspeiste.

Auf den Koppeln standen bereits die meisten Pferde und grasten. Es war ein friedliches Bild, und Sabines Lächeln wurde breiter.

Die vergangene Nacht war einfach wundervoll gewesen. Lange hatten Thorsten und sie auf der Terrasse gesessen, Wein getrunken und über den Besuch der Mahlbergs geredet.

»Ich will, dass sie sich öffentlich entschuldigt«, hatte Thorsten gesagt. »Alle Reitschüler sollten es hören. Und wenn sie dazu bereit ist, werde ich auf eine Anzeige verzichten.«

»Ob sie das tut?«

Er hatte nur mit den Schultern gezuckt. »Mir egal. Wenn nicht, muss sie die Konsequenzen tragen. Außerdem will ich Christina und ihre zwei Freundinnen hier nicht mehr sehen.«

»Verständlich.«

»Aber jetzt ist Schluss mit dem unerfreulichen Thema. Komm her zu mir.«

Eine Weile hatten sie eng aneinandergeschmiegt dagesessen, hinunter ins Tal geschaut, wo die Lichter nach und nach erloschen.

Als Ben, der ihnen zu Füßen gelegen hatte, sich erhob und ins Haus lief, meinte Sabine: »Schlafenszeit für Ben.«

»So ein kluger Hund. Wir sollten auch ins Bett gehen.«

»Eine gute Idee!« Spielerisch küsste sie ihn auf die Wangen, die Nasenspitze und den Mund. »Du bist sicher auch müde.«

»Mitnichten! Du wirst es gleich erleben!«

In der Erinnerung an die berauschende Nacht, die voller Leidenschaft, aber auch voller Zärtlichkeit gewesen war, lächelte Sabine.

Zehn Minuten schlenderte sie noch an der Koppel entlang, auf der drei Stuten mit ihren Fohlen standen, dann pfiff sie nach Ben. Es war Zeit heimzufahren.

25. Kapitel

»Wie, du hast kein Geld dabei?« Stirnrunzelnd sah Iris ihren Begleiter an.

»Sorry, aber wie hätte ich wissen können, dass du hier eine so große Summe brauchst?« Markus Hirzler schaute sich in dem kleinen Laden um. Etliches an Trödel gab es hier, alte Möbel, Geschirr, aber auch ein paar sehr ansprechende Holzschnitzereien. »Ich hab nur meine Kreditkarte dabei. Und knapp einen Hunderter in bar.«

»Der Harry nimmt aber nur Bargeld.«

»Das hättest du vorher sagen müssen, dann hätten wir unterwegs an einem Bankautomaten halten können.«

»O ja, und da hätten wir ein paar läppische Hunderter gezogen.« Iris schüttelte den Kopf. »Und ich hab, als wir uns kennenlernten, gedacht, du wärst ein Mann von Welt.« Beinahe verächtlich blickte sie ihn an. »Meine Güte, dann bin ich ja doch mit Rainer besser bedient. Der ist zumindest nicht knausrig.«

»Natürlich habe ich auch Geld. Nur bin ich jetzt nicht flüssig.« Markus spürte, wie ihm das Blut zu Kopf stieg. Er sah Iris auf einmal mit anderen Augen. Von dem Glamour, der sie umgab, wenn sie sich im Casino aufhielten, war im Augenblick nichts zu erkennen. Und auch von dem Charme oder der Leidenschaft, die sie als Geliebte ausgezeichnet hatten, merkte er jetzt nichts mehr. Im Gegenteil, ihre schönen Augen waren verhangen, die Lider flatterten ebenso nervös wie ihre Finger.

»Harry, dann nimm den Schein, und gib mir wenigstens zwei, drei Tütchen.« Iris sah den etwa Vierzigjährigen, der halblanges schwarzes Haar hatte und schwarze Jeans und einen dunkelgrauen Pulli trug, bittend an.

»Was ist denn mit dir? Hast du denn kein Geld dabei?« Markus zog seinen Hunderteuroschein aus der Jackentasche, nach dem Harry sofort griff und ihn in der speckigen Jeans verschwinden ließ.

Dann ging er zu einem alten Apothekerschrank, der im halbdunklen hinteren Teil des Ladens stand, und zog eines der kleinen Schubfächer auf.

Dann wechselte ein schmales Kuvert den Besitzer.

»Nur eins?« Iris nahm das Kuvert hastig an sich.

»Mehr Geld, mehr Ware.« Harry zuckte lässig mit den Schultern.

Iris erwiderte nichts, ohne Gruß verließ sie den kleinen Laden, der sich in einem Münchner Vorort befand und den Iris sehr gut kannte. Markus blieb nichts anderes übrig, als ihr zu folgen.

Draußen griff er nach ihrem Arm. »Sag mal, was sollte das denn? Ich konnte doch nicht ahnen, was du in diesem Laden wolltest. Wir waren noch nie da!«

»Wir haben doch schon etliche Male Koks gekauft. Und

immer hattest du Geld dabei.« Vorwurfsvoll sah sie ihn an. »Nur Bares ist Wahres, so heißt es nicht umsonst.«

»Ich ... Iris du ...« Wieso zahlst du nicht mal?, hatte er eigentlich fragen wollen, doch er ließ es. Iris hatte schon schlechte Laune, die sollte nicht noch mieser werden.

»Wir wollten uns heute einen schönen Tag machen. Das hast du gewusst.« Iris ging zielstrebig auf Markus' Wagen zu. Kaum saß sie drin, öffnete sie das Kuvert, zog ein schmales Tütchen heraus und strich sich eine Prise Kokain aufs Zahnfleisch.

»Hast du es wirklich so nötig?« Markus war echt geschockt. Die schöne Iris, diese Traumfrau, für die er sogar aufgehört hatte, um Sabine zu werben, war in der letzten Viertelstunde brutal von dem Sockel, auf den er sie gestellt hatte, heruntergestoßen worden.

Nicht nur, dass sie selbst arm war und ganz offensichtlich nur von diesem Rainer und seinem Geld lebte – sie schien auch das Koks lieber zu mögen als Markus.

»Sag mal, liebst du mich eigentlich?«, fragte er aus diesen Gedanken heraus.

»Liebe!« Sie spuckte das Wort förmlich aus. »Was ist das schon? Ein chemischer Prozess. Schon mal was davon gehört?«

Markus hatte das Gefühl, in Eiswasser getaucht zu werden. Alle Illusionen, die er in Bezug auf Iris gehabt hatte, alle heimlichen Hoffnungen auf ein Luxusleben an ihrer Seite zerstoben. Sie war nett zu ihm gewesen, hatte mit ihm geschlafen und war mit ihm ausgegangen, solange er reichlich Geld gehabt hatte.

Inzwischen war sein Konto mal wieder leer. Gewonnen hatte er auch nichts mehr, und Iris dachte gar nicht daran, ihm etwas zu geben, wenn er ohne Jetons am Spieltisch saß, sie aber gewann. Doch den Gewinn verzockte sie dann auch bald wieder. In dem Punkt waren sie sich ähnlich.

Markus seufzte auf, als Iris sich entspannt zurücklehnte und die Augen schloss. Sie dachte nicht daran, ihm auch nur ein paar Krümel von dem weißen Pulver abzugeben. Dabei war auch Markus inzwischen auf den Geschmack gekommen. Mit einer Prise Kokain in der Nase war die Welt schöner. Bunter. Das Leben leichter.

»Fahr zurück.« Sie sah ihn nicht an. »Ich will zum Hotel. Mit dir ist ja heute nichts anzufangen, du Versager!« Sie schob seine Hand, die sich auf ihren Oberschenkel gelegt hatte, zur Seite.

»Iris, bitte ...«

»Fahr endlich, sonst steig ich aus.«

Die Erkenntnis, dass er einem Phantom nachgejagt war, tat weh. Die schöne Iris war weder reich noch ehrlich. Sie war auch nicht in ihn verliebt. Nein, sie hatte mit ihm gespielt. Ohne Hemmungen und Skrupel.

Viel zu heftig trat er aufs Gas, als er den Wagen zurück zum Tegernsee lenkte.

26. Kapitel

In den beliebten Touristenorten rund um den Tegernsee herrschte Hochbetrieb. Der Sommer machte in diesem Jahr seinem Namen alle Ehre. Über dem Tegernseer Land spannte sich ein blauer bayerischer Himmel, der die Menschen ebenso zum Schwärmen verleitete wie die lauen Nächte, die dazu einluden, lange aufzubleiben.

»Was meinst du, machen wir noch einen Spaziergang, Elisabeth? Der Abend ist so mild, da könnten wir direkt am See ein Glas Wein trinken.«

»Von mir aus gern.« Elisabeth sah Ria van Claasen an, die mit ihnen am Abendbrottisch saß. »Möchtest du vielleicht mitkommen?« Sie bemerkte Sebastians unwilliges Stirnrunzeln nicht, sondern lächelte der frisch blondierten Mitbewohnerin zu.

Doch zu Sebastians Erleichterung schüttelte Ria den Kopf. »Nein, meine Liebe, heute ist mir nicht nach Wein. Ich habe Rückenschmerzen nach der Gymnastik am Morgen und werde mich frühzeitig zurückziehen.«

»Ganz, wie du willst. Dann wünsche ich dir gute Besserung«, sagte Elisabeth liebenswürdig.

»Dann lass uns gleich losgehen.« Sebastian erhob sich. »Ach, Ria, wenn es Ihnen morgen besser geht, kommen Sie doch mit rüber zur *Goldenen Eiche*. Ich habe heute Geld von der Bank abgehoben, das muss ich Sabine bringen. Sie hat etliche Dinge neu angeschafft, unter anderem einen modernen Backautomaten, und ich will ihr eine kleine Finanzspritze zukommen lassen. Als Dankeschön hat sie Tafelspitz zubereitet. Den macht niemand so gut wie meine Nichte.«

»Sie sind sehr großzügig.« Ria strich sich übers Haar. »Danke für die Einladung, ich komme gern mit, wenn es mir mal wieder besser geht.«

»Dann ruh dich heute aus.« Elisabeth Mahler lächelte ihr zu. »Bis dann.« Da Sebastian sich normalerweise besonders kühl Ria gegenüber gab, versuchte sie, dieses Verhalten mit besonderer Freundlichkeit zu kompensieren.

»Schönen Abend euch beiden.«

»Danke.«

»Was sollte das denn jetzt?« Draußen in der Halle sah Elisabeth ihren Freund stirnrunzelnd an. »Seit du Ria in Verdacht hattest, die Diebin zu sein, bist du nur mäßig freundlich zu ihr. Und jetzt diese Einladung …«

»Ich habe meine Gründe. Aber jetzt lass uns losziehen. Wollen wir hier in Wiessee bleiben oder rüber nach Rottach-Egern fahren?«

»Mir ist es egal. Nur der Wein sollte gut sein.«

»Dann fahren wir ins Hotel eines alten Bekannten nach Rottach-Egern. Von der Terrasse des Hotels aus haben wir einen herrlichen Blick über den See.« Er sah auf seine Uhr.

»Bin in zehn Minuten wieder hier, einverstanden? Ich hole mir nur eine Jacke. Direkt am Wasser wird es kühler sein.«

»Du hast recht. Ich werde vorsichtshalber auch etwas Wärmeres mitnehmen.«

In seinem Apartment zog sich Sebastian Einweghandschuhe an, ging dann an den Safe und holte ein Geldbündel heraus. Die Scheine legte er in einen Prospekt über Backautomaten, dies alles gut sichtbar, auf seinen alten Schreibtisch.

Die Handschuhe schob er in seine Hosentasche, griff nach einer leichten Jacke und verließ den Raum wieder.

Mit Elisabeth verbrachte er in dem luxuriösen Ambiente des Hotels einen angenehmen Abend. Der Wein war ebenso exzellent wie die kleinen Kanapees, die Sebastian dazu bestellte. Von der weitläufigen Terrasse aus genossen sie den Blick über den See, an dessen Ufer unzählige Lichter blinkten.

»Du verwöhnst mich.« Zärtlich legte Elisabeth ihre Hand auf seine. »Ein einfacher Biergarten wäre mir auch recht gewesen.«

»Ich weiß. Aber heute war mir nach etwas Besonderem.« Er beugte sich vor und küsste sie ungeniert. »Du bist schließlich auch etwas Besonderes. Und ich möchte dir immer wieder sagen, wie glücklich du mich machst.«

»Ach, Sebastian, das beruht nun wirklich auf Gegenseitigkeit!« Elisabeth lehnte den Kopf an seine Schulter.

Er sah hinüber zum See, wo etliche Boote Abendfahrten unternahmen. »Das sollten wir auch mal machen.« Ein knappes Schulterzucken folgte. »Leider sind die Zeiten, in denen ich selbst gesegelt bin, vorbei. Aber so eine Bootsfahrt rund um den See ist immer wieder schön.«

»Ich bin dabei.« Elisabeth trank ihr Glas aus. »Aber jetzt sollten wir so langsam aufbrechen. Es ist spät geworden.«

»Ganz, wie du möchtest.« Er winkte dem Kellner, zahlte diskret und bat dann um ein Taxi, das sie zurück nach Wiessee bringen sollte.

Als sie später vor der Seniorenresidenz aus dem Taxi stiegen, fragte Sebastian: »Kommst du noch mit zu mir? Wir könnten noch eine Viertelstunde auf meinem Balkon sitzen.« Bittend sah er Elisabeth an. »Ehrlich gesagt, bin ich noch gar nicht müde.«

»Einverstanden.«

Arm in Arm gingen sie zu Sebastians großzügig geschnittenem Apartment.

»Hallo, was ist das denn?« Stirnrunzelnd sah Sebastian auf das Schloss, an dem deutlich sichtbar manipuliert worden war. »Da hat wohl jemand versucht hereinzukommen«, stellte er fest.

»Aber das ist doch ein Sicherheitsschloss!«

»Schon, aber auch das bedeutet keine hundertprozentige Sicherheit.« Er zeigte auf das Schloss in den messingfarbenen Beschlägen. »Da, die Kratzer ... da hat jemand dran manipuliert.«

In der Wohnung ging er sofort auf den Schreibtisch zu, hob die Prospekte auf, die er mit Scheinen bestückt hatte – kein Einziger fiel heraus.

»Dachte ich es mir doch«, murmelte er.

»Was dachtest du?« Elisabeth trat dicht hinter ihn und legte ihm die Hand auf die Schulter. »Fehlt etwas?«

»Ja. Das Geld, das ich angeblich Sabine geben wollte.«

»Angeblich? Wieso angeblich?«

Sebastian erzählte kurz, dass er seinen Verdacht gegen Ria van Claasen nicht aufgegeben hatte.

»Weißt du, ich habe ihr Parfüm gerochen, als ich niedergeschlagen wurde. Aber hundertprozentig sicher war ich dann doch nicht. Also habe ich mich mit der Polizei in Verbindung gesetzt, dort haben sie mir präparierte Scheine zur Verfügung gestellt.«

»Davon hättest du mir was sagen können.«

»Lieber nicht. Du solltest ganz unvoreingenommen sein.«

»Und was wird jetzt?«

»Ich bin sicher, dass Ria van Claasen jetzt geschwärzte Finger hat.«

So war es in der Tat. Ria, die sich in ihr Zimmer geflüchtet hatte, öffnete erst, als zwei Polizeibeamte energisch Einlass verlangten.

»Sie wissen, warum wir hier sind?« Der ältere der Beamten sah sie prüfend an.

»Keine Ahnung, warum Sie mich kurz vor Mitternacht belästigen. Das ist eine Unverschämtheit!« Ria sah empört von den Beamten zu Elisabeth und Sebastian hin, die sich ein wenig im Hintergrund hielten.

»Sie werden des Diebstahls beschuldigt.«

»Ungeheuerlich!« Ria warf den Kopf in den Nacken.

»Das verbitte ich mir!« Sie hielt die Hände auf dem Rücken versteckt, blitzte die Beamten aber unverfroren zornig an.

»Ihre Unschuld lässt sich leicht feststellen.« Der ältere Polizist griff mit einer schnellen Bewegung nach ihrem Arm, zwang sie so, ihm ihre Hand zu zeigen. »Na also.« Er hob die Hand mit den geschwärzten Fingern in die Höhe. »Damit ist alles klar.«

Ria rettete sich in Tränen, in Ausflüchte, doch alles half ihr nichts. Man fand in einem ihrer Schränke sogar noch zwei gestohlene Schmuckstücke, ebenso Sebastians Taschenuhr.

»Ich fasse es nicht!« Elisabeth Mahler war am Boden zerstört. »Da habe ich doch wirklich geglaubt, Ria gut zu kennen ... und dann das.«

»Gräm dich nicht, Liebes.« Tröstend nahm Sebastian sie in die Arme. »Man kann den Menschen zwar auf die Stirn schauen, aber nicht ins Hirn.« Behutsam führte er sie wieder in sein Apartment.

In dieser Nacht blieb Elisabeth zum ersten Mal bei ihm.

27. Kapitel

»Also wirklich, Mia, sei doch nicht so bockig!« Konstantin von Hoff seufzte unterdrückt auf. »Martina ist doch wirklich sehr nett, und sie tut doch auch alles, damit es dir bei ihr gefällt.«

»Pah, sie will sich doch bloß einschleimen.« Mia warf die blonden Zöpfe in den Nacken. »Aber ich will nicht schon wieder ein Wochenende mit ihr zusammen sein. Ich will zum Reiterhof. Nur mit dir!«

In den letzten Wochen hatte es so ausgesehen, als könnte seine Tochter Martina akzeptieren. Doch seit drei Tagen war sie so trotzig, dass er sich vollkommen hilflos fühlte.

»In Ordnung«, gab er nach. »Wir fahren zum Reiterhof. Aber Martina kommt mit.«

»Nein!« Mia presste die Lippen zusammen. »Ich will mit dir allein sein!«

»Aber ich möchte Martina sehen.« Er wollte Mia in die Arme nehmen, doch sie lief schon in ihr Zimmer.

In einem ersten Impuls war er versucht, zu Mia zu gehen und sich ihr schlechtes Benehmen zu verbitten, aber dann ließ er es. Mit einem Glas Wein in der Hand setzte er sich in einen Sessel und griff nach dem Bild seiner verstorbenen Frau, das in einem Silberrahmen auf dem kleinen Beistelltisch stand.

»Was soll ich nur machen, Carina?«, flüsterte er. »Ich habe so lange um dich getrauert, jetzt ist es, finde ich, Zeit für ein neues Glück. Meinst du nicht auch?«

Es schien, als lächele sie ihm zustimmend zu.

Ja, er hatte ein Recht darauf, wieder am Leben teilzunehmen. Glücklich zu sein mit einer Frau, mit der er lachen und die Schönheiten der Welt erleben konnte. Nach Carinas Tod hatte er sich in die Arbeit gestürzt, hatte das Geschäft in München vergrößert, neue Vertragspartner aufgetan und selbst auch wieder als Goldschmied gearbeitet. Intensiv hatte er an exquisiten Kreationen getüftelt und dann in Feinstarbeit wundervolle Schmuckstücke hergestellt. Oft hatte er bis spät in die Nacht gearbeitet, damit er tagsüber so viel Zeit wie möglich mit Mia verbringen konnte.

Die Eröffnung des zweiten Geschäfts am Tegernsee war ein weiterer Versuch gewesen, den Schmerz um Carinas Verlust zu kompensieren. Dass er genau hier noch einmal der Liebe begegnen würde, hatte er nicht ahnen können.

Er trank das Glas leer und ging zu Mia. Doch sie schlief schon tief und fest, ihr Stoffpferd fest an sich gedrückt.

Am nächsten Morgen fuhr er früh zur Arbeit, die Haushaltshilfe würde sich, so wie immer am Samstagmorgen, um Mia kümmern.

Etwas zeitiger als sonst schloss er an diesem Samstag

das Geschäft, und schon am frühen Nachmittag trafen er und Mia am Tegernsee ein.

»Wir fahren erst bei Martinas Boutique vorbei«, sagte Konstantin. »Und ich muss auch kurz in meinem Geschäft nach dem Rechten sehen.«

»Du hast mir versprochen, dass ich heute noch reiten darf«, maulte Mia. »Wenn du jetzt wieder von einem Geschäft ins andere läufst, wird's dunkel, bis wir bei Onkel Thorsten sind.«

»Unsinn. Bei Herrn Berger schau ich nur kurz rein. Wir haben eben noch telefoniert, er will mir nur ein paar Dinge zeigen.«

»Ihr Erwachsenen seid doof.« Mia verschränkte die Arme vor der Brust und starrte aus dem Fenster, ohne noch ein Wort von sich zu geben.

Konstantin ließ sie schmollen. Auch er sagte nichts mehr, bis sie Rottach-Egern erreichten. Dort sprach er zehn Minuten mit seinem Geschäftsführer über die noch ausstehende Lieferung von ein paar wertvollen Uhren. Er kannte Oliver Berger schon seit zehn Jahren und vertraute ihm blind, dann gingen Mia und er hinüber zu Martinas Boutique.

Martina hatte noch eine Kundin, die sich gerade entschlossen hatte, einen Kaschmirpulli und die farblich genau dazu passende Hose zu kaufen, als Vater und Tochter hereinkamen.

»Ich bin gleich so weit.« Martina lächelte den beiden zu.

»Wir warten gern.« Konstantin sah sich um. »Schau mal, Mia, wie gefällt dir die Mütze?« Er zeigte auf eine rosafarbene Wollmütze mit einem gleichfarbigen Pelzbommel darauf. »Die sieht ganz klein aus und könnte dir passen.«

»Ich trage keine toten Tiere!« Empört sah Mia ihn an. »Und ich glaube, ich esse auch keine toten Tiere mehr.«

»Wie du willst.« Konstantin zuckte nur mit den Schultern. Höflich hielt er der Kundin die Tür auf, dann ging er auf Martina zu und zog sie in die Arme.

»Schön, dass ihr schon da seid.« Martina küsste ihn flüchtig, dann wandte sie sich Mia zu. »Komm mal mit, ich denke, das hier wäre mehr nach deinem Geschmack als die Wintermütze.«

Mia kniff leicht die Lippen zusammen, folgte ihr dann aber doch ins Hinterzimmer. Vorige Woche, als der Todestag ihrer Mami gewesen war, hatte Martina ihr, ohne etwas zu sagen, Blumen für das Grab besorgt und war zusammen mit dem Papi zum Friedhof gegangen. Sie hatte auch nichts gesagt, als Mia ein bisschen geweint hatte, sondern sie nur lieb in den Arm genommen.

Im Büro zog Martina einen Karton aus dem Regal. »Schau mal, ob das was für dich ist.«

»Danke.« Zögernd nahm Mia den Karton an sich, doch als sie ihn öffnete, stieß sie einen begeisterten Schrei aus. »Ein Reithelm! In Rosa! Ist das geil!«

»Mia!«

»Was denn? Das sagen doch alle.« Strahlend setzte sie sich den Helm auf. »Danke, Martina! Der ist einfach super!«

»Du hast doch gesagt, dass du mal springen willst mit dem Pony, stimmt's? Und da ist der Helm noch viel sicherer als die Kappe, die du normalerweise aufhast.«

»Woher weißt du das?«

»Na ja, meine beste Freundin ist mit deinem Onkel Thorsten befreundet. Und ich mag ihn auch sehr. Da haben wir mal darüber gesprochen, was du noch brauchst für die ersten Springstunden.«

»Danke!« Für den Bruchteil einer Sekunde zögerte Mia noch, dann umarmte sie Martina.

Konstantin lächelte und zwinkerte Martina zu. Es sah so aus, als hätte Martina das kleine Herz von Mia nun doch erobert!

»Dann sollten wir uns jetzt gleich zum Reiterhof aufmachen, was meint ihr?«

»Klar doch! Ich muss Wirbelwind sofort satteln und mit ihm ausreiten.«

»Wollen wir nicht erst noch irgendwo Kaffee trinken? Ich hab ein bisschen Hunger. Und beim *Maier zum Kirschner* kann man jetzt herrlich draußen sitzen und das schöne Wetter genießen.«

»Gute Idee. Es ist ja auch gar nicht weit von hier, also verlieren wir nicht so viel Zeit.« Martina legte den Arm um Mias Schultern. »Du kommst schon noch zum Reiten, versprochen.«

»Aber …«

»Kein Aber mehr. Jetzt gehen wir Kaffee trinken, dann geht's hoch zum Hubertusgut.« Konstantin legte seine ganze väterliche Autorität in seine Stimme, und Mia nickte.

»Na gut, meinetwegen. Wenn wir jetzt was essen, muss ich abends wenigstens keine toten Tiere mehr essen.«

»Musst du sowieso nicht. Wenn dir ein Käsebrot genügt,

soll's mir recht sein. Martina, Thorsten und ich gehen jedenfalls abends zu Sabine zum Essen. Sie hat uns etwas ganz Besonderes versprochen, und ich bin schon sehr gespannt drauf, was sie für uns gekocht hat.«

»Na ja, ich kann ja mal sehen, was es so gibt bei ihr«, meinte die Kleine.

»Großzügig von dir«, antwortete Konstantin, aber für die Ironie hatte Mia noch keinen Sinn.

Allerdings schmollte sie auch nicht mehr, als sie in das hübsche Hotel gingen, das direkt an der Promenade von Rottach-Egern lag. Es herrschte bei dem guten Wetter reger Betrieb, doch sie bekamen noch einen Tisch mit gutem Blick hinüber zum Kurpark und auf den See, auf dem etliche Boote kreuzten.

»Wusstest du, dass das Gebäude mit zu den ältesten hier am See gehört? Es war einst ein Lehenshof der Benediktinerabtei Tegernsee.«

»So alt sieht das Haus gar nicht aus«, warf Mia ein und drehte sich noch einmal prüfend um.

Martina lachte. »Na ja, in den letzten Jahrhunderten sind etliche Veränderungen vorgenommen worden. Aber gemütlich bayerisch sieht es immer noch aus, finde ich.«

»Das Haus von Sabine ist auch schön.«

»Stimmt, Mia. Sabines Landgasthof ist auch sehr schön. Und auch fast so alt wie das Anwesen hier.«

Die Kleine war versöhnt, trank ihren Kakao und sah dann aber immer häufiger auf die Uhr, kaum dass sie ihren Kuchen aufgegessen hatte.

»Lass uns fahren, Mia hält es kaum noch aus vor Sehnsucht nach dem Pony, stimmt's?«

»Genau! Du verstehst mich, Martina!«

»Ach nein, auf einmal seid ihr ein Herz und eine Seele.« Konstantin lächelte verschmitzt. »Dass ich das noch erleben darf.« Er griff nach Martinas Hand und drückte sie zärtlich.

»So ist das eben bei uns Frauen.« Sie zwinkerte ihm zu, glücklich darüber, dass es ihr anscheinend nun gelungen war, Mias kleines Herz für sich zu gewinnen.

Auf dem Reiterhof angekommen, sprang Mia aus dem Auto, schnappte sich ihren neuen Reithelm und lief sofort zu dem Pony, das zusammen mit drei anderen Pferden auf der dem Haus am nächsten gelegenen Koppel stand und sofort wieherte, als Mia es beim Namen rief.

»Dann lass uns mal sehen, wo Thorsten ist.« Konstantin half Martina aus dem Wagen und sah sich suchend um, doch in der Nähe des Hauses war niemand. Nur ein gelber Mini parkte links vom Haus.

»Ob er Besuch hat?« Martina wies auf das Auto. »Die Reitschüler parken ja alle hinter der großen Koppel.«

»Keine Ahnung. Vielleicht ist er ja auch noch drüben auf dem Reitplatz.« Konstantin sah auf die Uhr. »Wir sind etwas zu früh – dank Mia.«

»Lass uns doch hier warten.« Martina zeigte auf eine Bank, die links vom Haus stand. Zwei frisch gepflanzte Rosenbüsche standen rechts und links davon, die roten Blüten verströmten einen berauschenden Duft.

»Einverstanden. Ich werde ein wenig die Sonne genießen.«

»Mach das.« Konstantin beugte sich über sie und küsste sie zärtlich. »Vielleicht bekommst du dann noch ein paar Sommersprossen mehr.«

»Ich habe keine Sommersprossen!« Empört sah sie ihn an, dabei tastete sie instinktiv zu ihrer Nase.

»Doch. Mindestens fünf Stück. Und ich liebe jede einzelne davon.« Lachend sah er sie an. »Warte, ich zeige dir die kleinen süßen Dinger.«

Wieder beugte er sich über sie. »Eins.« Er küsste sie auf die Nasenspitze. »Zwei ...« Noch ein Kuss.

»Hör auf!« Martina kicherte.

»Schade.« Verliebt gab er ihr den dritten Kuss. »So, jetzt gehe ich rüber und schau mal in den Stallungen nach, vielleicht ist Thorsten da.«

Noch immer mit einem verliebten Lächeln ging Konstantin quer über den Hof auf den Stall zu, dessen Türen weit offen standen. Er war noch keine drei Schritte vom Eingang entfernt, als er eine laute, etwas schrille Frauenstimme hörte: »Und glaub nur nicht, dass du mir das Märchen von den Überwachungskameras auftischen kannst. Damit habt ihr Christina verunsichern können. Sie hat Schiss gekriegt und hat sich bei Mami ausgeheult.«

»Sei endlich still, Rebecca, und verschwinde. Ich habe gesagt, dass ich keine von euch dreien hier mehr sehen will.«

»Das hättest du wohl gerne, was?« Ein bösartiges Lachen folgte. »Aber das machst du nicht mit mir. Ich will was dafür, dass ich über eure Lüge mit den Kameras schweige.«

»Du willst mich erpressen?«

»Nenn es, wie du willst. Jedenfalls will ich fünftausend, wenn ich nicht doch beschwören soll, dass du dich an Christina vergriffen hast.«

»Raus! Verschwinde auf der Stelle!« Thorstens Stimme überschlug sich vor Wut.

»Ich bin nicht so ängstlich wie Christina. Mich schüchtert man nicht so einfach ein. Also, was ist mit der Kohle?«

»Schmink sie dir ab.« Konstantin machte ein paar Schritte in die Stallgasse hinein. »Ich für meinen Teil könnte nämlich bezeugen, dass ich soeben Zeuge eines gemeinen Erpressungsversuchs geworden bin.«

»Pah, das ist Unsinn. Das glaubt niemand.«

»Lass es nicht drauf ankommen.« Konstantin streckte den Arm aus. »Und jetzt raus mit dir. Sonst rufe ich die Polizei.«

»Puh, diese verwöhnten Dinger kennen wirklich keine Grenzen.« Thorsten sah Rebecca kopfschüttelnd nach. »Hoffentlich kommt sie nie wieder.«

Konstantin nickte. »Davon gehe ich aus. Hast du hier noch was zu tun, oder kommst du mit? Mia wartet schon ungeduldig.«

»Wo steckt sie denn?«

»Natürlich bei ihrem Pony.«

»Dann komm, gehen wir.«

Sie hatten den Stall kaum verlassen, als lautes Motorengeräusch ertönte.

»Rebecca.« Ärgerlich runzelte Thorsten die Stirn. »Sie

macht mir noch die Pferde verrückt.« Er beschleunigte seinen Schritt, Konstantin folgte ihm ebenso rasch.

Sie sahen gerade noch, wie der gelbe Mini viel zu schnell vom Hof fuhr, eine Staubwolke hinter sich herziehend.

»Martina?« Konstantin schaute zum Haus hin – die Bank, auf der Martina eben noch gesessen hatte, war leer. »Wo ist sie denn?« Suchend sah er sich um.

Und dann geschah alles scheinbar gleichzeitig: Thorsten rief warnend Martinas Namen, der gelbe Mini bremste mit kreischenden Reifen ab – und ein lauter Schrei übertönte das ersterbende Motorengeräusch.

Drei Minuten später beugten sich die beiden Männer über Martina, die auf dem Rasen gleich neben dem Weg lag. Blut rann aus einer Wunde an ihrer Stirn, das linke Bein war leicht abgewinkelt.

Ein paar Meter entfernt stand Mia, das schnaubende Pony fest am Halfter.

»Sie hat ... sie ist mir vors Auto gerannt!« Rebecca stieg aus dem Wagen, sie war blass, und ihre Lippen zitterten. Tränen schimmerten in ihren Augen, und von der eben noch gezeigten Überheblichkeit war nichts mehr übrig.

»Du hast meine Martina umgefahren!« Mia zeigte mit dem Finger auf Rebecca, die sich an der Fahrertür festklammerte.

»Was ist passiert?« Thorsten beugte sich über Martina. »Hey, Martina, hörst du mich?«

»Liebling! Martina!« Konstantins Stimme war heiser, er zitterte und war wie erstarrt.

»Alles gut. Ich bin ... na ja, nicht ganz okay, fürchte ich.«

Martina wollte sich aufrichten, sank aber mit einem leisen Schmerzenslaut wieder zurück auf den Rasen.

»Sie ist mir vors Auto gelaufen. Ehrlich.« Rebecca löste sich endlich von ihrem Wagen. »Ich ... ich kann nichts dafür.«

Die Männer ignorierten sie, beide versuchten, Martina aufzuhelfen.

»Mein Fuß. Ich fürchte, er ist gebrochen.« Martina wies auf das linke Bein.

»Du blutest.« Konstantin holte ein Taschentuch aus der Jackentasche, tupfte damit behutsam das Blut von Martinas Stirn. »Das sieht zum Glück nicht allzu schlimm aus«, stellte er dann fest.

»Du brauchst aber auf jeden Fall einen Arzt. Und die Polizei rufen wir auch«, bestimmte Thorsten, griff schon zum Handy und informierte sowohl die Rettung als auch die Polizei.

»Martina! Nicht sterben, Martina, bitte!« Mia stand immer noch wie erstarrt da und sah auf die Verunglückte. Tränen liefen der Kleinen über die Wangen, und sie umklammerte das Halfter des Ponys so fest, dass ihre Fingerknöchel weiß hervortraten.

»Sie stirbt nicht. Ganz sicher nicht.« Thorsten ging zu Mia, löste behutsam ihre Finger vom Halfter und legte ihr dann den Arm tröstend um die Schultern. »Wir bringen Wirbelwind jetzt erst mal zurück auf die Weide, einverstanden?«

Die beiden Sanitäter, die mit dem Rettungswagen noch vor der Polizei eintrafen, stellten fest, dass Martinas Fuß nicht gebrochen, sondern verstaucht war. Ein fester Verband genügte zur Stabilisierung. Und auch die Kopfwunde war zum Glück nicht schwerwiegend. Nachdem sie professionell gesäubert worden war, reichte ein Pflaster.

»Falls Sie aber doch noch stärkere Beschwerden bekommen sollten, müssen Sie zum Arzt.« Einer der Sanitäter nickte ihr zu. »Ich denke aber, dass es bei einem bisserl Kopfweh bleiben wird.«

»Danke.« Sie stützte sich auf Konstantin, der ihr aus dem Krankenwagen half, wo man sie behandelt hatte. Sie wies auf den Fuß. »Bin ich froh, dass nichts gebrochen ist. Mit einem Gipsbein hätte ich nicht im Laden stehen können.«

»Die Verstauchung wird auch noch lange wehtun. Also seien Sie vorsichtig, und belasten Sie den Fuß nicht zu sehr.«

»Ich passe auf sie auf«, versicherte Konstantin.

Die beiden Polizeibeamten, die fünf Minuten nach dem Krankenwagen eingetroffen waren, hatten unterdessen Rebecca vernommen, die immer wieder beteuerte, für den Unfall nicht verantwortlich zu sein.

»Na ja, das würde ich so nicht unterschreiben«, sagte Martina, als die beiden Polizisten sie verhörten. »Sie war viel zu schnell unterwegs, und ich hatte Angst, dass es ein Unglück mit Mia und ihrem Pony geben könnte. Die beiden kamen gerade von der Koppel, und ich wusste ja nicht, wie das Tier bei dem Motorenlärm reagiert. Da bin ich einfach losgelaufen ... und vom Auto gerammt worden.«

»Sie waren also zu schnell mit Ihrem Fahrzeug.« Der jüngere Polizist, der die Bremsspuren ausgemessen hatte, sah

Rebecca ernst an. »Das lässt sich nachprüfen, also leugnen Sie es besser nicht.«

»Und ich war einfach zu sehr auf Mia konzentriert. Ich bin mitschuldig«, warf Martina ein.

Es lief schließlich darauf hinaus, dass Rebecca eine Verwarnung bekam und ein Bußgeld wegen überhöhter Geschwindigkeit zahlen musste. Sie akzeptierte alles ohne längere Diskussion, froh, rasch vom Gut weg zu können.

»Die werden wir nie wiedersehen«, folgerte Thorsten. »Aber das soll mir recht sein.«

»Du hast jetzt aber drei Kundinnen weniger. Sie hatten doch alle drei ihre Pferde hier stehen, oder?«

»Rebecca nicht. Sie hat nur eine Reitbeteiligung bei einer der Freundinnen gehabt.« Er zuckte mit den Schultern. »Egal, der Verlust lässt sich verschmerzen. Wichtig ist mir auch die Ruhe auf dem Hof. Die drei waren schon recht anstrengend.« Dann sah er Martina fragend an. »Bist du wirklich ganz in Ordnung?«

»Ja, ja, macht euch keine Sorgen. Zehn Minuten Ruhe brauche ich nur, dann könnt ihr mich zu Sabine fahren. Da kriege ich saubere Sachen, anschließend freue ich mich auf ein leckeres Essen mit euch allen.«

»Danke, dass du dich so um Mia gesorgt hast.«

»Ja, danke.« Mia umarmte Martina. Sie hatte noch den Reithelm auf.

Martina verzog das Gesicht, denn das harte Stück tat ihr weh, als Mia sich fest an sie schmiegte. Aber sie schwieg und genoss es, dass Mia ihr einen Kuss auf die Wange drückte.

»Ich glaube, ich hab dich genauso lieb wie die Sabine«, flüsterte die Kleine ihr dabei ins Ohr.

»Ich hab dich auch sehr lieb. Aber jetzt geh noch mal und schau nach deinem Pony. Das hat sich bestimmt auch erschreckt und muss unbedingt ein paar Möhren haben.«

»Mach ich.« Schon rannte Mia davon.

»Und ich lege mich für ein paar Minuten hin, einverstanden?« Sie wollte aufs Haus zugehen, stieß aber sofort einen Schmerzensschrei aus, als sie mit dem verletzten Fuß auftrat.

»Komm her.« Konstantin hob sie auf die Arme.

»So gefällt mir das.« Martina kicherte und schmiegte den Kopf an seine Wange. »Endlich trägt mich ein Mann auf Händen!«

28. Kapitel

Der Parkplatz der *Goldenen Eiche* war voll besetzt. Der Sommer war auf seinem Höhepunkt, und Sabine hatte täglich ein gut besuchtes Lokal. Ihre exzellente Küche hatte sich herumgesprochen, die Gäste kamen aus allen Regionen rund um den Tegernsee, viele sogar aus München.

»Wenn das so weitergeht, müssen wir noch eine Hilfe einstellen.« Sabine sah sich in der Küche um. »Was meinst du, Alois?«

»Lieber nicht. Wir kommen schon klar. Ich kann auch ruhig ein, zwei Stunden länger bleiben.« Schwungvoll hob er einen Topf vom Herd. »Zumindest jetzt, in der Hauptsaison.«

»Das wäre wirklich eine große Hilfe.« Sabine seufzte unterdrückt auf. Seit zwei Wochen hatte sie kaum eine freie Minute gehabt, die gemeinsamen Stunden mit Thorsten konnte sie an den Fingern einer Hand abzählen.

»Ein Glück, dass morgen Ruhetag ist.« Richard, Alois' Neffe, grinste. »Da können wir endlich ausschlafen.«

»Schön wär's«, erwiderte Sabine. »Ich muss dringend neue Ware bestellen.«

»Stimmt. Es ist noch net mal mehr Weißbier vorrätig.«

»Und das in einem bayerischen Landgasthaus.« Sabine lachte leise auf. »Ich weiß, dass so etwas nicht vorkommen darf. Die nächste Bestellung wird größer ausfallen.« Bittend sah sie Richard an. »Könntest du mit Ben noch mal rausgehen, bevor du Feierabend machst?«

»Klar doch, Chefin.« Richard tippte sich an die nicht vorhandene Mütze.

»Danke. Dann kann ich noch was für morgen Abend vorbereiten. Meine Freunde kommen zum Essen. Ganz privat. Aber ich möchte sie doch ein bisschen verwöhnen.«

Alois wies auf das schmale Regal neben dem Küchenfenster. »Kochbücher hast du ja genug – falls dir nix einfallen sollte.« Er verzog leicht den Mund. »Normalerweise hätte ich jetzt gesagt, dass ein ordentliches Schnitzel oder eine Kalbshaxe jedem schmeckt. Aber wie ich dich kenne, hast du was anderes vor.«

»Ja. Ich weiß nur noch nicht, was.«

Daran hatte sich am nächsten Morgen immer noch nichts geändert. Sabine wachte wie gewöhnlich gegen sieben Uhr auf, Ben war der zuverlässigste Wecker, den man sich vorstellen konnte. Er stand schon neben ihrem Bett und stupste sie mit der Schnauze an.

»Ach nein, Ben, lass mich doch noch ein bisschen liegen.« Sie seufzte auf, doch das kümmerte den Hund nicht im Geringsten. Er bellte auffordernd, und Sabine schwang schließlich die Beine aus dem Bett.

Während der Hund draußen sein Geschäft erledigte, bereitete Sabine ihm sein Fressen zu. Sie selbst trank erst einmal nur einen starken Kaffee. Dabei überlegte sie, ob sie Thorsten anrufen sollte, verwarf den Gedanken aber wieder. Gegen elf wollte er herkommen, und jetzt war er sicher im Stall und versorgte zusammen mit Bastian die Pferde.

Mit einer weiteren Tasse Kaffee in der Hand ging sie in ihr kleines Büro und gab diverse Bestellungen auf. Ben kam zu ihr und legte sich quer vor ein altes Schränkchen, auf dem Sabine ihre wichtigsten Ordner abgestellt hatte. Die beiden Schranktüren klemmten und ließen sich nur schwer öffnen, deshalb hatte sie noch nichts Wichtiges in dem Schrank untergebracht.

»Ich könnte Thorsten bitten, mal nach den Türen zu sehen«, murmelte sie, als sie einen Ordner abstellte. »Oder ich versuch's mit Gewalt.«

Ohne länger nachzudenken, zog sie mit aller Kraft an der Tür, die nach einigen Versuchen knarrend aufsprang.

»Na also!« Sie kniete sich hin und schaute ins Innere des alten Schränkchens. Alte Zeitschriften entdeckte sie sofort, auch etliche Aktenordner, die der Onkel vor mehr als zwanzig Jahren angelegt hatte. Ganz hinten, verdeckt von zwei Steinkrügen, lag ein kleines schwarzes Buch.

Zunächst sah sich Sabine die Krüge an. Sie besaßen ein Dekor aus Weinranken, bei einem der Krüge war der Henkel abgebrochen.

»Das kann auf den Müll«, murmelte sie vor sich hin. Die Akten waren inzwischen nicht mehr wichtig, und die Krüge bestachen durch ihre Hässlichkeit. Kein Wunder, dass Onkel Sebastian sich jahrelang nicht die Mühe gemacht hatte, in den Schrank zu schauen.

Das kleine schwarze Buch nahm Sabine ganz zum Schluss in die Hand – und stieß einen kleinen Schrei aus. Es war ein handgeschriebenes Kochbuch. Zum Teil war die Schrift für sie kaum lesbar, es war ein Gemisch aus lateinischer Schrift und der alten Sütterlin.

Sie blätterte eine Weile darin herum, las sich an zwei Rezepten fest und beschloss, diese beiden unbedingt auszuprobieren.

»Ich möchte wissen, wer das geschrieben hat«, fragte sie sich. »Onkel Sebastian weiß es vielleicht.«

Kurz entschlossen rief sie ihn an und erzählte von ihrem Fund.

»Ach du je!« Sebastian lachte auf. »Das schmale Schränkchen hatte ich ganz vergessen zu reparieren. Es war für mich so eine Art Generalablage.«

»Für mich auch. Aber heute hab ich versucht, die klemmende Tür zu öffnen, und da hab ich dann außer alten Akten und zwei angeschlagenen Krügen das Kochbuch gefunden.«

»Das muss meine Tante Else geschrieben haben«, sagte Sebastian nach einigem Nachdenken. »Sie hat lange Zeit bei meinen Eltern mitgearbeitet. Und ich erinnere mich, dass sie ganz hervorragend gekocht hat.«

»Da sind wirklich schöne Rezepte drin. Mal sehen, ob ich davon was ausprobiere.«

»Mach das. So alte bayerische Gerichte kommen sicher gut an bei den Gästen.«

»Es wird den Alois begeistern. Ich habe unter anderem das Rezept für sogenannte alpenländische Rühreier gefunden. Die werden mit Bier angerührt.«

»Das ist was für Alois. Kommt ihr miteinander inzwischen besser aus?«

»Ja, mach dir keine Sorgen. Und bei dir alles in Ordnung?«

»Danke der Nachfrage, mein Mädchen. Es geht mir großartig. Seit diese Ria weg ist, herrschen Ruhe und Frieden. Es ist nichts mehr abhandengekommen, und Elisabeth und ich verstehen uns blendend.«

»Das freut mich.«

»Wir haben vor, noch in diesem Herbst eine größere Reise zu unternehmen. Mal sehen, wohin es uns zieht. Ich persönlich möchte in den Norden.«

»Und Elisabeth?«

»Im Grunde ist sie eine Sonnenanbeterin, aber vielleicht kann ich sie ja doch zu einer Kreuzfahrt in den Norden überreden. Ich war vor Jahren in Norwegen, es ist ein herrliches Land.«

»Dann drück ich dir die Daumen, dass es klappt. Und jetzt muss ich Schluss machen, gleich kommt Thorsten.«

»Grüß ihn.«

»Und du bestell Elisabeth einen lieben Gruß von mir.«

»Mach ich. Und, Sabine, wirf die Akten ruhig fort, sie sind uralt und uninteressant.«

»In Ordnung.«

Sabine räumte noch gut zehn Minuten den Schrank leer,

die Ordner trug sie hinaus zu dem großen Mülleimer, der dem Papierabfall vorbehalten war.

Schwungvoll warf sie die ersten drei Ordner in den Mülleimer und seufzte auf, als ein paar lose Blätter durch die Luft segelten.

Zum Glück war es nicht windig, sie konnte sie rasch aufheben.

Das eine Blatt war dicht mit Zahlen beschriftet, die beiden anderen jedoch zeigten den Grundriss eines Hauses, das nächste war eine Bleistiftzeichnung. Ganz deutlich war darauf die *Goldene Eiche* zu erkennen.

»Hübsch«, sagte Sabine und warf die Zeichnung nicht fort, sondern legte sie erst einmal auf das Fensterbrett in der Küche.

Von Rottach-Egern herauf läuteten die Kirchenglocken, und Sabine sah erschrocken auf die Uhr. Verflixt, sie hatte total die Zeit vergessen.

Noch ehe sie mit den Vorbereitungen fürs Mittagessen beginnen konnte, fuhr Thorsten auf den Hof. Sabine eilte hinaus, um ihn zu begrüßen.

»Ich hab's nicht eher geschafft«, sagte er, bevor er Sabine einen Begrüßungskuss gab.

»Macht nichts, ich bin mächtig im Verzug.« Sie lehnte sich in seinen Armen zurück und schaute ihn lächelnd an. Gut sah er aus, das braune, leicht gewellte Haar war frisch geschnitten, und die dunklen Augen strahlten sie an. Als er lächelte, zeigten sich seine beiden süßen Grübchen. Das wirkte so verführerisch, dass sie sie am liebsten sofort geküsst hätte.

»Hast du verschlafen?« Liebevoll schob er ihr eine Locke hinters Ohr.

»Nein, daran hindert mich Ben. Aber ich habe zufällig was in einem alten Schrank gefunden: ein altes Kochbuch und eine Zeichnung vom Landgasthof. Ins Kochbuch habe ich mich so vertieft, dass ich fast die Zeit vergessen hätte.«

»Zeig her.« Eng umschlungen gingen sie ins Haus, wo Sabine ihm die Zeichnung zeigte.

»Sie ist hübsch.« Thorsten sah sich das Blatt kurz an. »Aber ich finde dich viel, viel reizvoller.« Wieder wollte er sie an sich ziehen, doch Sabine wehrte ab.

»Nichts da, jetzt muss ich kochen, sonst gibt's nur heiße Luft, wenn Konstantin, Martina und Mia kommen.«

»Ich könnte gut von Luft und Liebe leben.«

Sabine lachte. »Sei nicht so egoistisch. Die anderen freuen sich auf ein gemeinsames Essen.«

»Ich geb mich geschlagen. Aber nur, wenn du versprichst, heute Abend mit zu mir zu kommen.« Erneut zog er sie an sich.

»Versprochen.« Ein langer Kuss sagte ihm, dass sie auf jeden Fall Wort halten würde.

Knapp zwei Stunden später trafen Martina, Konstantin und Mia ein. Die Kleine lief sofort zu Sabine in die Küche.

»Hey, Sabine.« Sie schnupperte. »Riecht lecker«, stellte sie dann fest und stellte sich auf die Zehenspitzen, um nachschauen zu können, was sich in den Töpfen befand.

»Für dich habe ich Spaghetti und Basilikumpesto gemacht.« Sabine musste sich ein Lächeln verkneifen. »Wie ich hörte, bist du unter die Vegetarier gegangen.«

»Ich ...« Mia biss sich auf die Lippe. »Was gibt's denn für die anderen?«, erkundigte sie sich.

»Fasanenbrust. Ich habe aber auch noch eine Portion Kalbsgulasch mit Spätzle da.«

»Fasan hab ich noch nie gegessen. Aber Kalbsgulasch ist lecker.«

»Stimmt. Aber auch die Fasanenbrust.«

»Ich könnte ja eine kleine Portion versuchen. Oder?«

»Mach das.« Sabine legte Mia den Arm um die Schultern. »Spaghetti kann sogar Martina kochen, selbst gemachte Spätzle gibt es nur bei mir. Und dazu gehören einfach eine gute Soße und ein paar Stückchen Fleisch, stimmt's?«

»Du hast recht. Dann geh ich jetzt und sag den anderen, dass du gleich fertig bist, ja?«

Wenig später saßen sie alle draußen vor dem Haus und ließen sich das Essen schmecken. Dabei unterhielten sie sich angeregt.

»Ich habe heute etwas Tolles gefunden«, erzählte Sabine. »Ein altes Kochbuch, das wohl eine Urgroßtante geschrieben hat geschrieben hat. Darin stehen ganz alte traditionelle Rezepte.«

»Sie wäre fast nicht zum Kochen gekommen, weil sie alles lesen wollte«, warf Thorsten ein.

»Stimmt nicht! Aber es ist schon spannend, die alten Rezepte zu studieren.« Sie goss noch einmal Wein nach. »Wenn ihr mögt, gibt es beim nächsten Mal ein Gericht aus diesem Kochbuch.«

Rezept Alpenländische Rühreier
(für 4 Personen)

8 Eier
1 Tasse helles Bier
Salz, Pfeffer
1 Messerspitze Muskat
1 Prise Zucker
1 Bund Schnittlauch
1 Bund Petersilie
2 Ecken Kräuterschmelzkäse
4 EL Butter

Eier in eine Schüssel geben und mit dem Bier kräftig verquirlen. Mit Salz, Pfeffer, Muskat und Zucker würzen. Kräuter fein hacken. Den Käse in kleine Stücke schneiden. Butter in einer Pfanne auslassen und ein Viertel der Eimasse einfüllen. Alles leicht stocken lassen und mit einem kleinen Strauß Petersilie garniert servieren. Die drei anderen Portionen rasch zubereiten und ebenfalls zum Tisch bringen. (Wer eine besonders große Pfanne hat, kann natürlich die 4 Portionen auf einmal zubereiten.)

29. Kapitel

»Ist das herrlich! Eine ganze Woche haben wir für uns allein!« Konstantin breitete weit die Arme aus.

»Rabenvater!«

»Stimmt.« Er zog Martina fester an sich. »Und ich hab noch nicht mal ein schlechtes Gewissen.«

Sie legte den Kopf auf seine Brust. »Ich sag ja: Rabenvater und Egoist.«

»Ich bin einfach total verliebt, da darf man egoistisch sein.« Zärtlich glitten seine Finger über ihre nackte Haut. »Mia ist auf dem Reiterhof gut versorgt. Sie hat sich irre gefreut, als Thorsten erlaubt hat, dass sie eine Woche während der Ferien bei ihm bleiben darf.«

»Das nenne ich einen Freundschaftsdienst.« Martina hauchte kleine Küsse auf seine Brust. »Wie willst du dich da jemals revanchieren?«

»Keine Ahnung. Aber irgendwas lass ich mir einfallen.« Seine Hand umfasste ihre kleinen festen Brüste, begann sie intensiv zu streicheln, was Martina leise aufseufzen ließ. Sie schloss die Augen und genoss Konstantins Zärtlichkeiten.

Vor einer halben Stunde hatten sie sich leidenschaftlich

geliebt, jetzt lagen sie entspannt auf der breiten Liege, die Martina vor wenigen Tagen gekauft hatte und auf ihrer Dachterrasse hatte aufstellen lassen. Niemand konnte sie hier beobachten, und es war in dieser Sommernacht ein sehr romantischer Platz. Kerzen brannten in verschieden großen Ampeln, und das Aroma des Rotweins, den Martina geöffnet hatte, mischte sich mit dem Duft der zartroten Rosen, die Konstantin ihr am frühen Abend geschenkt hatte.

Draußen zog die Nacht herauf. Der Vollmond warf sein helles Licht auf das Wasser des Tegernsees, ließ es glänzen. Es war windstill, und wie ein blanker Spiegel wirkte die Wasseroberfläche.

Martina richtete sich kurz auf, trank einen Schluck und sah dann hinunter aufs Wasser. »Wie flüssiges Silber«, sagte sie leise.

»Hey, was gibt es da zu sehen, das aufregender ist als ich?« Konstantin zog sie wieder zu sich.

»Der See ist …« Weiter kam sie nicht, denn Konstantins Lippen kamen näher und näher. Sein Kuss begann langsam, zögernd beinahe. Er bestand eigentlich nur aus einem sanften Streicheln ihrer Lippen. Doch genau damit erregte er Martina.

Ihre Zungenspitze fuhr über die Innenseite seiner Lippen, stieß spielerisch gegen seine Zunge.

Die Kerzen erloschen eine nach der anderen, sie bemerkten es nicht. Das Mondlicht war hell genug, dass sie voneinander die Umrisse ihrer Körper erkennen konnten. Doch sie brauchten kein Licht, um zu sehen. Ihre Sinne ersetzten, was in der Dunkelheit verborgen blieb.

Tief atmete Konstantin den Duft von Martinas Haut ein, ehe er begann, jeden Zentimeter ihres Körpers erst zu streicheln, dann zärtlich mit Küssen zu bedecken. Wie das Berühren von Schmetterlingsflügeln waren die Küsse, doch sie erregten Martina so sehr, dass sie sich ihm immer mehr entgegendrängte und heiser bat: »Komm! Komm wieder ganz zu mir.«

Welcher Mann hätte dieser Bitte widerstehen können?

Eine geraume Weile blieb es still, nur ihr heftiges Atmen war zu hören – und dann Martinas leiser Schrei, als sie den Gipfel des Glücks erklomm.

»Wow, das war einmalig«, flüsterte sie, sobald sie wieder zu Atem gekommen war.

Konstantin strich ihr liebevoll über die erhitzten Wangen. »Einmalig, ja. Aber nur im Sinn von einmalig schön.« Er grinste übermütig. »Ich hoffe doch sehr, dass wir die letzte Viertelstunde bald wiederholen können.«

»Gut, ich gebe dir recht – es war einmalig schön.« Martina lachte und schlang die Arme wieder fest um ihn. »Gegen eine Wiederholung ist auch gar nichts einzuwenden.«

»Du bist ja ein unersättliches Weib.«

»Ich mag eben alles, was schön ist.«

Er verschloss ihre Lippen mit einem langen Kuss, löste sich dann einen Moment von ihr und sah ihr in die Augen. »Verstehe. Ein Glück, dass die Nacht gerade erst angefangen hat.«

• • •

Schon früh am Morgen war Sabine zu dem Ökohof von Lukas Weißkirchen gefahren, um dort frisches Gemüse, Eier und Obst zu kaufen. Lukas besaß eine kleine Plantage mit Himbeeren und Johannisbeeren. Die Früchte waren ungespritzt und sahen trotzdem aus wie gemalt.

»Da kann ich nicht widerstehen«, meinte Sabine und kaufte von dem Obst großzügig ein.

Anschließend fuhr sie zur Bank nach Rottach-Egern. Seit Wochen hatte sie Markus Hirzler nicht mehr gesehen. Es tat ihr ein wenig leid, dass sie nicht dazu gekommen war, die Freundschaft mit ihm zu pflegen.

In der Bank herrschte zum Glück nur wenig Betrieb. Markus stand hinter dem Tresen und bediente eine ältere Kundin. Als er Sabine sah, glitt ein Lächeln über sein Gesicht.

Sabine erschrak, als sie näher kam und ihn ansah. Blass wirkte er. Und schmal. Die Augen waren dunkel umschattet, und zwei tiefe Falten zogen sich von der Nase bis zum Kinn.

Nach nur wenigen Minuten war Sabine an der Reihe.

»Hallo, Sabine! Das ist ja eine nette Überraschung am frühen Morgen.« Er kam hinter dem Tresen hervor und umarmte sie. »Wir haben uns lange nicht gesehen.«

»Ich war des Öfteren hier, aber du warst nie da.« Sabine sah ihn prüfend an. »Geht's dir nicht gut? Du bist blass.«

»Na ja, etwas abgespannt. Es gab viel zu tun in letzter Zeit.«

»Tut mir leid. Aber krank bist du nicht?«

»Nein, nein«, wehrte er hastig ab. »Wie kommst du denn darauf?« Seine Stimme wurde hektisch.

Sabine zuckte mit den Schultern. »Ich dachte nur …«

»Nein, nein, alles in Ordnung«, sagte er bestimmt und ging wieder hinter den Tresen. »Was kann ich heute für dich tun?«

»Ich muss nur ein paar Überweisungsformulare abgeben.« Sabine reichte sie über den Tresen. »Drei davon sind von Onkel Sebastian. Er ist ja strikt gegen Onlinebanking.«

»Das muss jeder für sich entscheiden. Ich berate meine Kunden gern persönlich.« Markus zwinkerte ihr zu, und für einen Moment war er wieder ganz der Alte.

»Ich mache es hin und wieder. Aber ich bin auch gern hier bei dir vor Ort.«

»Freut mich.« Er streckte den Arm nach ihr aus. »Ich muss dir ja nicht sagen, wie ich mich freue, dich zu sehen.« Beinahe schmerzhaft fest umklammerte er ihre Hand. »Ich … ich würde gern wieder öfter mit dir zusammen sein, Sabine.«

Behutsam schob sie seine Hand fort. »Ich habe leider nur wenig Zeit, das weißt du.«

Markus war wütend. Wütend auf sich, weil er sich wochenlang auf die raffinierte Iris konzentriert und dabei Sabine völlig vergessen hatte. Und wütend auf Sabine, die ihm deutlich zeigte, dass sie jedes Interesse an ihm verloren hatte.

»Na ja, vielleicht können wir uns doch mal irgendwo auf einen Kaffee treffen.« Er verdrängte seine Wut und riss sich zusammen.

»Das können wir gern tun. Und du bist in der *Goldenen Eiche* auch immer gern gesehen, das weißt du.«

»In Ordnung. Ich komme sicher bald mal hoch.« Er griff nach den Papieren. »Dann werd ich jetzt erst mal arbeiten.« Zunächst erledigte er Sabines vier Überweisungen, dann die ihres Onkels. Fast hätte er einen leisen Pfiff ausgestoßen, als er sah, mit welchen Summen der alte Herr jonglierte.

Verdammter Idiot, schalt er sich wieder. Da hast du vor dir einen Goldfisch, der mal ein Millionenvermögen erben wird – und du lässt ihn vom Haken, weil du dich von einem raffinierten Biest hast einlullen lassen.

Er spürte wieder diese Unruhe in sich aufsteigen, die inzwischen zu seinem ständigen Begleiter geworden war. Und es gab nur ein Mittel, diese Unrast und das Zittern des Körpers zu bekämpfen: Kokain!

Aber noch riss er sich zusammen. Er bearbeitete die Vorgänge gewissenhaft, dann fragte er Sabine: »Möchtest du noch Bargeld mitnehmen? Oder willst du vielleicht runter zum Safe?«

»Nein. Was sollte ich an Onkel Sebastians Safe?«

Er zuckte nur mit den Schultern. »Aber Bargeld nimmst du mit?«

»Ja, zweitausend Euro, bitte.«

»Kann ich noch etwas für dich tun?« Markus schob ihr die Scheine über den Tresen.

»Danke, das war es für heute.« Sie wollte ihm die Hand entgegenstrecken, aber Markus kam schon um den Tresen herum und legte ihr den Arm um die Schultern.

»Ich bringe dich selbstverständlich zur Tür. Bist schließlich meine Lieblingskundin.«

Etwas unbehaglich sah Sabine ihn an. Sein Lächeln

wirkte verkrampft, und sie spürte das Zittern seiner Finger an ihrem Arm. Was war nur mit ihm los? Was war passiert, dass er auf einmal so verändert war? Irgendwie machte er ihr Angst.

Sie drehte sich halb nach ihm um. »Mach's gut, Markus. Und bis bald.«

Noch immer hielt er sie umarmt. Sein Griff wurde fester – dann zog er sie gewaltsam an sich und versuchte, sie zu küssen.

»Lass das!« Im letzten Moment drehte Sabine ihren Kopf zur Seite. »Was soll das? Lass mich sofort los!«

»Ich mag dich, Sabine. Nein, ich ... ich liebe dich!« Sein Gesicht, vor ein paar Minuten noch blass, zeigte hektische rote Flecken. Sein Atem ging heftig, als er sie erneut zu küssen versuchte.

Es war die reinste Verzweiflung, die ihn so agieren ließ. Zu Beginn ihrer Bekanntschaft war er davon ausgegangen, dass Sabine einmal eine wohlhabende Frau sein würde. Ihr Onkel besaß schließlich, und das wusste niemand besser als Markus, ein beträchtliches Vermögen. Es würde also keine Überwindung bedeuten, sie zu verführen.

Aber dann hatte sich Sabine in den Reitlehrer vom Hubertusgut verliebt, er selbst war der schönen Iris verfallen – und damit hatten sich all seine Pläne zerschlagen.

Rote Kreise begannen vor seinen Augen zu tanzen, als er daran dachte, wie oft sie sich im Casino – und in seinem Bett amüsiert hatten. Dass er jetzt schon süchtig nach Kokain war, ging auch auf Iris' Konto.

»Markus, bist du verrückt geworden!« Mit aller Kraft

stieß Sabine ihn zurück. Die roten Kreise verschwanden vor seinen Augen, er sah Sabine an, die ihn empört anfunkelte.

Es schien, als sei der Mann aus einem Traum erwacht. Er stieß einen tiefen Seufzer aus. Die Hände sanken herab, baumelten wie leblos an seinem Körper.

»Verzeih«, murmelte er. »Bitte verzeih mir.«

»Was ist denn nur los mit dir?« Sabines Wut war schon wieder verraucht.

»Nichts. Nichts ist mit mir mehr los.« Abrupt drehte er sich um und ging mit gesenktem Kopf zurück in die Schalterhalle.

30. Kapitel

Die Morgensonne malte goldene Kreise aufs dunkle Wasser und ließ die Millionen kleiner Tautropfen, die auf den halbhohen Gräsern glitzerten, in allen Farben leuchten. Ein Schwanenpaar zog, begleitet von seinen noch grau gefiederten Jungen, eine erste Bahn übers Wasser.

Bienen summten in den Rosenbeeten, die im Kurpark von Rottach-Egern in verschwenderischer Fülle blühten, und nur ein einzelnes kleines Fischerboot war in der Mitte des Sees zu erkennen.

»Wie idyllisch alles wirkt, wenn noch niemand unterwegs ist.« Sabine lehnte den Kopf an die Scheibe des Wagens und sah blinzelnd zum Wasser hinüber. »Ein bisschen verwunschen wirkt alles.«

»Romantikerin«, sagte Thorsten liebevoll.

»Stimmt doch aber! Schau nur, die beiden Schwäne recken ihre Hälse der Sonne entgegen.«

Thorsten nickte und legte kurz die Hand auf ihre. »Tut es dir leid, dass du jetzt keine Zeit mehr für ein Sonnenbad hast?«

»Ach was! Der Tag gestern in München war wunderschön – und die Nacht auch.« Verliebt sah sie ihn an. »Dann wird mir die Arbeit heute noch viel rascher von der Hand gehen.«

»Hast du viele Reservierungen?«

»Nicht mehr als sonst auch. Aber bei dem herrlichen Wetter werden bestimmt viele unangemeldete Gäste vorbeischauen. Das Wanderwetter lockt die Touristen in die Bergregionen.«

»Unsere Heimat ist ja auch wunderbar. Hast du eigentlich schon Gut Kaltenbrunn besucht? Den alten Besitz bewirtschaftet seit einigen Jahren der Gastronomiebetrieb Käfer.«

»Davon hab ich schon gelesen, aber auf dem Gut war ich noch nie.«

»Dann haben wir demnächst wieder ein Ausflugsziel.«

»Erst mal wird gearbeitet.« Sabine wies auf den Parkplatz des Reiterhofs, der gut besucht war. »Deine Reitschüler warten sicher schon.«

»Es sind in den letzten Wochen etliche dazugekommen.« Thorsten parkte direkt vorm Haus. »Nach dem Vorfall mit Christina und ihren Freundinnen hatte ich ja die Befürchtung, ich müsse finanzielle Einbußen hinnehmen, aber genau das Gegenteil ist der Fall.«

»Da seid ihr ja endlich!« Mia, die ihre Reiterferien um vier Tage verlängert hatte, kam aus dem Haus gestürmt. »Ich warte schon so lange auf euch.«

»Hat sich Bastian denn nicht um dich gekümmert?«

Die Kleine zog einen Flunsch. »Doch. Aber er musste

nach dem Frühstück gleich in den Stall. Und da ist er immer noch.«

»Es ist seine Arbeit.« Sabine strich dem kleinen Mädchen übers Haar. »Ich muss jetzt auch gleich arbeiten fahren.«

»Du kochst doch so gern, dann ist das doch keine richtige Arbeit.«

Sabine lachte. »Wenn du wüsstest!«

»Ist es doch? Dann will ich nie kochen lernen. So wie Martina, die macht das auch nicht gerne.«

»Da hast du recht. Aber wenn ihr zu mir ins Lokal kommt, schmeckt es doch immer gut, oder?«

»Na klar. Bei dir esse ich auch Fleisch. Das schmeckt immer ganz lecker.«

»Na, siehst du. Und ich muss es zubereiten, das dauert oft länger als zwei Stunden und ist auch eine Art von Arbeit.«

»Verstehe.« Mia nickte altklug. »Dein Job ist auch anstrengend, so wie der von Papa.«

»Richtig. Und deshalb muss ich jetzt auch weg.« Sie umarmte erst Mia, dann Thorsten, der zudem noch einen letzten Kuss bekam. »Bis später. Wir telefonieren abends.« Sie ging zu ihrem Wagen, den sie gleich links vom Haus auf einem Wiesenstück geparkt hatte.

»Auf jeden Fall.« Thorsten legte den Arm um das kleine Mädchen. »Es tut mir echt leid, Mia, aber du musst dich jetzt eine Weile selbst beschäftigen. Geh doch zu Wirbelwind. Wenn du ihn gestriegelt hast, kannst du ihn ganz vorsichtig ein bisschen herumführen. Aber er darf das verletzte Bein nicht allzu lange belasten.«

»Wann darf ich ihn denn wieder reiten?«

Thorsten zuckte mit den Schultern. Das Pony hatte sich irgendwo auf der Wiese vertreten, das linke Hinterbein war stark geschwollen. Eine allzu schlimme Erkrankung war das nicht, Bastian hatte dem Pony einen entzündungshemmenden Umschlag gemacht, der jeden Tag erneuert wurde. Doch noch sollte das Tier geschont werden.

»Ich denke, dass Wirbelwind in drei, vier Tagen wieder geritten werden kann.«

»Sooo lange muss ich warten?«

»Natürlich nicht. Nachher sattele ich dir ein anderes Pferd, darauf kannst du dann reiten. Aber du musst warten, bis ich mit den beiden Springstunden fertig bin, die für heute Morgen gebucht worden sind.«

»Na gut.« Mia ergab sich in ihr Schicksal. »Dann bin ich jetzt bei meinem Pony.« Sie trollte sich, und Thorsten ging rasch ins Haus, um sich umzuziehen.

Heute wollten drei junge Nachwuchsreiter aus der Umgebung bei ihm ein spezielles Springtraining absolvieren. Noch immer besaß er einen sehr guten Namen, und die jungen Sportler wollten von seiner Erfahrung profitieren.

Thorsten gab diese Stunden mit gemischten Gefühlen. Einerseits war es gutes Geld, das er auf diese Weise verdiente, und mit etwas Glück kaufte auch einer dieser Männer ihm eines Tages eines der Springpferde ab, die er inzwischen erfolgreich züchtete.

Auf der anderen Seite schmerzte es ihn immer noch, dass er die eigene Karriere frühzeitig hatte beenden müssen. Doch nach dem schweren Sturz, bei dem er sich eine Verletzung an der Wirbelsäule zugezogen hatte, war es mit der großen Karriere vorbei gewesen. Zu groß war die Gefahr, dass es zu einem erneuten Unfall kam.

»Sie sind ein Glückspilz, dass sich die gequetschten Nerven doch noch regeneriert haben«, hatte der behandelnde Arzt zu ihm gesagt. »Seien Sie klug, und riskieren Sie nicht mehr zu viel bei Ihrem Sport. Noch ein solch schwerer Sturz – und Sie landen im Rollstuhl.«

Sehr drastisch hatte der erfahrene Mediziner sich ausgedrückt, er wusste um den Ehrgeiz der Sportler, die er behandelte, und wusste deshalb auch, dass nur ganz ehrliche Worte sie zur Einsicht bringen konnten.

So war es auch bei Thorsten gewesen. Sosehr er seinen Sport liebte – er wollte auf keinen Fall riskieren, gar nicht mehr reiten oder gar laufen zu können. Und so verlegte er sich auf die Pferdezucht, ritt selbst nur noch zum Vergnügen. Und ließ, so wie heute, den Nachwuchs an seinen Erfahrungen teilhaben.

Anderthalb Stunden lang gab er den jungen Männern, die alle drei sehr talentiert waren, Unterricht. Dabei vergaß er Mia vollkommen. Und auch Bastian, der mit einem jüngeren Stallburschen die Pferde auf die Koppel führte und dann die Ställe säuberte, dachte eine Weile nicht mehr an das kleine Mädchen.

Mia aber langweilte sich schon bald. Das Pony humpelte immer noch ein bisschen, und sie ging rasch mit ihm zurück auf das abgetrennte Wiesenstück, auf dem Wirbelwind im Moment stand und sein verletztes Bein auskurieren sollte.

Dreimal hatte Mia das Pony schon gestriegelt, seine Mähne gekämmt und sogar den Schwanz zu kämmen versucht – etwas, das Wirbelwind gar nicht mochte. Er trat einmal kurz aus, woraufhin Mia es vorzog, ihn allein zu lassen.

»Du bist ungezogen«, rügte sie das Tier, das sich von den Worten allerdings nicht beeindruckt zeigte. Stattdessen graste es seelenruhig weiter, jetzt, wo niemand es mehr mit irgendwelchen Säuberungsaktionen störte.

Mia schaute sich um. Was sollte sie jetzt tun? Ein Video anschauen? Nein, das konnte sie bei Regenwetter. Und den Springreitern zuschauen mochte sie auch nicht. So hoch zu springen würde sie sich wohl nie trauen!

Trotzdem schlenderte sie zum Springplatz hinüber, wo Thorsten gerade die letzten Anweisungen gab. Sie hörte, wie er sagte, dass jeder noch drei Sprünge machen sollte, dann war die Stunde sicher beendet.

Klasse! Mia rannte zurück zum Stall. Dort standen vier Schulpferde, die darauf warteten, auch nach draußen auf die Koppel gebracht zu werden.

Ein Apfelschimmel, der recht zierlich gebaut war, gefiel ihr besonders gut. Vor allem, weil er laut wieherte, als sie näher kam.

»Onkel Thorsten hat bald Zeit für uns«, sagte Mia, öffnete die Box und begann damit, das Tier vorsichtig zu striegeln. Ganz still stand die Stute, ein Apfelschimmel mit ganz zierlichen Fesseln und einem schmalen Gesicht.

Mia wusste nicht, dass es eine Araberstute war, die sie nach dem Putzen zu satteln versuchte. Das war allerdings leichter gesagt als getan. Doch eine Fußbank, die sie in der Sattelkammer fand, war genau das Richtige als Hilfe.

Geschickt kletterte Mia hinauf, die Stute hielt brav still,

als der Sattel auf ihren Rücken gewuchtet wurde. Dass er schief saß und sie den Gurt nicht fest genug zurren konnte, war Mia nicht bewusst. Stolz darauf, das schon geschafft zu haben, suchte sie nach Zaumzeug.

Und auch jetzt blieb das Pferd gelassen stehen, ließ alles mit sich geschehen, auch wenn die kleine Person, die da immer wieder auf den Schemel kletterte, oft an ihrer Mähne zerrte. Aber zwischendurch gab es eine Möhre, und das versöhnte die Araberstute mit allem, was mit ihr passierte.

»So, jetzt reiten wir schon mal raus«, bestimmte Mia. »Bist ja ganz lieb, und wenn wir zwei schon fertig sind, kann ich viel schneller mit Onkel Thorsten ausreiten.«

Langsam, im Schritttempo, verließen sie den Stall. Auf dem Hof war es ruhig, nur aus der Ferne waren Thorstens Kommandos zu hören.

Dann aber, urplötzlich, tauchte ein Hubschrauber am Himmel auf. Ziemlich tief flog er über den Hügel, auf dem das Hubertusgut sich befand.

Die Stute wieherte erschrocken auf, und ehe Mia es sich versah, verfiel das Tier in schnellen Galopp.

»Bleib stehen! Halt an!« Mit aller Macht umklammerte Mia die Zügel, versuchte dabei krampfhaft, im Sattel sitzen zu bleiben. Tränen standen in ihren Augen, und sie hatte in ihrer Panik alles vergessen, was sie gelernt hatte. Wie sollte sie das Pferd nur zum Stehen bringen? Sie wusste es einfach nicht mehr.

In etwa achtzig Metern Entfernung wurden die Reiter auf das Geschehen aufmerksam. Die ersten beiden Männer waren schon von ihren Pferden abgestiegen und sahen jetzt erschrocken zur breiten Einfahrt hin, wo die Stute, Staub und Steinchen aufwirbelnd, in vollem Galopp dahinstob.

»Ach du Scheiße«, murmelte ein blonder junger Mann. »Hoffentlich geht das gut.«

»Gib her!« Thorsten griff nach den Zügeln eines schwarzen Hengstes, der dem jüngsten der Springreiter gehörte, und schwang sich in den Sattel. Die drei etwa anderthalb Meter hohen Zäune, die den Springbereich von den Koppeln abtrennten, nahm der Hengst ohne große Anstrengung.

»Keine Angst, Mia, ich bin gleich da!« Thorsten schrie es, so laut er konnte, doch Mia hörte ihn nicht. Der Sattel, auf dem sie sich krampfhaft zu halten versuchte, rutschte immer mehr nach links, und das eben noch so brave Pferd schien förmlich zu fliegen.

Thorstens Herz raste vor Angst. Er kannte die Stute, die einer jungen Frau aus Bad Wiessee gehörte, seit einigen Jahren. Es war ein braves Tier, lammfromm, solange es im Stall stand. Draußen jedoch entfaltete die Araberstute ihr ganzes Temperament. Für eine kleine Anfängerin wie Mia war die Stute das vollkommen ungeeignete Reittier.

»Mia, nicht so an den Zügeln ziehen!«, rief er, doch Mia hörte ihn nicht.

Plötzlich, wie aus dem Boden gewachsen, tauchte ein Pferdetransporter in der Auffahrt auf. Lautes Hupen erklang – und versetzte die Araberstute in noch größere Panik. Zwei, drei Galoppsprünge nach links, dann setzte sie beinahe quer über den Bonanzazaun, der die Koppel der Mutterstuten abgrenzte, die sich direkt neben dem Weg befand.

Mia schrie auf, als sie aus dem Sattel geschleudert

wurde. Sie schloss die Augen, so, als könne sie das, was jetzt unweigerlich geschah, auf diese Weise ausklammern.

Auch der schwarze Hengst bemerkte den Wagen, doch Thorsten hatte das Tier noch in der Gewalt. Er gab die entsprechenden Hilfen, er wollte ebenfalls auf die Koppel springen, um so schnell als möglich zu Mia zu gelangen.

Der Hengst bäumte sich plötzlich auf, Thorstens rechter Fuß rutschte aus dem Steigbügel, aber als erfahrener Reiter konnte er sich im Sattel halten. Verzweifelt sah er sich nach Mia um.

Das kleine Mädchen war sekundenlang wie paralysiert gewesen, doch dann entdeckte es Thorsten, der nun auch über den Zaun sprang.

»Hier bin ich!« Mia rappelte sich auf und winkte mit beiden Armen – eine Bewegung, die den nervösen Hengst irritierte. Er buckelte wie ein noch nicht zugerittenes Pferd – und Thorsten gelang es nicht, sich länger im Sattel zu halten.

Er spürte noch, dass er im Gras landete, dann durchzuckte ein so starker stechender Schmerz seinen Rücken, dass er das Bewusstsein verlor.

31. Kapitel

Die elegante Kundin ließ die Kette aus schwarzen Tahitiperlen zum wiederholten Mal durch ihre Finger gleiten, sah ihren Begleiter an und meinte: »Ich weiß nicht so recht, ob das Schwarz der Perlen mich nicht zu alt macht.«

»Aber nein, meine Liebe. Die Kette ist wundervoll. Du hast dir doch genau so eine gewünscht.«

»Ja, aber ich weiß nicht so recht …«

»Dann legen Sie doch diese hier einmal an.« Konstantin behielt die Ruhe. Geduldig nahm er eine andere Kette aus einer speziell gesicherten Schublade. Das Schmuckstück besaß zwar auch schwarze Perlen, doch jede fünfte war aus einem hellen Grau, das im Licht sogar grünlich schimmerte. Die Schließe war mit Brillanten besetzt und machte das Schmuckstück noch wertvoller. Die Kundin war etwas anstrengend und anspruchsvoll, doch ihr Begleiter war wohl gewillt, sogar eine fünfstellige Summe zu zahlen.

»Sehr schön!« Die Kundin war sichtlich begeistert. »Und, was meinst du, Schatz?«

»Wenn sie dir gefällt, dann nimm sie.«

Konstantin atmete auf. In einer Viertelstunde wollte er

das Geschäft schließen und hoch zum Reiterhof fahren. Später wollte Martina nachkommen, gemeinsam mit Thorsten würden sie sich dann bei Sabine zum Abendessen treffen.

»Herr von Hoff, Telefon für Sie – es ist dringend.« Sein Mitarbeiter trat an den Tresen. »Ich darf Sie vertreten.« Seine Stimme klang ernst.

»Sie entschuldigen mich.« Konstantin sah die Kunden bittend an, dann eilte er nach hinten ans Telefon.

Nur eine Minute lang hörte er zu, was man ihm sagte, dann griff er nach den Autoschlüsseln und verließ überstürzt das Geschäft.

»Was ist das denn für eine Art?« Die Kundin sah ihm indigniert nach.

»Bitte haben Sie Verständnis.« Herr Berger, der langjährige Mitarbeiter Konstantins, sah seinem Chef ernst nach. »Seine kleine Tochter ist verunglückt.«

»Oh, das ist natürlich etwas anderes. Verzeihen Sie.« Die Kundin griff noch einmal nach der Perlenkette. »Die nehmen wir«, erklärte sie nun kurz entschlossen.

Konstantin, der sich normalerweise über das gute Geschäft gefreut hätte, verschwendete keinen Gedanken mehr an die Kundin. So schnell wie irgend möglich fuhr er hoch zum Hubertusgut, telefonierte zwischendurch mit Bastian, der ihn beruhigen konnte.

»Deine Tochter ist wohlauf«, sagte er. »Ein paar blaue Flecken wird sie davongetragen haben, mehr aber nicht. Doch der Chef …«

»Was ist mit Thorsten? So red doch schon, Bastian!«

»Er ist gestürzt. Der Krankenwagen ist unterwegs. Ich muss jetzt wieder zu ihm.«

»Was ist denn überhaupt passiert?«

Doch er erhielt keine Antwort mehr, der Stallbursche hatte die Verbindung schon wieder beendet.

Während er hoch zum Reiterhof fuhr, litt Konstantin Höllenqualen. Er machte sich die größten Vorwürfe, dass er Mia einfach bei seinem Freund gelassen hatte. Doch Mia hatte so gebettelt, die restlichen Ferientage noch auf dem Reiterhof verbringen zu dürfen, dass er ihr den Wunsch nicht hatte abschlagen können.

Und Thorsten hatte ihm versichert, dass das kein Problem sei. Aber nun war ein Unfall passiert!

»Eine Achtjährige lässt man eben nicht so lange ohne Aufsicht«, murmelte Konstantin, während er die letzten Kurven hoch zum Reiterhof fuhr. »Das hätte ich wissen müssen.«

Abrupt bremste er ab, als ihm ein Krankenwagen mit rotierendem Blaulicht entgegenkam.

Noch zweihundert, hundert Meter bis zum Tor des Gutes.

Er bemerkte Bastian, der den Arm um Mia gelegt hatte. Beide standen mitten auf dem breiten Weg und sahen dem Krankenwagen nach, der jetzt hinter einer engen Kehre aus ihrem Blickfeld verschwand.

»Papa!« Mia riss sich von Bastian los und humpelte so rasch wie möglich auf den Wagen zu.

Konstantin konnte gerade noch bremsen, die Wagentür

öffnen und aussteigen, da lag sein Kind ihm auch schon weinend in den Armen.

»Ich bin schuld«, schluchzte Mia immer wieder. »Ich bin schuld.«

»Was ist denn passiert?« Konstantin nahm ihr tränennasses Gesicht in beide Hände. »Ich weiß ja noch nicht einmal, woran du schuld bist.« Er küsste sie liebevoll. »Hör auf zu weinen, Engelchen, und sag mir, was los ist.« Er schaute zu Bastian hin, der eilig näher kam.

»Der Chef ist gestürzt.« Bastians vom Wetter gegerbtes Gesicht war ungewöhnlich blass. Seine Mundwinkel zitterten, und man sah ihm an, dass er nur mühsam die Fassung bewahren konnte. »Der schwarze Teufel da ...« Er wies zur Koppel, wo der junge Springreiter das Pferd beruhigend im Schritt herumführte. »Der Teufel hat ihn abgeworfen.«

»Aber warum hat er ihn geritten? Und was hat Mia damit zu tun?« Immer wieder strich Konstantin seiner Tochter übers Haar. »Ganz ruhig, Mia, alles wird wieder gut.« Während er sprach, sah er Bastian an. »Thorsten ist doch hoffentlich nicht allzu schwer verletzt? Hat er sich was gebrochen?«

»Er hat starke Rückenschmerzen. Und er war eine Weile ohnmächtig.« Seine Augen wurden feucht.

»Um Gottes willen.« Alles Blut wich aus Konstantins Gesicht. »Hat der Notarzt schon was sagen können?«

»Nein.« Bastian wischte sich übers Gesicht. »Ich will gleich in die Klinik fahren. Wollte nur warten, bis Mia abgeholt wird.« Er schaute zu dem jungen Springreiter hin. »Um die da muss ich mich ja auch noch kümmern.«

Konstantin nahm Mia noch einmal in den Arm. »Erzähl mir mal genau, was passiert ist.«

Stockend, immer wieder von Schluchzern unterbrochen, erzählte Mia, was sie getan hatte.

»Dann war da der Hubschrauber, und da hat sich das Pferd erschrocken und ist ganz schnell losgaloppiert.«

Konstantin war versucht, mit Mia zu schimpfen, doch er sah ein, dass jetzt nicht der richtige Moment dafür war.

»Bastian, du kümmerst dich um die Leute und die Tiere«, sagte er. »Ich fahre mit Mia jetzt in die Klinik. Vielleicht sollte sie vorsichtshalber auch mal untersucht werden.«

»Ich hab aber nix!« Mia schüttelte den Kopf.

»Trotzdem. Sei jetzt still, du hast genug angerichtet.« Die Bemerkung war ihm herausgerutscht, und prompt fing Mia wieder an zu weinen.

»Schon gut, ich bin ja nicht böse.« Konstantin musste alle Selbstbeherrschung aufbieten, um ruhig und besonnen zu reagieren. Er versprach Bastian, ihn sofort zu informieren, sobald die Ärzte etwas zu Thorstens Zustand sagen konnten.

»Gut. Ich rufe dann jetzt bei Sabine an. Sie muss wissen, was passiert ist.« Bastian seufzte auf. »Das wird ein Schock für sie sein!«

• • •

»Nur noch etwa einen Kilometer, dann sind wir auch schon bei der Moni-Alm.« Sebastian Hofer griff nach der Hand seiner Begleiterin. »Es ist doch nicht zu anstrengend für dich, Liebes?«

»Aber nein!« Elisabeth Mahler schüttelte den Kopf. »Zum Glück ist es heute nicht allzu heiß, das ideale Wanderwetter.« Sie blieb für einen Moment stehen und sah sich um. »Herrlich ist es hier.« Unter ihnen schimmerte das Blau des Tegernsees zwischen hohen Bäumen hervor, und über ihnen, am hellen Himmel, zogen zwei Bussard-Paare ihre Kreise.

»Warte nur, wenn du erst den Wasserfall siehst. Er ist eine der Sehenswürdigkeiten der Gegend.«

Sebastian hatte am Vorabend vorgeschlagen, mit dem Wagen hoch zur Moni-Alm zu fahren. Von dort aus war es nicht mehr weit bis zu den Sibli-Wasserfällen.

»Ach was, ich freue mich auf eine längere Wanderung mit dir«, hatte Elisabeth gemeint. »Oder wird es dir zu viel?«

»Keine Sorge, ich bin noch ganz gut in Form.« Sebastian hatte sie, wie zur Bestätigung, innig geküsst.

»Ich weiß. Und ich denke, dass ich mithalten kann.«

So waren sie kurz nach dem Frühstück aufgebrochen, beide in zünftiger Wanderkleidung und bester Laune. Sebastian trug zu einer dreiviertellangen Kniebundhose aus feinstem Hirschleder ein hellbraunes Hemd, auf dessen Knopfleiste kleine Hirsche eingestickt waren. Die dunkelbraune Weste passte perfekt dazu.

Auch Elisabeth war zünftig gekleidet. Allerdings hatte sie zur hellen Leinenhose nur eine blau-weiß karierte Bluse angezogen, über der Schulter lag eine blaue Jacke im Trachtenlook.

Der Weg, den Sebastian seit frühester Jugend kannte, war nicht sehr anstrengend zu laufen, dennoch machten sie hin und wieder eine kleine Rast, ruhten sich aus und ließen die herrliche Bergwelt, die sich ihnen hautnah präsentierte, auf sich wirken.

Auf der Moni-Alm herrschte schon reger Betrieb, sie waren nicht die Einzigen, die sich bei dem herrlichen Wanderwetter aufgemacht hatten, das Suttengebiet näher zu erkunden. Die Tegernseer Bergwelt war zum Greifen nah, und die Sonne, die immer höher stieg, tauchte die gesamte Gegend in ein warmes Licht.

In der gemütlichen Gaststube, die ganz im alpenländischen Stil eingerichtet war, ließen sie sich eine deftige Brotzeit schmecken, dazu tranken sie Weißbier.

»Eigentlich ist es ja viel zu früh für Alkohol«, meinte Elisabeth, »aber die Wanderung hat mich durstig gemacht.«

»Weißbier ist wie Medizin. Brauchst kein schlechtes Gewissen zu haben«, meinte Sebastian.

»Was du nicht sagst!« Elisabeth lachte leise auf. »Aber wenn das so ist ... zum Wohl!«

Etwa eine Stunde blieben sie auf der Alm, dann setzten sie ihren Weg zum Wasserfall fort. Der Wald, durch den sie spazierten, war vom hellen Sonnenlicht durchflutet. Zwischen dem hellen Grün blitzte immer wieder das intensive Blau des Himmels durch.

Der Weg war breit und gut ausgebaut, sie mussten sich nicht sehr anstrengen, um ans Ziel zu gelangen.

»Es ist gar nicht mehr weit«, sagte Sebastian, »in einer knappen halben Stunde sind wir schon da.«

Tatsächlich hörten sie schon lange vorher das Tosen des Wassers. Noch war das Naturschauspiel hinter Bäumen und dichtem Buschwerk verborgen.

»Zwei Wegbiegungen noch, dann kannst du ihn sehen.« Sebastian griff wieder nach Elisabeths Hand, und dann standen sie eine Weile und bestaunten das Naturwunder. In den Millionen feinster Tropfen brach sich das Sonnenlicht, ließ das Wasser in allen Spektralfarben aufleuchten.

»Das ist das Wasser des Schiffbachs, das hier gut fünfzehn Meter tief vom Berg stürzt«, erklärte Sebastian.

»Schau nur, der See, in dem sich das Wasser dann sammelt!« Elisabeth wies nach unten, wo sich ein türkisfarbener kleiner See gebildet hatte. »Was für ein wunderbares Farbenspiel!«

Ihre Augen glänzten, und Sebastian wurde bewusst, wie sehr er diese Frau liebte! Nie hätte er gedacht, dass er in seinem Alter noch einmal sein Herz verschenken würde. Aber mit Elisabeth hatte er nicht nur eine gut aussehende, charmante, sondern auch humorvolle Partnerin gefunden. Die Vorstellung, mit ihr die letzten Jahre seines Lebens zusammen sein zu können, machte ihn froh. Er fühlte sich so lebendig wie lange nicht mehr, und er schämte sich nicht, seine Gefühle offen zu zeigen.

»Da hinten steht eine Bank.« Er zeigte zu einer verwitterten Holzbank, die versteckt zwischen zwei Holunderbüschen stand. »Wollen wir uns da für eine Weile hinsetzen?«

»Bist du müde?«

»Nein.« Er griff nach ihrer Hand. »Aber da ist es gemütlicher als hier im Stehen.«

Kaum hatten sie sich hingesetzt, griff Sebastian in die Seitentasche seiner Weste und holte eine kleine Schachtel heraus. »Ich finde, das hier ist ein guter Platz für das, was ich dich fragen will.« Er ließ die kleine blaue Schachtel aufspringen, zwei schmale goldene Ringe glänzten im Sonnenlicht. »Meine geliebte Elisabeth, willst du mich heiraten?« Er griff wieder nach ihrer Hand und sah sie mit einem zärtlichen Blick an.

»Ja! Sehr gern werde ich deine Frau!« Elisabeth umarmte ihn beinahe stürmisch.

»Ich liebe dich.« Sebastian küsste erst ihre Hand, streifte ihr dann rasch den kleineren der Ringe über den Finger. »Du weißt aber schon, dass du einen alten Knacker kriegst, gell?«

»Wer sagt, dass du alt bist? Ich hab davon noch nichts bemerkt.«

»Na ja, zum Kniefall hat es ja schon mal nicht gereicht.« Er schmunzelte.

»Mir reicht es völlig, wenn du mich jetzt in den Arm nimmst und küsst.«

Eine Weile saßen sie noch dicht aneinandergeschmiegt auf der Bank und sahen dem Wasser zu, das in stetem Rauschen in die Tiefe stürzte.

»Wollen wir wieder los?« Elisabeth wies diskret hinüber zu einer größeren, recht lauten Wandergruppe, die sich dem Wasserfall näherte.

»Einverstanden.« Gerade als Sebastian aufstehen wollte, klingelte sein Handy. »Nanu? Wer will denn um diese Zeit was von mir?« Stirnrunzelnd zog er das kleine Mobiltelefon aus der Hosentasche.

»Sabine! Was ist passiert?« Seine eben noch heitere Miene wurde ernst, während er Sabine zuhörte. »Um Himmels willen, das ist ja furchtbar.« Er stellte den Lautsprecher ein, damit Elisabeth mithören konnte. Deutlich war Sabines verhaltenes Schluchzen zu hören. »Ganz ruhig bleiben, Kind, wir kommen zu dir in die Klinik, so rasch es eben geht. Wir sind noch am Sibli-Wasserfall, da haben wir heute Morgen einen Ausflug hin gemacht.«

»Ihr könnt im Moment auch nichts tun. Ich auch nicht. Die Ärzte untersuchen Thorsten immer noch. Ich wollte dir nur Bescheid sagen, was passiert ist.« Ihre Stimme brach, nur unterdrücktes Schluchzen war noch zu hören.

»Das war gut so.« Sebastian musste sich bemühen, Ruhe zu bewahren. »Wir kommen zu dir, so rasch es geht.«

32. Kapitel

Endlos dehnten sich die Minuten, wurden zu kleinen Ewigkeiten. Sabine wusste nicht, wie oft sie schon auf die Uhr geschaut hatte – die kleinen Zeiger schienen sich nicht vorwärtsbewegen zu wollen.

Als sich die Tür des Warteraums öffnete, zuckte sie zusammen.

»Sabine ...« Mit drei Schritten war Martina bei ihr und umarmte sie tröstend. »Konstantin hat mich informiert, und ich hab alles stehen und liegen lassen und bin hergekommen.«

»Danke.« Jetzt stürzten die Tränen, die Sabine so lange zurückgedrängt hatte, aus ihren Augen. »Ich hab solche Angst«, flüsterte sie. »Was wird, wenn er gelähmt bleibt? Die Ärzte haben ihm nach seinem Unfall geraten, vorsichtig zu sein.«

»Aber er ist doch noch geritten«, warf Martina ein.

»Natürlich. Aber stets vorsichtig. Und gesprungen ist er nur noch selten. Und wenn, dann nur über kleinere Hindernisse, meinte Bastian vorhin.«

»Was sagen denn die Ärzte? Hast du schon mit einem sprechen können?«

»Nur ein junger Anästhesist war mal hier und hat mich nach eventuellen Allergien gefragt. Aber er hat nichts Konkretes über Thorstens Zustand sagen können. Sie machen seit über einer Stunde diverse Untersuchungen.«

»Möchtest du einen Kaffee?« Martina fühlte sich hilflos, sie hatte einfach das Gefühl, der Freundin etwas Gutes tun zu müssen.

»Nein.« Sabine sah wieder auf die Uhr, dann zur Tür, die in der Mitte eine große Milchglasscheibe hatte. Dahinter waren immer wieder verschwommene Schatten von Personen zu sehen.

»Was ist mit Mia? Ist sie verletzt?«

»Nein.« Martina schüttelte den Kopf. »Konstantin war eben noch hier in der Ambulanz mit ihr. Außer ein paar Schürfwunden fehlt ihr gar nichts.« Sie schluckte. »Aber sie hat ein schrecklich schlechtes Gewissen, weil sie sich einfach ein Pferd gesattelt hat.«

»Sie hat es sicher nicht böse gemeint.«

»Natürlich nicht. Konstantin macht sich die größten Vorwürfe, weil er Mia einfach bei Thorsten gelassen hat. Das war egoistisch von ihm – und von mir.«

»Ach was, wir wissen doch, wie gern Mia auf dem Gestüt ist. Und reiten kann sie ja schon sehr gut.«

»Ja, aber sie soll es nicht ohne Aufsicht tun. Das weiß sie auch ganz genau.«

Sabine antwortete nichts darauf. Es brachte ja auch nichts, dem Kind Vorwürfe zu machen. Mia war noch viel zu klein, um sich eventuelle Konsequenzen ausmalen zu können.

Noch mehr als zwanzig Minuten vergingen, dann endlich kam ein älterer Arzt zu ihnen in den Wartebereich. Er wirkte blass, und ehe er etwas sagte, rückte er dreimal seine runde Brille zurecht, dann begrüßte er die beiden Frauen.

»Sie sind seine Verlobte, ja?« Fragend sah er Sabine an.

»Ja.« Sie wusste, dass es Schwierigkeiten geben würde, wenn sie sich nicht als nahe Angehörige ausweisen konnte. »Bitte, Herr Doktor, was ist mit Thorsten?«

»Also, im Moment sieht es so aus, als seien keine Nerven an der Wirbelsäule geschädigt worden. Nur ist es so, dass noch eine starke Schwellung vorliegt, deshalb kann ich noch nichts Konkretes sagen.«

»Kann es denn sein, dass er ... gelähmt bleibt?«

»Kann sein, muss aber nicht. Seine Vorgeschichte ist natürlich nicht optimal, aber wie gesagt – ich kann noch keine endgültige Diagnose stellen.«

»Wann kann ich zu ihm?«

»In zehn Minuten. Er wird gerade auf ein Zimmer gebracht.« Jetzt war es der Arzt, der auf die Uhr sah. »Sie entschuldigen mich, ich muss dringend zur Visite.« Noch ein knapper Händedruck, ein kurzes Nicken, dann verschwand er.

»Sabine, das hört sich doch so an, als hätte Thorsten Glück gehabt.« Martina umarmte die Freundin. »Zumindest klang es für mich so.«

Sabine erwiderte nichts. Sie konnte den Optimismus der Freundin nicht teilen, aber sie klammerte sich an die Hoffnung, die unausgesprochen in den Worten des Arztes mitgeschwungen hatte.

Dann, endlich, durfte sie Thorsten sehen. Martina verabschiedete sich vor der Tür des Krankenzimmers.

»Geh du allein zu ihm. Ich muss wieder ins Geschäft. Aber ruf mich an, sobald du mehr weißt.«

»Mach ich.« Sabine umarmte die Freundin, dann klopfte sie kurz an die Tür.

Thorsten lag in einem Einzelzimmer und sah ihr lächelnd entgegen.

»Liebling!« Sabine wäre zu gern auf ihn zugestürzt, doch sie beherrschte sich und beugte sich vorsichtig über ihn, um ihn zu küssen. »Wie fühlst du dich?«

»Gut. Jetzt, wo du da bist, sogar sehr gut.«

»Lüg nicht. Du hast sicher noch Schmerzen.«

»Nein, dagegen haben sie mir was gegeben.« Er klopfte aufs Bett. »Setz dich zu mir.«

Sabine zögerte. »Darf ich das denn?«

»Wer sollte was dagegen haben? Ich bestimmt nicht.«

»Aber dein Rücken ...«

»Der Arzt hat mich in so was wie ein Korsett gesteckt, bis sie im CT genau erkennen können, ob eine Quetschung vorliegt oder nicht.« Er griff nach ihrer Hand. »Die Wartezeit kannst du mir mit Küssen versüßen.«

»Dass du noch Scherze machen kannst ...« Sabine sah ihn aus tränenfeuchten Augen an. »Ich hab solche Angst um dich ausgestanden.«

»Ich weiß.« Für einen Moment wurde er ernst. »Ich bin ja im Grunde ein sehr sicherer Reiter, aber diesmal konnte ich das Pferd nicht mehr zügeln. Es hatte solch eine Panik …« Kurz runzelte er die Stirn. »Weißt du, wie es dem Tier geht? Und vor allem: Was ist mit Mia?«

»Der geht's gut. Wenn man von ihrem schlechten Gewissen absieht. Sagt zumindest Martina. Von ihr und den anderen ganz herzliche Grüße. Sebastian und Elisabeth wollen gleich noch kommen.«

»Lieb von ihnen, aber ich bin, ehrlich gesagt, ein bisschen müde.«

»Das glaube ich dir. Ich werde ihnen sagen, dass du heute Ruhe brauchst. Sie werden es sicher verstehen.«

»Danke.« Sekundenlang schloss er die Augen.

Sanft strich ihm Sabine über die Wangen. Wie sehr sie ihn liebte! Und wie sehr sie hoffte, dass er den Sturz ohne bleibenden Schaden überstehen würde!

»Schatz, sei so gut, und ruf mal auf dem Gut an, ich muss wissen, ob mit dem Pferd alles in Ordnung ist.« Thorsten hatte die Augen wieder geöffnet.

»Aber das ist doch jetzt nicht wichtig. Nur du bist wichtig. Du und deine Genesung.«

»Bitte. Ich hab sonst einfach keine Ruhe. Das Pferd hat ein Vermögen gekostet, wie ich weiß. Ich darf mir nicht vorstellen, was passiert, wenn es verletzt worden ist.«

Sabine stand zögernd auf. »Na gut, wie du willst. Aber du darfst dich nicht aufregen, egal, was Bastian sagen wird.«

Thorsten nickte nur. Er fühlte sich wieder ganz gut, das leichte Dröhnen im Kopf war zu ignorieren, doch er hatte große Sorge, dass sein empfindlicher Rücken geschädigt sein könnte. Die Vorstellung, eines Tages im Rollstuhl sitzen zu müssen, verdrängte er auch jetzt wieder, so gut es eben ging.

Damals, nach dem schweren Sturz, hatten die Ärzte fast zwei Wochen gebraucht, bis sie Entwarnung hatten geben können. Es waren die schrecklichsten Wochen seines Lebens gewesen. Nach der Entlassung aus der Klinik hatte er seine berufliche Karriere verändert. Aus dem erfolgreichen Springreiter war ein Pferdezüchter und Reitlehrer geworden, der seit Jahren versuchte, seinen ererbten Besitz endlich rentabel zu führen. Seit einem Jahr ging es kontinuierlich aufwärts. Er hatte Glück mit den Pferden – und seit er Sabine kannte, auch im Privatleben.

»Bastian lässt dich ganz herzlich grüßen. Er sagt, es sei alles in Ordnung mit dem Pferd. Und die Reitschüler wünschen dir ebenfalls alles Gute. Du sollst dich bei ihnen melden, sobald du wieder daheim bist.«

»Das dauert hoffentlich nicht mehr lange.« Er lächelte Sabine zuversichtlich an. »Wenn du mich jetzt noch mal küsst, bin ich sicher, dass das den Heilungsprozess beschleunigen wird.«

In dem Moment konnte auch Sabine wieder ein wenig lachen. »Wenn es daran liegt ...« Zärtlich nahm sie sein Gesicht in beide Hände, sah ihm in die Augen und küsste ihn dann ausgiebig.

• • •

Drei Tage dauerte es, bis definitiv feststand, dass Thorsten den Sturz ohne bleibenden Schaden überstanden hatte. Die

Schwellung verschwand recht schnell, seine Prellungen heilten auch, und die beiden Kontrolluntersuchungen, die sowohl Chirurgen als auch Neurologen durchführten, verliefen zur vollsten Zufriedenheit der Mediziner.

»Noch drei Tage, dann kann ich wieder heim.« Thorsten saß aufrecht im Bett, als Sabine ihn am frühen Abend besuchte.

Sie hatte bis vor einer Stunde in der Küche gestanden und alles für das Abendgeschäft vorbereitet. Es war ein Glück, dass keine große Gesellschaft reserviert hatte, so konnte sie ohne allzu schlechtes Gewissen die Hauptarbeit in der Küche Alois überlassen.

»Wenn es dir zu viel wird, sag es, dann schließen wir einfach«, hatte sie ihm vorgeschlagen. »Ich will aber in den ersten Tagen bei Thorsten sein. Verstehst du?«

»Bin ja net deppert.« Wie immer, wenn er erregt war, sprach Alois den heimischen Dialekt. »Und merk dir endlich eins: Ich bin net nur dein Handlanger hier in der Küch, ich kann auch noch ganz anständig kochen.«

»Ach, Alois, so war das doch nicht gemeint!« Sabine unterdrückte einen Seufzer. Stress mit dem Koch brauchte sie im Moment nicht auch noch. »Ich will nur nicht, dass es dir zu viel wird.«

»Wird's schon net.« Alois holte Zwiebeln aus einem Netz und begann, sie mit starrer Miene zu schälen.

»Na gut, dann ist ja alles klar. Ich dank dir jedenfalls, dass ich mich in Ruhe um Thorsten kümmern kann.«

»Passt scho.« Alois sah kurz auf. »Grüß ihn von mir.«

»Gern.« Sie schenkte ihm ein versöhnliches Lächeln. »Du kochst Zwiebelsuppe?«

»Was dagegen?«

»Nicht im Geringsten. Das machst du besser als ich. Ehrlich.«

Alois nickte, das Kompliment versöhnte ihn sichtlich. »Die hab ich damals, in jungen Jahren, in einem Pariser Bistro gegessen und mir das Originalrezept geben lassen. Sie ist einfach zuzubereiten, aber die Zutaten müssen passen.«

»Da hast du recht.« Sabine griff nach ihrer Tasche. Darin befanden sich drei Dosen mit Leckereien für Thorsten, dem das Klinikessen gar nicht schmeckte. »Bis später.«

Alois nickte nur. Beim Zwiebelschneiden kamen ihm immer noch die Tränen. Heute hatte er ein altes Hausmittel vergessen anzuwenden: Beim Schälen sollte der Koch stets einen großen Schluck Wasser im Mund behalten!

»Verdammich noch mal, dass mir das passieren musste.« Alois hatte sich die Augen trocken gewischt, dann hatte er einen großen Schluck Weißbier genommen – für ihn ein Allheilmittel.

Rezept Überbackene Zwiebelsuppe nach Art der Pariser Markthallen

500 g Zwiebeln
1 EL Butter
1 l Fleischbrühe
4–6 dünne Weißbrotscheiben
2 EL Butterschmalz
200 ml Weißwein
Salz und Pfeffer
Muskatnuss
100 g geriebener Käse, z. B. Comté oder Gruyère

Zwiebeln schälen, in feine Scheiben schneiden und in der Butter anziehen lassen. 2 EL Fleischbrühe dazugeben und etwa 30 Minuten köcheln lassen. Die Zwiebeln sollten hell sein. Die Brotscheiben in Butterschmalz anrösten. Den Weißwein über die Zwiebeln geben, etwas verdampfen lassen. Dann die restliche Brühe zugeben und kurz aufkochen lassen. Mit den Gewürzen abschmecken.

Die Suppe in vorgewärmte Tassen geben, je eine Brotscheibe auflegen, mit Käse bestreuen und bei Oberhitze überbacken, bis der Käse geschmolzen ist. Tipp: Die Brotscheiben erst kurz vor dem Überbacken auf die Suppe legen, damit sie obenauf schwimmen und nicht in der Suppe versinken.

33. Kapitel

Nach Tagen voller Sonnenschein zogen seit dem Nachmittag graue Wolken am Himmel entlang, starker Wind wehte aus Nordost, und das Wasser des Tegernsees hatte plötzlich ein bedrohliches Schwarz angenommen. Auf den immer größer werdenden Wellen tanzten kleine Schaumkronen, dass sogar die Schwäne sich einen schützenden Platz am Ufer gesucht hatten.

Sabine schaute nur kurz zum Himmel auf, nachdem sie ihren Wagen auf dem Klinikparkplatz abgestellt hatte. Der Wetterwechsel interessierte sie heute nicht, sie war gespannt auf das Ergebnis von Thorstens letzter Untersuchung. Am späten Vormittag war noch mal ein CT gemacht worden.

Vorsichtig hob sie ihre große Tasche vom Rücksitz, lief dann hastig zum Eingang hinüber.

Als sie an Thorstens Zimmertür klopfte, spürte sie ihr Herz bis zum Hals schlagen. Was würde sie gleich erfahren?

Ein Blick in Thorstens lächelndes Gesicht ließ sie erleichtert aufatmen.

»Hallo, Schatz.« Sie küsste ihn zärtlich, sah ihn dann gespannt an. »Und ... was hat das CT ergeben?«

Thorstens Lächeln wurde breiter. »Nichts, zum Glück. Die Schwellung ist fast ganz verschwunden, es sieht so aus, als wären keine Nerven geschädigt worden.«

»So ein Glück!«

»Finde ich auch.« Er streckte die Arme nach ihr aus. »Ich darf schon morgen nach Hause, muss mich aber noch schonen. Und ein bisschen Physiotherapie soll ich auch machen.«

»Unbedingt.« Sabine schmiegte sich an ihn. »Und heim gehst du auch nicht. Du kommst zu mir, damit ich auf dich aufpassen kann.«

»Aber ...«

»Doch, du wohnst erst einmal bei mir in der *Goldenen Eiche*, und keine Widerrede.« Sie küsste ihn lange. »Oder muss ich mit Liebesentzug drohen, damit du dich fügst?«

Er lachte leise. »Das fängt ja gut an! Kaum bin ich ein armer hilfloser Mann, wird über mich bestimmt.«

»Genau. Und ich verspreche dir, dass du gar nicht mehr zurück aufs Hubertusgut willst, weil ich dir als Krankenpflegerin so gut gefallen werde.«

»Das tust du jetzt schon.« Sein Griff um ihre Schultern wurde fester. »Es ist ein unschlagbares Argument von dir, mich intensiv pflegen zu wollen.«

»Unter anderem werde ich dich zur Physiotherapie fahren.«

»Grausames Weib!«

»Stimmt.« Sie stand auf. »Und deshalb bekommen die

Schwestern jetzt die frisch gemachte Prinzregententorte und nicht du.« Damit holte sie die kunstvoll verzierte Torte aus der Tasche. »Bin gleich wieder da.«

»Und ich muss hungern?«

»Nur noch fünf Minuten.« Sie spitzte die Lippen zu einem Luftkuss. »Für dich gibt es kaltes Roastbeef, Kartoffelsalat und eine große Portion Flusskrebs-Salat. Dazu selbst gebackenes Holzofenbrot.«

»Mir läuft das Wasser im Mund zusammen.« Er schob die Bettdecke zur Seite und schwang die Beine aus dem Bett. »Kein stützendes Korsett mehr – ich darf mich wieder unbeschwert bewegen.«

»Bin ich froh!« Sabine schossen Tränen in die Augen, doch schnell blinzelte sie sie fort. »Ich bin sofort zurück, das muss gefeiert werden! Schade, dass ich keinen Champagner oder Wein dabeihabe.«

»Für heute bin ich mit Wasser zufrieden. Oder sogar mit Tee. Die Feier holen wir morgen nach, ja?« Zärtlich sah er sie an. »Und ich freue mich schon jetzt auf einen ganz besonderen Nachtisch.«

Sabine wurde ein bisschen rot. »Dir geht es offensichtlich blendend.«

»Wie immer, wenn du bei mir bist.«

»Dann warte kurz, bin gleich wieder da.«

Draußen vor den Fenstern wurde es immer dunkler, doch das störte die beiden Verliebten nicht. Eng umschlungen lagen sie auf dem schmalen Klinikbett und genossen einfach die Nähe des anderen.

Erst als die ersten Blitze über den Himmel zuckten und in der Ferne Donnergrollen zu hören war, stand Sabine auf.

»Ich glaube, ich muss mich beeilen, wenn ich noch vor dem Unwetter zu Hause sein will.« Noch einmal küsste sie Thorsten. »Bis morgen. Ich hole dich ab.«

»Ich käme zu gern jetzt schon mit.« Er stand ebenfalls auf.

»Sei nur ja nicht unvernünftig.«

»Bin ich nicht.« Er legte ihr den Arm um die Schultern. »Aber bis zum Fahrstuhl begleite ich dich.«

Dagegen hatte Sabine nichts einzuwenden, und nach einem letzten Kuss trennten sie sich.

In der hell erleuchteten Klinikhalle herrschte nur noch wenig Betrieb, das drohende Gewitter hatte die meisten der Besucher veranlasst, frühzeitig wieder nach Hause zu gehen. Sabine schaute prüfend zum Himmel, als sie nach draußen trat. Es herrschte immer noch drückende Schwüle, aber von Westen her zogen die Wolken immer rascher über den Himmel, und ein besonders greller Blitz tauchte die Umgebung in helles Licht.

Kurz zögerte Sabine, dann lief sie los, die jetzt leere Tasche baumelte locker über ihrer rechten Schulter.

Auf dem Weg zum Parkplatz kam sie an der hell erleuchteten Notfallambulanz vorüber – und zuckte zusammen, als ihr ein Krankenwagen mit rotierendem Blaulicht entgegenkam. Nur kurz sah sie dem Wagen nach, der vor den Türen der Ambulanz stehen blieb.

Sie ahnte nicht, dass es Markus Hirzler war, der gerade

nach einer Überdosis Kokain eingeliefert wurde und dessen Leben an einem seidenen Faden hing.

• • •

Konstantin von Hoff sah diskret auf seine Uhr – seine Mittagspause hatte offiziell bereits angefangen, doch noch immer waren drei Kunden im Laden.

»Papi, wann kommst du denn?« Mia, die sich bisher im Hinterzimmer aufgehalten hatte, stand plötzlich neben ihm. »Es ist höchste Zeit, Onkel Sebastian wartet schon auf uns.«

»Bitte entschuldigen Sie.« Konstantin sah die beiden älteren Damen, die in Begleitung eines jüngeren Mannes vor ihm saßen, bittend an. »Meine Tochter ist ein wenig ungeduldig.« Er wandte sich an Mia. »Schätzchen, geh zurück ins Büro und warte, bis ich komme.«

»Wir sind auch gleich fertig.« Eine der Damen griff nach einer schmalen Goldkette, an der eine runde, mit Brillanten besetzte Kugel hing. »Die Kette nehmen wir auf jeden Fall. Das ist ein *Must-have* in dieser Saison.«

»Aber Tante Ella, das ist doch viel zu viel. Juliane würde viel lieber ...«

»Sei still. Ich schenke deiner Braut das, was ich will.« Sie wandte sich an ihre Begleiterin. »Und was hast du ausgesucht?«

Die nur unwesentlich jüngere Dame, die, wie Konstantin wusste, die Schwester war, zögerte. »Ich denke, ich nehme das von Herrn von Hoff selbst entworfene Armband.« Sie wies auf ein Goldarmband, das mit kleinen, wie zufällig aufgestreuten Brillanten besetzt war.

»Eine sehr gute Wahl.« Konstantin lächelte.

»Also gut, dann sind wir uns ja einig.« Der junge Mann stand auf. »Herr von Hoff, Sie haben es sicher ebenso eilig wie ich. Kann ich die Schmuckstücke heute Abend abholen? Ich muss dringend in die Firma.«

»Selbstverständlich.«

»Na gut, wenn du wegmusst ...« Die beiden Damen zückten lässig ihre Kreditkarten, und Konstantin musste zugeben, dass sich das Warten gelohnt hatte. Er hatte mit den beiden ein sehr gutes Geschäft gemacht.

Kaum waren die Kunden fort, flitzte Mia zur Tür und schloss ab. »Puh, die waren aber langweilig!«

»Sie haben sehr viel gekauft. Und ich möchte nicht, dass du mich noch mal störst, wenn ich Kunden bediene.«

Mia zog einen Flunsch, wagte aber keine Widerrede mehr. Sie hatte immer noch ein schlechtes Gewissen und wollte keinen Ärger mit ihrem Paps mehr provozieren.

»Ich hole deine Jacke und die Autoschlüssel. Sicher wartet Onkel Sebastian schon.«

»Na gut.« Konstantin legte die Schmuckstücke rasch in den Safe zurück, dann endlich konnten Mia und er zur Seniorenresidenz aufbrechen.

Sebastian Moser erwartete sie in der geräumigen Lobby.

»Tut mir leid, wir sind zu spät.« Konstantin reichte dem alten Herrn die Hand. »Aber ich hatte noch Kundinnen. Anspruchsvoll, ein bisschen exzentrisch, aber Geld schien keine Rolle zu spielen.«

»Wir haben ein gutes Geschäft gemacht«, warf Mia ein.

»Freut mich für euch.« Sebastian lächelte. »Dann kann dein Papa mir ja einen Sonderpreis machen.«

»Wofür?«

»Hierfür.« Konstantin zog eine kleine Schachtel aus der Tasche. »Es ist ein Geschenk für Elisabeth.« Er reichte die kleine blaue Seidenschachtel Sebastian. »Hoffentlich gefällt der Ring.«

»Da bin ich sicher.« Sebastian warf nur einen kurzen Blick auf das Schmuckstück. »Brillanten besitzt sie genug, aber dieser Sternsaphir ist etwas Besonderes. Genau das Richtige morgen zum Geburtstag.«

»Wir sind auch eingeladen.« Mia sprang von einem Fuß auf den anderen. »Ich hab aber noch kein Geschenk.«

»Du pflückst Elisabeth einen besonders großen Blumenstrauß auf der Wiese, darüber freut sie sich bestimmt sehr.«

»Glaubst du?«

»Das weiß ich. Sie liebt Wiesenblumen.«

»Dann fange ich heute schon an, damit der Strauß besonders groß wird.«

»Mach das.« Sebastian steckte die Schachtel ein. »Danke, Konstantin, dass du den Ring vorbeigebracht hast. Wir sehen uns dann morgen bei Sabine. Sie hat Elisabeth ein besonderes Geburtstagsessen versprochen.«

»Darauf können wir gespannt sein.« Konstantin sah sich nach Mia um. »Bis dann.« Er winkte seine Tochter zu sich. »Komm, du Wildfang, wir müssen los, Martina wartet auf uns.«

Mia lachte. »Ich bin gespannt, was es heute zu essen

gibt.« Sie griff nach Sebastians Hand. »Weißt du, Martina lernt meinetwegen nämlich kochen. Das ist immer witzig.«

»Wieso das denn?«

»Weil es nie so schmeckt, wie es soll. Aber wir essen es trotzdem, stimmt's, Paps?«

Sebastian lachte. »Das ist sehr lieb von euch.«

Mia nickte. »Aber wir dürfen sie nicht depr …« Sie sah zu ihrem Vater auf. »Wie heißt das Wort noch mal?«

»Du meinst deprimieren?«

»Genau. Also, wir dürfen sie nicht deprimieren. Schließlich wollen wir sie bald heiraten.«

»Da hast du völlig recht.« Sebastian schmunzelte. »Also, lasst euch das Überraschungsessen schmecken.«

»Machen wir. Morgen kriegen wir dann wieder was Gutes.«

»Mia!«, erklang es zweistimmig.

Mia zuckte mit den Schultern. »Stimmt doch. Besser als Sabine kocht niemand, oder?«

• • •

Nach dem Gewitterregen vor vier Tagen zeigte sich das Tegernseer Tal wieder von seiner schönsten Seite. Die Berge, die das Tal einbetteten, wirkten wie steinerne Beschützer des tiefblauen Sees.

Vor den Hochalpen liegend, fungieren die Tegernseer Berge wie Logenplätze mit vielversprechender Aussicht auf die Gebirgsriesen der Alpen. Es war ein ganz besonderer

Reiz, dem sich auch die Einheimischen nicht entziehen konnten.

Thorsten, der auf einer Liege im Schatten von zwei kleineren Tannenbäumen lag, ließ seine Fachzeitschrift immer wieder sinken und sah sich das wunderbare Panorama an. Wie oft war er schon auf dem Hirschberg gewesen! Er erinnerte sich, dass er mit seiner ersten Jugendfreundin dort oben gewesen war und sie unter dem Gipfelkreuz zum ersten Mal geküsst hatte.

Ein Lächeln huschte bei der Erinnerung an diesen scheuen Kuss über sein Gesicht.

»Ich hoffe, du denkst an mich bei diesem verzückten Lächeln.« Sabine beugte sich über ihn und küsste ihn auf die Wange.

»Immer.« Er sah zu ihr auf. »Was verschafft mir die Ehre?« Er wies hinüber zum Parkplatz, der voller Autos stand. »Musst du nicht arbeiten?«

»Müsste ich.« Sabine hockte sich auf die Liege. »Aber ich habe mir selbst für eine Viertelstunde freigegeben. Schließlich brauchst du individuelle Betreuung. Das hast du zumindest heute Morgen gesagt.«

»Absolut richtig. Und du weißt auch, dass nur du mir diese Betreuung zukommen lassen kannst. Es ist ziemlich langweilig, hier tatenlos rumzuliegen. Und die Zeitung kenne ich schon in- und auswendig.«

»Ich hab's mir gedacht.« Sabine zog aus einer Leinentasche, die sie auf den Boden gestellt hatte, das alte Bild, das sie zusammen mit dem Kochbuch gefunden hatte. Zum Schutz hatte sie es in eine alte Zeitung eingeschlagen. Dann folgte ein geschmackvoller Holzrahmen, dessen äußerer Rand in sattem Tannengrün lackiert war. »Ich dachte, dass ein bisschen Arbeit dich ablenken könnte.«

»Was ist das?«

»Eine alte Zeichnung von der *Goldenen Eiche*. Ich würde das Bild gern rahmen und in der Zirbenstube aufhängen. Kannst du das für mich machen?«

»Na klar. Gib her.«

Eine Weile sah sich Thorsten das Bild an. Es war ein wenig vergilbt, und wenn man genau hinschaute, konnte man auch ein paar Knitterstellen erkennen. Sabine hatte das Blatt zwar sehr vorsichtig gebügelt, doch ganz waren die alten Knickstellen nicht verschwunden.

»Irgendwas hat sich verändert«, stellte Thorsten fest.

»Ja. Es sind einige der Eichen gefällt worden. Und da hinten, wo du den Tisch siehst, standen diese acht.« Sie wies auf die Zeichnung.

»Stimmt.« Thorsten richtete sich ein bisschen mehr auf. »Aber irgendwie ist es noch nicht stimmig.« Stirnrunzelnd sah er immer wieder von der Zeichnung zum Haus. »Ha, ist doch einfach: Die ganze Zeichnung ist seitenverkehrt!«, rief er plötzlich aus. »Sieh nur hier, diese beiden schmalen Fenster ... sie sind rechts neben der Haustür, die beiden größeren links. Aber in Wirklichkeit ist es genau andersherum.«

Sabine sah sich die Zeichnung noch einmal an. »Du hast recht. Ich hab das gar nicht bemerkt, denn die Tür ist genau in der Mitte angebracht, und die Fenster rechts und links sind auch fast identisch.«

»Bis auf die Tatsache, dass sich die etwas größeren Fenster rechts von der Tür befinden.«

»Stimmt.« Sabine sah nachdenklich von der Zeichnung zum Haus – und wieder zurück. »Ich sollte mal bei Onkel Sebastian nachfragen, wie es auf dem Bild ist, das ihm Alois geschenkt hat.«

»Ich finde die Tatsache viel bedeutsamer, dass das alles spiegelverkehrt skizziert ist.« Thorsten sah sich die alte Zeichnung noch einmal genau an. »Und was ist das hier?« Er zeigte auf einen schmalen Brunnen, der nur mit wenigen Strichen skizziert worden war. »Komisch, dass das Teil nicht detaillierter ausgemalt wurde. Ist doch ein hübsches Motiv.«

»Richtig.« Sabine sah auch noch einmal genauer hin. »Der Brunnen existiert gar nicht mehr.«

»Aber vielleicht gibt es einige Steine von damals noch.« Thorsten wirkte auf einmal sehr lebendig. »Es war doch immer von einem Schatz die Rede«, sagte er nachdenklich. »Vielleicht gab – oder gibt es den wirklich. Und die Zeichnungen und das Bild sind Hinweise darauf, wo er liegen könnte.«

»Du hast wirklich Langeweile«, erwiderte Sabine lachend. »Die Fantasie geht jetzt mit dir durch.«

»Aber es wäre doch möglich …« Thorsten stand auf. »Lass mir alles hier, ich kümmere mich um den Rahmen. Aber erst seh ich mir die Stelle an, wo der Brunnen gestanden hat.«

»Meinetwegen.« Sabine küsste ihn flüchtig. »Ich muss zurück in die Küche.«

Thorsten nahm die Zeichnung und ging hinüber zu der

Stelle, an der einmal ein Brunnen gestanden haben sollte. Deutlich war, wenn auch nur mit wenigen Strichen, auf dem Blatt Papier der halbrunde Eisenbogen angedeutet, an dem ein Schöpfeimer hing. Im Hintergrund erhoben sich ein paar Eichen.

Sicher waren es damals viel mehr Bäume als heute, ging es Thorsten durch den Kopf. Er sah sich noch einmal genau um – die Stelle, an der der Brunnen gestanden hatte, war kaum noch zu erkennen. Erst als er mit der Fußspitze die Grasnarbe an zwei Stellen probeweise entfernte, kamen ein paar grob behauene Platten zum Vorschein.

Im ersten Moment war er versucht, sie aufzuheben und nach dem sagenhaften Schatz zu suchen, doch dann ließ er es sein. Es war ja kindisch, sich plötzlich als Schatzsucher zu betätigen. Außerdem, fiel ihm ein, sollte der angebliche Schatz ja nicht bei einem Brunnen, sondern unter einer Eiche vergraben sein.

Langsam schlenderte er zurück zu seiner Liege und begann dann, das Bild vorsichtig einzurahmen. Als er fertig war, sah er sich die Zeichnung noch einmal an. Warum war sie wohl seitenverkehrt angelegt worden? Der Gedanke ließ ihn nicht los.

»Ich bin verrückt«, murmelte er, doch aus Langeweile stand er wieder auf. Diesmal jedoch schlenderte er in die andere Richtung. Die Eichen, die ganz in der Nähe des Hauses standen, waren auf der Zeichnung noch rechts zu sehen, dahinter erstreckte sich ein bewaldeter Hügel.

»Der Tisch!« Thorsten sagte es laut vor sich hin. »Das war einer der ältesten und dicksten Bäume ...«

Insgeheim amüsierte er sich über sich selbst, doch er ging in den Vorratsschuppen und holte einen Spaten heraus. Damit grub er vorsichtig eine Rinne rund um den groben Tisch.

»Was machst du da?« Unbemerkt war Sabine neben ihn getreten. »Du suchst doch nicht etwa ...« Sie schüttelte den Kopf. »Thorsten, du hast wirklich Langeweile.«

»Nicht unbedingt. Aber schau doch mal.« Er nahm das Bild, das er auf den Holztisch gelegt hatte, wieder auf. »Da die Bäume ... sie stehen genau so da wie früher. Nur eben seitenverkehrt. Und der Tisch ist aus dem Stamm hier gemacht worden.« Er wies auf den alten Baum, dessen Spitze auf dem Bild abgebrochen war. »Das kann doch kein Zufall sein. Das ist extra so gezeichnet worden.«

»Die Fantasie geht mit dir durch.« Sabine lachte. »Wahrscheinlich war der Baum marode, deshalb hat Onkel Sebastian ihn gefällt.«

»Mag sein.«

»Du, ich muss zurück in die Küche, gleich kommt eine große Busgesellschaft.«

»Kein Problem, ich hab ja zu tun.« Thorsten zwinkerte ihr zu. »Ich gehe einfach noch ein bisschen auf Schatzsuche.«

»Tu, was du nicht lassen kannst.« Schmunzelnd lief Sabine zurück ins Haus, während Thorsten nochmals nach dem Spaten griff und ein wenig tiefer grub. Dabei war er zunächst noch vorsichtig, er wollte keine ungeschickte Bewegung machen und eventuell den Heilungsprozess gefährden. Der Arzt hatte ihm bei der letzten Kontrolluntersuchung zwar versichert, alles sei in bester Ordnung, doch Thorsten sollte noch etwa einen Monat lang vorsichtig sein und aufs Reiten verzichten.

Doch das Graben war nicht sehr anstrengend, und als er nach ein paar Minuten auf etwas Hartes stieß, beschleunigte sich sein Puls.

Vorsichtig schaufelte er die Erde weiter zur Seite – und stieß einen unterdrückten Schrei aus, als der Spaten auf Metall traf.

Er kniete sich hin, säuberte das, was sich rasch als kleine Blechdose entpuppte, mit den Händen und zog sie dann vorsichtig heraus.

Einen Augenblick lang war er versucht, die Dose zu öffnen, doch dann sagte er sich, dass das Sabine tun sollte. Ihr gehörte das Grundstück, und somit alles, was sich darauf befand.

»Na, was macht mein Schatzsucher?« Lächelnd kam Sabine auf ihn zu. »Warst du erfolgreich mit deiner Buddelei?«

»Ja.« Thorsten nahm sie am Arm und zog sie zur Liege, wo die nun saubere Dose lag. »Das da hab ich tatsächlich gefunden.«

»Wo?«

»Unter dem Tisch. Da, wo einst eine der größten Eichen gestanden haben muss.« Er nahm die Zeichnung zur Hand. »Hier ist sie so skizziert, dass sie links vom Haus steht. Aber in Wahrheit stand sie ja rechts. Ich vermute, es war Absicht, dass die Zeichnung seitenverkehrt angefertigt wurde. Damit sollten eventuelle Schatzsucher in die Irre geführt werden.«

»Ach was, das ist doch alles Spekulation.«

»Und das? Was ist das?« Er hob die Dose hoch.

Sabine nahm die kleine Dose nur zögernd in die Hände. Sie rüttelte ein wenig daran und runzelte die Stirn. »Da ist wirklich was drin.« Ihre Wangen röteten sich, und jetzt konnte auch sie eine gewisse Aufregung nicht mehr verbergen.

»Nun mach sie schon auf.«

»Ja, gleich.« Noch einmal rüttelte Sabine an der Dose, dann versuchte sie, den Deckel zu öffnen. »Geht nicht«, stellte sie nach ein paar Versuchen resigniert fest.

»Der Deckel wird eingerostet sein. Lass mich mal versuchen.« Auch Thorsten musste sich anstrengen, um die Dose zu öffnen. Es knirschte leise, als er mit seinem Taschenmesser unter den Rand fuhr, dann endlich löste sich der Deckel.

»Hier, schau du zuerst.« Er hielt Sabine die Dose hin, die zögernd den Deckel abnahm.

»Das sind alles kleine zusammengeklebte Papiere«, sagte sie und sah stirnrunzelnd zu Thorsten hoch. »Halt mal bitte.« Sie drückte ihm die Dose in die Hand und öffnete das erste kleine Päckchen, das mit grauem Klebeband zugepappt worden war.

»Nein!«, rief sie in der nächsten Sekunde aus. »Sieh nur!« Aufgeregt ließ sie ein paar Goldmünzen in ihre linke Hand fallen.

»Wow!« Thorsten nahm eine der Münzen auf und sah sie sich näher an. »Die ist alt«, stellte er fest. »Wenn ich das richtig entziffere, ist da König Ludwig der Zweite drauf.«

»Auf den anderen auch.« Sabine hatte sich ebenfalls zwei

weitere Münzen näher angeschaut. »Es sind jeweils zwanzig Goldmark.«

»Sieh mal nach, was in den anderen kleinen Päckchen ist.« Thorsten konnte seine Aufregung nicht verbergen.

Auch in den fünf anderen kleinen Paketen, die sehr sorgfältig verklebt worden waren, befanden sich Goldmünzen. Es waren Zehn-Goldmark-Stücke, aber auch Kronentaler, die das Porträt König Max des Ersten von Bayern zeigten, und diverse andere Goldstücke, die die beiden nicht gleich erkannten.

»Ich fasse es nicht! Du hast den legendären Schatz der *Goldenen Eiche* entdeckt.« Sabine schlang den rechten Arm um Thorstens Hals, mit der linken hielt sie die Dose fest. »Wenn ich das Onkel Sebastian erzähle ...« Sie ließ die Arme sinken, hockte sich auf den Boden und nahm die Goldstücke eins nach dem anderen noch einmal in die Hand, ließ sie dann nach und nach in die Dose zurückfallen. Der Klang verursachte ihr eine Gänsehaut.

»Im Grunde hast du diesen Schatz gefunden.« Thorsten drehte eine der Münzen hin und her. »Das Bild, das ich rahmen sollte, hat mich ja erst drauf gebracht, hier zu graben. Es musste doch einen Grund haben, dass das Bild seitenverkehrt gezeichnet wurde.«

»Ich hätte es eher für einen Zufall gehalten.«

Thorsten lachte leise. »Dabei bist du doch diejenige mit kriminalistischem Spürsinn!«

»Eigentlich schon. Aber ich hätte nie geglaubt, dass an dieser Schatzgeschichte was Wahres dran ist.«

»Ich glaube, diese Goldstücke stellen ein kleines Vermögen dar. Wir sollten mal im Internet recherchieren, was die einzelnen Münzen wert sind.«

»Können wir machen.« Sabine griff immer wieder in die alte Dose. »Ich kann's einfach nicht fassen ... den Schatz gibt es wirklich, von dem immer geredet wurde.«

»Ich könnte ja schon mal mit der Recherche anfangen.« Thorsten wies auf den Spaten, der neben dem Baumstumpf in der Erde steckte. »Oder noch ein bisschen weitergraben.«

»Dabei hast du gleich Unterstützung.« Sabine sah lachend zu Ben hin, der in langen Sätzen auf sie zugelaufen kam und sich sofort daranmachte, die Erde noch mehr aufzubuddeln. »Aber ich denke nicht, dass wir noch mehr finden werden.«

»Abwarten.«

Sabine zuckte zusammen. »Die Gäste ... ich muss zurück.« Noch einmal schaute sie auf die Dose mit den Goldstücken, dann eilte sie zurück ins Haus.

Noch etwa eine Viertelstunde lang grub Thorsten rund um den Eichenstumpf herum, dann gab er es auf. Auch Ben, der mit Begeisterung die Erde mit den Pfoten aufkratzte, ließ schließlich von seinem Vorhaben ab und legte sich neben Thorstens Liege nieder.

»Mehr werden wir wohl nicht finden, Ben.« Thorsten nahm sein Smartphone und begann, nach den diversen Münzen zu recherchieren. Rasch stand fest, dass die Münzen einen Wert von mehr als fünfzigtausend Euro hatten.

»Damit kann Sabine schon etliche Neuanschaffungen tätigen«, murmelte Thorsten vor sich hin, und Ben kläffte zustimmend.

»Hier, ein Stück Kuchen für meinen Schatzsucher.« Sabine kam, einen Teller in der Hand, quer über die Wiese auf Thorsten zu. »Und? Hast du schon was herausgefunden über den Wert der Goldstücke?«

»Ja. Wenn ich richtig recherchiert habe, sind sie mehr als fünfzigtausend Euro wert.«

»Fantastisch!« Sabines Augen leuchteten auf. »Das muss ich gleich Onkel Sebastian erzählen! Er wird sich wundern, dass der Schatz gerade da gelegen hat, wo er vor mehr als zwanzig Jahren die größte der Eichen gefällt hat.«

»Sekunde noch.« Thorsten zog sie an sich. »Ich habe noch keinen Finderlohn bekommen.«

»Unverzeihlich«, flüsterte Sabine dicht an seinen Lippen. »Hier ist eine Anzahlung.« Sie küsste ihn zärtlich. »Der Rest folgt später.«

»Darauf bestehe ich.«

»Versprochen.« Sabine strich ihm kurz über die Wange. Sie war aufgeregt wie selten zuvor in ihrem Leben. Die Angst, sich mit diversen Neuanschaffungen zu übernehmen, war von ihr genommen. Es war wie ein Traum, und immer wieder musste sie sich mit einem Blick auf die Münzen vergewissern, dass es herrliche Wirklichkeit war.

34. Kapitel

»Was feiern wir eigentlich?« Fragend sah Konstantin von Hoff in die Runde.

Elisabeth Mahler, Sebastian Hofer, Martina, Mia und er waren von Sabine an diesem Freitagabend zu einem Festessen eingeladen worden.

Ein schwüler Tag ging zu Ende, und auch jetzt, wo die Sonne sich immer mehr gen Westen neigte und sich die Bergspitzen rot zu färben begannen, war es immer noch ziemlich heiß.

Sabine goss die Sektgläser voll. »Wir trinken auf Thorstens erfolgreiche Schatzsuche.«

»Worauf?« Konstantin sah fragend von einem zum anderen. Er kannte die Legende vom Schatz der *Goldenen Eiche* nicht.

Schnell wurde er von Sabine aufgeklärt. »Ich hätte auch nie gedacht, dass an der alten Geschichte etwas Wahres dran ist. Aber Thorsten hat eine Blechdose mit kostbarem Inhalt gefunden. Und ich finde, das sollten wir unbedingt feiern.«

»Unbedingt.« Sebastian Moser schüttelte den Kopf. »Ich

kann's immer noch nicht glauben, dass es wirklich etwas Wertvolles auf dem Grund hier gegeben hat.«

»Du hast es stets für ein Märchen gehalten, stimmt's?«, sagte Sabine.

»Klar doch. Ich hab dir ja gesagt, dass ich es für einen Werbegag gehalten habe, den sich schon mein Großvater oder zumindest mein Vater ausgedacht hat. Dass es jetzt anders gekommen ist, freut mich riesig.« Er hob sein Glas. »Auf die *Goldene Eiche.*«

»Auf die *Goldene Eiche* – und auf ihre Köchin.« Thorsten sah Sabine liebevoll an.

Gut gelaunt tranken sie sich zu, dann servierte Fanny den ersten Gang. Auf ein Salatbett drapiert, lagen drei Jakobsmuscheln auf einer künstlichen Muschelschale. Danach gab es eine Kräutersuppe mit pochiertem Saibling.

»Bevor wir weiteressen, möchte ich euch noch etwas sagen.« Sebastian griff nach Elisabeths Hand. »Es ist, denke ich, der richtige Moment, um euch mitzuteilen, dass Elisabeth und ich noch im Herbst heiraten werden.«

Die Nachricht löste Begeisterung aus, und Sabine wollte gleich Champagner kommen lassen, doch ihr Onkel winkte ab. »Den trinken wir später. Jetzt lasst uns das köstliche Essen genießen. Ich wollte euch nur schon mal auf ein weiteres kleines Fest vorbereiten.«

Mia sah erst Martina, dann ihren Vater an. »Das ist toll«, meinte sie. »Ihr könntet doch auch heiraten, oder?«

Konstantin nickte. »Eine gute Idee, mein Kleines.« Lächelnd griff er nach Martinas Hand. »Den Heiratsantrag hast du dir sicher etwas romantischer vorgestellt, aber wenn du uns haben willst …«

»Ich finde, dass Mia den tollsten Heiratsantrag gemacht hat, den man sich wünschen kann.« Martina umarmte erst Mia, dann Konstantin.

»Dann willst du uns also heiraten?« Mia sprang auf. »Supertoll ist das. Ich bekomme wieder eine Mama.«

In dem Moment füllten sich Martinas Augen mit Tränen. Erst umarmte sie Mia, dann noch einmal Konstantin.

»Ist das ein wunderbarer Tag!« Sabine sah strahlend in die Runde. »Darauf hole ich jetzt wirklich den Champagner!«

Den Hauptgang und das köstliche Dessert konnten sie noch in aller Ruhe genießen, dann zog ein kräftiges Gewitter auf, das das Tegernseer Tal in beinahe nächtliche Dunkelheit stürzte. Der Donner grollte beängstigend laut, hallte von den Bergwänden wider. Zwischendurch zuckten grelle Blitze auf, tauchten die Landschaft in helles gespenstiges Licht.

Mia schmiegte sich fest an ihren Paps, und Ben verkroch sich unter einer der alten Holzbänke, die im Schankraum standen. Hier schien der Hund sich sicherer zu fühlen als in seinem Korb.

Der guten Stimmung in der gemütlichen Stube tat das jedoch keinen Abbruch. Sabine hatte nun doch zur Feier des Tages den besten Champagner geöffnet, und sie feierten so lange, bis das Gewitter abzog und die Luft draußen wieder klar und frisch war.

Nachdem sie die Gäste verabschiedet hatten, zog Thorsten Sabine an sich. »Bist du traurig, dass ich dir noch keinen Heiratsantrag gemacht habe?«, raunte er ihr zu.

»Nein. Ich brauche keinen Ring zum Glücklichsein.«

»Schade.« Er zog einen schmalen Ring aus der Tasche. »Das ist zwar kein üblicher Verlobungsring, sondern ein alter Siegelring, der schon seit einer Ewigkeit in meiner Familie ist.« Er streifte ihr den Ring über den linken kleinen Finger. »Magst du ihn tragen?« Ehe sie antworten konnte, küsste er sie lange und leidenschaftlich.

»Ja, gern.« Sabine konnte kaum antworten, denn noch einmal küsste er sie. »Wieso gibst du ihn mir jetzt?«, fragte sie atemlos.

Thorsten lachte leise. »Ich wollte dich wirklich heute fragen, ob du dir vorstellen könntest, mich zu heiraten. Aber dann sind mir die anderen zuvorgekommen.«

»Kein Problem.« Lachend schlang Sabine ihm die Arme um den Hals. »Aller guten Dinge sind drei.«

Rezept Kräutersuppe mit Saibling
(für 6 Personen)

Für die Suppe:
2 Zwiebeln
2 Kartoffeln
3–4 EL Butter
Geflügelbrühe
1 Becher Sahne
Salz
diverse Kräuter wie Kerbel, Liebstöckel, Petersilie, Kresse, Basilikum
1 Knoblauchzehe
Cayennepfeffer
Muskat

Für den Fisch:
6 Saiblingsfilets
2 TL Olivenöl
Chilisalz

Zum Zubereiten der Suppe die Zwiebeln und die Kartoffeln würfeln und in der Butter andünsten. Mit der Brühe angießen und ca. 25 Minuten köcheln lassen. Dann die Sahne hinzugeben und ganz zum Schluss die gehackten Kräuter unterziehen. Die Suppe mit Salz, Cayennepfeffer und Muskat abschmecken.

Die Saiblingsfilets im Backofen mit der Hautseite nach oben auf einen geölten, ofenfesten Untergrund legen. Mit Bratschlauchfolie zugedeckt auf mittlerer Schiene ca. 15 Minuten pochieren, erst zum Schluss mit dem Chilisalz würzen.

Am Schluss die gut abgeschmeckte Suppe in vorgewärmte Schalen geben und die Fischfilets dazulegen. Mit einem kleinen Strauß Petersilie garniert servieren.

35. Kapitel

Die nächsten Wochen vergingen wie im Flug. Der Sommer, der die Region rund um den Tegernsee in ein kleines Paradies verwandelt hatte, neigte sich dem Ende entgegen. Die Rosen, die im Kurpark von Rottach-Egern blühten, zeigten sich noch einmal in ihrer ganzen Pracht, sie standen in wunderbarer Konkurrenz zu den großen Asternbüschen, die in hellem Gelb, leuchtendem Violett oder warmem Kastanienbraun allenthalben blühten.

Das Laub der ersten Bäume in den Wäldern begann sich langsam bunt zu färben, und auf den Almen wurden die Tiere ins Tal getrieben.

»Aufstehen, Faulenzerin.« Liebevoll beugte sich Thorsten zu Sabine hin und küsste sie zärtlich.

»Hmm ... ich will noch liegen bleiben«, murmelte Sabine mit geschlossenen Augen.

Am Abend zuvor war es sehr spät geworden. Zwei ältere Herren, Freunde von Sebastian Moser, hatten ihren 150. Geburtstag gefeiert, wie sie scherzhaft immer wieder betonten.

Zunächst hatte Sabine sich Gedanken über ein üppiges bayerisches Büfett gemacht, doch Alois war auf eine andere

Idee gekommen: »Ich hab einen alten Spezi, der könnte uns herrliche Spanferkel liefern«, sagte er. »Der Hansi ist Metzgermeister und bezieht die Tiere von einem befreundeten Bauern. Da kann ich dir garantieren, dass das Fleisch exzellent ist.«

»Keine schlechte Idee.« Sabine hatte nicht lange überlegen müssen. »Für die Männergesellschaft ist das bestimmt genau das Richtige.«

»Freilich. Dazu ein paar ordentliche Beilagen, das passt sicher.«

»Bayerischen Kartoffelsalat, Bohnensalat, ein gutes Gratin …« Sabine begann insgeheim schon mit der Zusammenstellung der Beilagen. »Ich werde gleich mal nachfragen, wie deine Idee ankommt, Alois.«

»Sicher sehr gut.« Er grinste. »Ich weiß doch, was die Mannsbilder aus der Gegend mögen. Da muss was Deftiges auf den Tisch.«

Mit seiner Einschätzung hatte er hundertprozentig recht. Die Spanferkel kamen sehr gut an. Das Fleisch war wirklich butterzart, und Sabines Salate schmeckten ebenfalls hervorragend. Die Bayerische Creme, die sie in kleinen Gläsern servierte, mit einem Fruchtspiegel aus Himbeergelee, war der krönende Abschluss des Essens.

Danach hatten die Männer sich den alkoholischen Getränken recht ausgiebig gewidmet, sodass Sabine erst kurz nach zwei Uhr in der Nacht hinter dem letzten Gast die Tür hatte schließen können.

»Na gut, noch zehn Minuten gönnen wir dir.« Noch ein inniger Kuss. »Ben und ich gehen schon mal raus.«

»Danke.« Blinzelnd sah Sabine zu ihm hoch. Beim Anblick seines nackten Oberkörpers war sie fast versucht, die Arme nach ihm auszustrecken und ihn zurück ins Bett zu ziehen.

Aber da war ihr Hund, der bereits auffordernd bellend vor der Tür stand und dringend rausmusste.

Noch einmal drehte sich Sabine um, doch an Schlaf war nicht mehr zu denken. Vor ihr lag ein freier Tag, und beim Blinzeln hatte sie festgestellt, dass bereits die Sonne schien.

Bestes Wetter also für den geplanten Ausflug hinüber nach Gut Kaltenbrunn!

Vorgestern hatten Thorsten und sie sich dieses Ziel ausgesucht.

»Ich war schon eine kleine Ewigkeit lang nicht mehr da.« Thorsten, der wieder ganz gesund war und auch schon wieder Reitunterricht gab, hatte das Gut als Ziel vorgeschlagen.

»Gute Idee. Kennst du die Geschichte des Gutes? Es ist schon sehr alt, ich glaube, im vierzehnten Jahrhundert war es im Besitz des Klosters Tegernsee, aber es existierte noch früher.«

»Dass die Mönche es zu dem gemacht haben, was es jetzt ist, hab ich mal irgendwo gelesen. Viel mehr weiß ich aber nicht darüber.«

»Dann erzähle ich es dir beim Spazierengehen dorthin.« Sabine hatte vorsichtshalber gestern früh noch einmal die wechselvolle Geschichte des großen Gutes nachgelesen. Sie konnte Thorsten also einen richtigen Vortrag halten.

Nach dem Frühstück fuhren sie mit dem Bus nach Kaltenbrunn, doch sie schauten sich nicht gleich das weitläufige Gut an, sondern wanderten zunächst ein Stück den Berghang hinauf. Die Wiesen waren noch nicht abgemäht, in den kleinen wilden Blumen summten Bienen und Wespen. Am blauen Himmel zogen zwei Bussarde ihre Kreise, auf der Jagd nach Beute. Der Wald, der sich hinter dem Wiesenhang erstreckte, bildete mit seinem dunklen Grün einen sehr schönen Kontrast zum Blau des Himmels, an dem keine Wolke zu sehen war.

Von der Hainzenhöhe aus, ihrem Ziel, hatten sie einen weiten Blick über den See, der sich an diesem Sonnentag noch einmal in tiefem Blau präsentierte. Weit konnten sie sich im Tal umschauen, sie erkannten Bad Wiessee und ganz in der Nähe das nördlich liegende Gmund.

»Jetzt kannst du mir was über Gut Kaltenbrunn erzählen«, meinte Thorsten. Er hatte den Arm um Sabines Schultern gelegt und führte sie zu einer Bank, die unterhalb eines Waldstücks stand.

»Wie du willst.« Sabine berichtete kurz über die wechselvolle Geschichte des Gutes, das sich einige hundert Jahre lang im Besitz der Mönche befunden hatte. »Aber es hatte zwischendurch auch immer wieder private Besitzer, bis die Mönche es im achtzehnten Jahrhundert zurückkauften. Dann kam die Säkularisation, die Mönche mussten das Gut weit unter Preis wieder veräußern. Von dem damaligen Käufer erwarb es schließlich König Max der Erste von Bayern.«

»Was du nicht alles weißt! Ich kriege mal eine wirklich kluge Frau.«

»Die zumindest weiß, wo man was nachlesen kann«, gab Sabine lächelnd zurück.

»Das ist auch eine Form von Klugheit.« Thorsten zwinkerte ihr zu. »Aber erzähl weiter.«

»Nun ja, da wir von klugen Frauen reden ... der Bayernkönig hat den Kauf auf Drängen seiner Frau getätigt. Und zwar anlässlich des sogenannten Kaisertreffens. Da kamen Zar Alexander von Russland und Kaiser Franz von Österreich an den Tegernsee. Auf Kaltenbrunn wurde, so heißt es, damals ein großes Fest gefeiert. Am Abend gab es ein Feuerwerk, und auf den Bergspitzen ringsum wurden riesige Feuer entzündet.« Sie stand auf und sah sich um. »Das muss ein gigantischer Anblick gewesen sein.«

»Bestimmt.« Thorsten stand ebenfalls auf. »Dann komm, lass uns runter zum Gut wandern. Ich bin gespannt auf das alte Gemäuer.«

»Das viel zu lange leer gestanden hat. Ein Glück, dass es jetzt in guten Händen ist.«

Sie verbrachten zwei Stunden im gemütlichen Biergarten, und Sabine genoss es, einmal von einem anderen hervorragenden Koch verwöhnt zu werden.

»Und was machen wir mit dem Rest des Tages?«, erkundigte sie sich.

»Was würdest du denn gern tun?«

Sie zögerte. »Ein Ausritt wäre nicht schlecht. Schließlich sitze ich ja jetzt schon recht fest im Sattel. Aber ich hätte auch nichts gegen ein paar Stunden Faulsein.«

»Da bin ich sofort dabei!« Sie wanderten zurück zum Parkplatz. »Ich hab da auch schon eine Idee, was wir machen können, wenn uns das ruhige Stillsitzen oder -liegen zu öde wird.« Thorsten grinste jungenhaft.

»Ach ja? Und das wäre?« Augenzwinkernd sah Sabine ihn an.

»Lass dich überraschen.«

Eine wirkliche Überraschung erlebte Sabine etwas später zwar nicht, aber sie genoss es sehr, von Thorsten verwöhnt zu werden.

Sie hatten es sich auf dem Balkon, der sich im ersten Stock rund ums Haus erstreckte, gemütlich gemacht. Zwei breite Liegen hatte Thorsten dicht zusammengerückt, auf einem Tisch standen ein Krug mit Wein und eine gekühlte Flasche Wasser.

»So lässt es sich aushalten.« Sabine schloss die Augen. Sie trug nur knappe Shorts, dazu einen hellblauen BH. Die Sonne hatte noch große Strahlkraft, und sie genoss die Wärme und die Nähe des geliebten Mannes.

Eine Weile war es still zwischen ihnen, dann spürte Sabine, dass Thorsten sie ansah. Langsam schlug sie die Augen auf und sah in sein Gesicht, das sich über sie beugte. Sein Blick war voller Sehnsucht und Begehren.

»Du bist wunderschön«, sagte er leise. »Und ich bin verrückt nach dir.«

Sie antwortete nicht, lag ganz still, als er sich über sie beugte und erst ihre Stirn sanft mit seinen Lippen berührte. Dann küsste er ihre Wangen, streifte aufreizend flüchtig ihren Mund, ehe seine Lippen weiter glitten zu der kleinen Kuhle an ihrem Hals.

Sabine spürte, dass sich ihr Herzschlag beschleunigte. Zu erregend war es, Thorstens Lippen überall auf ihrem Körper zu spüren. Er liebkoste ihre Schulter, tupfte kleine Küsse auf ihren Brustansatz, ehe er mit den Zähnen versuchte, den dünnen Stoff des Bikinis beiseitezuziehen. Als das nicht gelang, zog er das störende Kleidungsstück mit der Hand beiseite.

Jetzt konnte er ihre Brüste sanft mit den Lippen berühren, ehe er an ihren harten Brustspitzen sog.

Sabine seufzte auf. Sie spürte die Erregung wie große Wellen über sich hinwegrollen, und die Lust wurde beinahe übermächtig, als Thorsten nun die Innenflächen ihrer Schenkel zu streicheln begann. Dabei hörte er nicht auf, sie zu küssen.

»Du machst mich verrückt«, raunte sie dicht an seinem Ohr.

»Gut so.« Sein dunkles Lachen machte, dass ihr kleine süße Schauder über den Rücken liefen. Instinktiv bäumte sie sich ein wenig auf, drängte sich ihm immer mehr entgegen. Sie waren wie auf einer einsamen Insel, es gab nur sie beide und ihre große Liebe.

36. Kapitel

»Und ihr wollt wirklich keine große Feier?« Fragend sah Sabine von ihrem Onkel zu Elisabeth.

»Nein, da sind wir uns ganz einig.« Elisabeth lächelte Sebastian an. »Nur wir zwei, du und Thorsten – und vielleicht noch eure Freunde.«

»Mia wäre sehr traurig, wenn sie nicht Blumen streuen dürfte.«

»Das soll sie machen. Unbedingt.« Sebastian zog seine Nichte in die Arme. Elisabeth und er waren am frühen Abend zum Landgasthof gekommen. Die letzten fünf Tage hatten sie am Gardasee verbracht, wo Sebastian einen alten Freund besucht hatte, der in Limone lebte und dort eine Pension betrieb. Jetzt hatten sie sich gut gelaunt zurückgemeldet.

»Samstag in drei Wochen ist es so weit.« Sebastian zog Elisabeths Hand an die Lippen.

»Und das sagst du erst jetzt?« Sabine sah ihn unter gerunzelten Brauen an. »Ich muss erst mal sehen, was an dem Tag los ist. Ich muss dann noch …«

»Gar nichts musst du, mein Kleines. Wir werden nach

der Trauung gleich zum Flughafen fahren und von dort zu unserer Hochzeitsreise starten.«

»Puh!« Sabine brauchte ein paar Minuten, um sich zu fassen. »Du kannst einen wirklich überraschen, Onkel Sebastian. Wohin soll's denn gehen?«

»Nach Madeira. Wir waren beide noch nie dort, und so können wir die Insel in aller Ruhe zusammen entdecken. In den Norden fahren wir dann nächsten Sommer.« Er lächelte Elisabeth an. »Dann machen wir eine Reise mit dem Postschiff entlang der norwegischen Küste. Ich bin sicher, dass es dir gefallen wird.«

»Dann lasst uns jetzt wenigstens ein Glas auf diese Neuigkeit trinken.« Sabine winkte Fanny und orderte eine Flasche des Rotweins, von dem sie wusste, dass Elisabeth ihn besonders gern trank.

»Weißt du übrigens, dass Markus Hirzler versetzt wurde?« Fragend sah Sebastian seine Nichte an.

»Nein, keine Ahnung. Ich habe ihn allerdings schon vermisst. Die letzten Male war er nie da, wenn ich in der Bank was zu erledigen hatte. Es hieß, er sei krank.«

»Er war in einer Suchtklinik, hab ich gehört. Und es gab, so hat mir ein Bekannter erzählt, auch noch ein paar Unstimmigkeiten mit dem Vorstand. Jedenfalls ist er von jetzt auf gleich aus Rottach-Egern verschwunden.«

»Er tut mir irgendwie leid.« Sabine biss sich auf die Lippen. »Am Anfang habe ich sogar gedacht, wir könnten mehr als Freunde werden, aber das war ein Irrtum, hab ich schnell gemerkt.«

»Er war zu geldgierig, glaube ich«, warf Elisabeth ein. »Es heißt, er sei oft im Spielcasino gesehen worden.«

»Trotzdem ... es ist schade, dass es so gekommen ist. Im Grunde ist er kein schlechter Mensch.« Sabine goss selbst die Gläser voll. »Aber davon wollen wir nicht mehr reden. Trinken wir auf euch. Auf ein langes gemeinsames Leben. Das wünsche ich euch von Herzen.«

• • •

Darauf wurde auch nach der schlichten Trauung angestoßen, die drei Wochen später stattfand. Diesmal jedoch perlte Champagner in den Gläsern. Dass Sabine nur kurz an ihrem Glas nippte, fiel keinem auf, alle waren auf das Brautpaar konzentriert, das ebenso elegant wie glücklich aussah.

Elisabeth trug zu diesem festlichen Anlass ein cremefarbenes langes Dirndl, die einen Ton heller gehaltene Schürze war aus Spitze und verlieh dem Ensemble einen festlichen Touch. Ihr Brautstrauß war aus kleinen gelben Rosen und lachsfarbenen Orchideen gebunden worden. Sebastian in seinem dunklen Trachtenanzug sah höchst stattlich aus, und er gestand Sabine leise, dass er noch nie in seinem Leben so aufgeregt gewesen war wie an diesem Tag.

»Du hast eine wunderbare Frau bekommen, Onkel Sebastian. Ich wünsche euch alles Glück der Welt.«

Mia streute kleine Sonnenblumen und Rosenblätter auf dem kurzen Weg vom Standesamt zum Wagen, mit dem Thorsten das Brautpaar schon eine Stunde später zum Flughafen fahren würde.

»So, jetzt hab ich das Blumenstreuen geübt«, erklärte Mia, als der Wagen abgefahren war. Sie sah von ihrem Vater zu Martina. »Jetzt seid ihr dran. Beeilt euch, denn sonst bin ich zu groß für so was.« Damit hob sie das weiße Körbchen hoch und schüttete die restlichen Blüten aus. »Und in das Kleid hier passe ich dann auch nicht mehr.« Sie zupfte an dem hellgelben Trachtenkleid, das aus dem gleichen Stoff angefertigt worden war wie Elisabeths Hochzeitsdirndl.

»Dein Wunsch ist uns Befehl.« Lachend zog Konstantin erst seine kleine Tochter, dann Martina in die Arme.

• • •

»Ich glaube, so schlicht und ruhig würde ich auch gern heiraten«, sagte Sabine und schmiegte den Kopf für einen Moment an Thorstens Schulter.

»Ich bin dabei.« Thorsten küsste sie auf die Schläfe. Dabei kitzelten zwei von Sabines Locken, die sich aus ihrer Hochsteckfrisur gelöst hatten, seine Wange. »Was hältst du von übermorgen?«

Sabine lachte. »Na, ganz so schnell muss es nun auch nicht gehen. Ich hätte ja noch nicht mal Zeit für die kleinste Vorbereitung.«

»Die brauchst du doch nicht, wenn du eine ruhige Hochzeit haben willst.« Augenzwinkernd sah er sie an.

»Ach du ...« Sabine drehte sich in seinen Armen. »Du weißt genau, wie ich es gemeint habe. Nur wir zwei allein ... das wäre nun wirklich nicht schön. Aber ein großes Fest muss auch nicht sein.«

»Dann überleg dir einfach, was du möchtest. Ich mache, was du willst – und was dich glücklich macht.«

»Für den Moment würde mir ein Kuss genügen.«

Der Wunsch wurde ihr sofort erfüllt.

Sie saßen auf der Terrasse des Landgasthofs und schauten hinunter ins Tal, wo entlang des Sees eine Lichterkette die Nacht erhellte. Sabine hatte heute, am Hochzeitstag des Onkels, das Lokal geschlossen, so waren sie allein mit Ben, der ihnen zu Füßen lag und leise vor sich hin schnarchte.

Zwei tragbare große Heizstrahler spendeten angenehme Wärme, es war windstill, und nur ganz entfernt hörte man die Geräusche des Ortes heraufschallen.

»Wird es dir nicht zu kalt?«, erkundigte sich Thorsten fürsorglich.

»Nein, es ist herrlich, hier mit dir zu sitzen.«

Für ein paar Minuten schauten sie still hinunter ins Tal. Dann, ganz plötzlich, sprang Ben auf. Laut bellend rannte der Hund ins Haus, kam dann wieder zurück und sprang zweimal an Thorsten hoch.

»Was hat er denn?«

»Keine Ahnung.«

Ben bellte wieder, zog Thorsten am Jackenärmel ein Stück mit sich.

»Das Handy!« Sabine wies auf Thorstens Mobiltelefon, das auf dem Tresen in der Gaststube lag und immer noch leise summte, doch in dem Moment still war, in dem er es in die Hand nahm. »Wir haben es nicht gehört.«

Nur kurz schaute Thorsten auf das Display. »Das war Bastian«, sagte er und wählte auch schon die Nummer des

Hubertusgutes. »Was ist denn los bei euch, Bastian?« Er sparte sich eine Begrüßung, hörte nur zu und stieß dann aufgeregt hervor: »Ich bin sofort da!«

»Was ist passiert?«

»Dreamy kriegt ihr Fohlen … jetzt schon!« Er nahm Sabines Gesicht in beide Hände und küsste sie flüchtig. »Sei nicht böse, aber ich muss los. Dreamy ist eine meiner besten Zuchtstuten, ihr Fohlen stammt von einem mehrfach prämierten Deckhengst ab.«

»Ich komme mit.«

Der Weg durch die Nacht dehnte sich in ihren Augen endlos, doch in Wirklichkeit schaffte Thorsten die Strecke hoch zum Hubertusgut in Rekordzeit.

Er stellte den Wagen direkt vor dem Stall ab, in dem die Mutterstuten untergebracht waren. Die Stallgasse war hell erleuchtet, und als sie sich Dreamys Box näherten, stieß Sabine einen kleinen Schrei aus.

Bastian sah mit höchst zufriedenem Grinsen im Gesicht zu ihnen hoch. »Ihr kommt zu spät. Sie hat es ganz allein gepackt. Während ich erst dich und dann den Tierarzt angerufen hab, hat sie schon geboren.«

Thorsten ging auf die fast schwarze Stute zu, die dicht an ihrem Fohlen stand und es vorsichtig abschleckte.

»Das hast du sehr gut gemacht, mein Mädchen.« Sanft strich er dem Tier über die weichen Nüstern, tätschelte dann liebevoll den Hals.

»Was ist es denn?«, fragte Sabine.

»Ein Stutfohlen.« Bastian lehnte an der Stallwand. »Ich

hol mal den Schnaps«, sagte er. Es war Usus, dass sie mit einem Glas Obstler auf ein neues Fohlen anstießen.

Thorsten nickte nur. Vorsichtig stand er auf und zog Sabine zu sich. »Komm her, du musst sie gleich richtig kennenlernen, unsere neue Schönheit.«

»So ein Tierbaby ist zu süß.« Sabine streichelte behutsam das noch feuchte Fell.

»Ich liebe diese kleinen Wesen.« Thorsten half dem Fohlen, das jetzt noch ungeschickt versuchte aufzustehen.

»Das hoffe ich doch sehr.« Sabine legte von hinten die Arme um ihn. »Eigentlich wollte ich es dir erst in der Nacht sagen, aber jetzt ist auch ein guter Moment.«

»Was denn?«

»Es wird bald noch einmal Nachwuchs hier geben.«

»Wieso?« Thorsten drehte sich kurz nach ihr um – und stieß einen kleinen Schrei aus. »Nein!«

»Doch.« Sabine lachte. »Deshalb sollten wir tatsächlich gleich nach Weihnachten heiraten.«

»Lieber doch übermorgen.« Thorsten nahm sie überglücklich in die Arme.

Sabine schüttelte den Kopf, kam aber zu keiner Antwort, denn sein Kuss wollte kein Ende nehmen.

Rezept Paprika-Rindfleisch-Salat

je 1 roter, grüner und gelber Paprika
2 Zwiebeln
4 Tomaten
300 g gekochtes Rindfleisch
100 g Edamer Käse
Für die Salatsoße: Fleischbrühe, Salz, etwas Knoblauch, eine Prise Zucker, Öl, Essig
1 Bund Schnittlauch, 1 Bund Petersilie

Die Paprika in nicht zu dünne Streifen schneiden, ebenso die Zwiebeln. Tomaten enthäuten und klein schneiden. Rindfleisch und Käse in dünne Streifen schneiden und mit dem Gemüse mischen.

Die Brühe mit den übrigen Zutaten vermischen, alles über den Salat gießen. Schnittlauchröllchen und gehackte Petersilie zum Schluss unterziehen. Alles im Kühlschrank mindestens 30 Minuten ziehen lassen und mit frischem Baguette oder Nussbrot servieren.

Zu dem Salat passen sowohl ein kräftiger Weiß- als auch ein Rotwein, z. B. Beaujolais.